金融黒船

杉田 望

Sugita Nozomu

文芸社文庫

目次

第一章　二月の逆風

1

二〇〇三年二月十三日午後七時三十分。東京六本木のアートヒルズ地下駐車場に一台の高級ベンツが入った。本館と別館との間には秘密の通路があって、本館地下駐車場に入った高級ベンツは、そのまま別館の地下エントランスに向かった。

悠然とそびえ立つ高層の本館と、中層のそのビルは民間の施設にしては、いやに厳重な警戒のもとに置かれていた。もちろんビルに入るには、あらかじめ登録されている同定システムによって本人確認の必要がある。識別が否認されれば、ただちに警備員が駆けつける仕組みになっている。

高級ベンツは別館地下のエントランスに横付けされた。降り立ったのは、世間でもよく名の知れた大学教授で、いまは国策に関わる閣僚のひとりとして、高山内閣で重要な役割を果たしている男だ。背が低くやや小太りの男の名は、竹村伍市といった。国務大臣の重責を担う人物が秘書も伴わず単独で動くのはやはり珍しいことだ。

それが彼のいつもの癖で、竹村は外れた背広のボタンをかけ直し、ちょっとネクタイに手を当てた。童顔だ。それがこの男の狡猾さを隠すのに役立っている。自動ドアの前に立つ警備員の挙手を受けてエレベータホールに向かった。エレベータは六階で止まった。廊下には絨毯が深々と敷き詰められ、高級ホテルのラウンジのような作りだ。そこには彼の隠れオフィスがある。

まだ、マスコミにかぎつけられていないのは、生来の用心深さもあるが、アートヒルズ別館はセキュリティーが万全であるからだ。

その夜、竹村伍市は秘書官や新聞記者たちには、アートヒルズで学生時代の友人との会食の予定、と説明している。いったん、本館に入ってしまえば、疑われることなく、秘密の通路から別館に抜けられる。いまどきの新聞記者を巻くことなど造作もないことだ。高山首相も同じ手口で別館にやってきて、フランス料理を楽しみたいなどと番記者たちを煙に巻き、ときおり秘密の会合に出席する。そこは高山内閣の影の参謀たちが巣くう秘密のアジトでもあるのだ。

竹村伍市がビルオーナーの厚意で、この豪勢なビルに別室を与えられたのは、国務大臣を拝命する直前のことだった。影の参謀本部と名付けられている、このフロアの住人の顔ぶれは、驚くほど豪勢なものだ。ここにオフィスを持つことは、自他ともにサンクチュアリな連中の仲間入りすることを意味する。今夜の竹村は、自分の部屋には入らず、まっすぐに南端の部屋に向かった。部屋に表札はなく、ドアノブもなかった。同じフロアの住人だからといって、勝手に出入りできるわけではない。仲間内で会合を持つとき、事前に連絡を取り合うのがルールだ。外部とをつなぐのは、小さなデジタル制御の数値板だけだ。竹村はいくぶん緊張した面もちで暗証番号を入力し、内部からの返答を待った。

昨年十月に高山真一郎首相は内閣を改造した。改造内閣の構想を練ったのも、この秘密のアジトだった。あのとき、竹村の評判は散々で永田町界隈に流れた風評では、再任は否定的に見られていた。

しかし大方の予想を覆し、竹村は経済財政担当相に再任されただけでなく、金融担当相兼任を聞かされたとき一番驚いたのは、たぶん本人自身だ。あれから四ヵ月が経つ――。金融改革の実効は少しも上がっていない、それどころか、不良債権が増え、銀行経営が悪化しているからだった。民間出身の国務大臣への風当たりは、さらに強まっている。

野党民主党が準備中の竹村国務大臣の問責決議案に、与党の一部議員が同調する動きもある。竹村の庇護者というべき高山首相自身が、竹村の再任は失敗だったと周囲に漏らしているという話も聞こえてくる。それが証拠に以前は一日と日をおかずに会っていたのに近ごろでは、面談すらままならない。距離をおき始めているのは明らかだ。高山は思いのほか、冷血な男であることを、いまさらながらに思いしらされている。

とはいえ、いまさら大学に復職するのもかなうまい。竹村が勤務していた明義大学の内実は世間が考える以上に複雑で、他大学から移籍してきて、大学教授の椅子を利用し、政治の世界に食い込み、国務大臣にまで登りつめた男に対し学内には、やっかみと怨嗟の声が満ちあふれている。引くに引けず進むに進めず、進退きわまり、竹村はいま窮地に追い込まれているのだった。

五十三年の人生を振り返り、竹村は思うことがある。紆余曲折はあったが、ここまでこられたのは、まさしく奇跡だ。奇跡をなし得たのは、マスコミへの露出頻度を意識的に高めたことだった。

特にテレビに頻繁に出演するようになってから、アッと言う間に人間関係が広がっていった。高山との出会いもまたテレビ出演を通じてだった。竹村は巧みに食い込み、それが功を奏しついに国務大臣の椅子までを手にした。成功物語の典型の道筋を歩んできたというわけだ。しかし、いまそれが崩れようとしている。

「総理にお目にかかりたい……」

「総理はイラク問題で手一杯なんですよ」

財務省から出向している磯谷総理秘書官が弁解した。確かにイラク攻撃は秒読みの段階にある。ブッシュとの盟友関係を政治的財産と考える高山は、米側から派兵の要求が出てきたとき、どう対処するか、それで頭を悩ましているのはわかる。

しかし、十分もあればすむ話だ。昨日、官邸を訪ねたときも、そんな具合に追い返された。このままでは遠ざけられるばかりだ。気まぐれ宰相には困ったもので、二月に入り高山首相と顔を合わせたのは定例閣議のときだけだ。理由はわかる。イラク問題などというのはとってつけた言い訳で、本当のところは金融保守派が攻勢を強めているのをみて、日和見を決め込んでいるのだ。

おかげで「金融問題アクションプラン」は店《たな》ざらしだ。問題はそればかりではない。ペイオフまでが延期される始末だ。つまり竹村プランは、ことごとく否認されている。事態を竹村の「タスクフォース」たちは二月の逆風と呼んでいる。まさしく逆風である。

ほんの数秒だった。それがひどく長い時間のように思えたのは、重たい課題を抱え込んでいるからだった。ネクタイに手をやり、姿勢を正し、もう一度暗証番号を入れた。カチッと施錠を解く音が聞こえた。

ドアを開けると、まっすぐに延びる廊下があり、正面のはめ込み式の飾り棚には、高名な陶芸家の手による大壺が柔らかなスポットライトに浮かび上がっている。そこを右に少し入ったところにもうひとつのドアがある。二十畳ほどもあろうか、部屋の奥のカウンターバーには年代物の高級洋酒が並ぶ。部屋の中央には二十人ほども座れる豪勢な応接セットがおかれていて、一流ホテルのスイートと見紛うほどの豪勢さだ。

かいがいしく賓客たちの接待にあたっているのは、この巨大ビル企業のオーナーの秘書たちだ。いずれも美形で、小気味よく動くさまは、一流クラブのホステスに勝るとも劣らない。壁際にはビクトリア王朝風のアンティークな椅子が数脚置かれている。それは実用に供するというよりも、部屋を飾るオブジェなのだろう。ヨーロッパ風に統一された部屋によくマッチしていた。

今夜招集を受けた七人のメンバーは、海外に出張中の一人をのぞき、すでに顔をそろえている。今夜は常連のメンバーのほか、ひとりの賓客の姿があった。賓客というのは、駐日アメリカ大使館全権特命公使アレック・シンプソンだ。アレックは部屋の主、武藤洋介と世間話に興じていた。実は、日本の金融界を自在に操るのが、外交官の肩書きを持つアレック・シンプソンだ。日本の金融政策を差配するのは自分だと自負し、取り巻きたちも彼の実力を認めている。その姿を見て竹村はフッといやな予感がした。

もちろん、旧知の仲だ。いつも口調は穏やかだが、しかし、彼が要求してくることは米金融界を代弁する過酷な要求ばかりだ。この男が東京に着任したのは本橋内閣のときで、以来、日本の金融業界は振り回されてきた。

（なぜ、アレックが……）

　といぶかりながら竹村は定席についた。秘書嬢がすかさず年代物のウィスキーを運んできた。ほんの少し儀礼的な笑みを浮かべただけで、すぐにアレックは武藤洋介を相手に難しい話を続けた。二人は税制について議論をかわしていたのだ。アレックは、いかに不合理で不公正であるか、累進課税体系の日本の税制を例の柔らかな口調で批判している。

「確かに……」

　武藤洋介は肥満体をゆすり、アレックの言い分に同意した。その話を聞きながら、次の政局は税制問題に移ると竹村は思った。武藤は前内閣で官房長官を務めた代議士で高山内閣の大番頭であり、かつ派閥の資金繰りを任されている金庫番でもある。いまは高山内閣を支える国対委員長だ。

　武藤は高山内閣のもとで実力を蓄え、次に狙うのは幹事長の椅子だ。武藤は短いセンテンスの冗談をあまり得意でない英語で言った。その冗談に細身の体を揺すり、大笑いしたのはアレックだけだった。

　英語をよく理解しない武藤のためときおり言葉を助けているのは、やはりアートヒルズ別館九階にオフィスを構えるジェム・ファフマンだ。大きな鷲鼻、角張った顔、鋭い目が光り、グローブのような大きな手を持つファフマンの公的な肩書きは、米四大監査法人のひとつシチズン&バウムスの駐日代表ということになっている。ファフマンは滅多に世間に顔を出すことのない男だ。

しかし、シンプソンが米金融界の表の駐日代表ならば、彼こそが陰の駐日代表というべき存在だ。アメリカ流の会計基準を日本に持ち込んだのも、彼と彼の仲間であることはよく知られる事実だ。

シチズン&バウムスは最近、日本の四大監査法人のひとつ太陽監査法人と業務提携を結んでいる。その思惑をめぐって業界では、いろいろな憶測を呼んでいる。マスコミは一度も報道したことはないが、その狙いを、日本の監査法人業界を米監査法人のもとで再編成することにある——と解説する向きもある。それは十分に根拠のある解説だ。

二人の正面に座り、話に聞き入っている小柄な日本人は、小森忠介といってアートヒルズビルのオーナーだ。都心一等地に数多くのオフィスビルを持ち、ときおりマスコミにも登場する売り出し中の経済人だ。小森と武藤は明義大学経済学部の同窓で、義兄弟でもある。日本では五指に入る資産家でもある小森は、高山内閣を支える陰のスポンサーでもある。個人資産が一兆円を超える、このバブリーな経済人は、不良債権処理の名の下でたたき売りされる不動産を右から左に流し、さらに札束の山を増やし続けている。秘密の会合のメンバーになれたのは武藤の推薦による。金融が混乱することは彼にはビジネスチャンスでもあるのだ。

もうひとり、今夜の主役というべき公認会計士協会の村井宣信専務理事と話し込んでいるのは、これまた売り出し中のエコノミスト大村祐一だ。大村もアメリカ監査法人の代理人で、名うての市場原理主義者でもある彼は竹村が主宰する「タスクフォース」のひとりだ。飲酒の習慣を持たない竹村は、形だけウィスキーグラスに口をつけ、話に夢中になっている武藤に目配せをした。

「そろそろ始めようか……」

武藤の、その一声で秘書嬢たちは、別室に下がった。秘密の会合には、たとえ秘書であっても、出席は許されないのだ。秘書たちが退室したのを確認すると、大村が一枚の紙を出席者に配った。

今夜の主題――。日本人が持つ個人金融資産千四百兆円の再配分・移し替えを検討することだ。もちろん、彼らはあからさまには、そのような言葉を口にしているわけではない。彼らの言い習わしでは個人金融資産の流動化――ということになる。要するに、その方法を具体的に検討することが今夜の主題なのだ。

「遅れていますな……」

まずアレック・シンプソン公使が口火を切った。彼が遅れていると言ったのは、銀行の破綻処理のことだ。表向き用の言葉に置き換えるなら、不良債権の処理であり、処理が遅々として進まぬ金融グループを、市場から退場させるという意味だ。それを彼らは、銀行の破綻処理と呼んでいる。破綻処理が進めば間違いなく預貯金は動く。それが個人金融資産の流動化というわけだ。それにもうひとつは郵政民営化だ。それが遅れているとアレックは暗に批判したのだ。

竹村は、その一枚の紙を目にして、ムッとうなった。そこには三つの金融グループの名前が記《しる》されている。四大金融グループのうち三グループがターゲットだ。想像するだけでも、ゾッとさせられる。今夜の会合に顔を出したアレックの意図が読めるように思えた。不良債権処理は天下の正論だ。その正論を掲げ、三大金融グループを米銀に売り渡すのが、会合の趣旨なのである。想定される事態は、日本の金融業界が壊滅的な打撃を受けることだ。

「まさか……」

と、武藤が声を上げた。

「厳格に査定すれば、いずれも債務超過に陥っているのは明らかです。連中を生かし続ける理由はないのです」

用意した資料を見ながら、大村は断固とした口調で言った。厳格に査定すれば、巨大金融グループのうち、三グループは市場から退場せざるを得ない。大村の言う厳格査定とは、早く潰せ！　という意味だ。早く潰せという大村の主張は、アレックの見解であり、ファフマンの目論見でもある。

しかし、それぞれの思惑は少しずつ違っている。シチズン&バウムス駐日代表の立場としてのファフマンの目論見というのは、たぶん、〝夢よ！　もう一度〟だ。彼の描く夢というのは、十億円の投資で二兆円の荒稼ぎをやってのけた同業者のやり口を真似て、巨額の富を稼ぎ出す魂胆だ。

柔らかな笑みを口元に浮かべ、大村の話に聞き入っているアレックの思惑というのはもう少し複雑である。アレックを支えるのは猛烈な国家意識だ。言ってみれば、金融界におけるネオコンだ。じっと成り行きを観察しながら、彼は何をやるべきかを探っている。彼もひとつの結論を出している。しかし金融保守派の反撃で立ち往生している竹村に苛立っているのは明らかだ。

（自分の立場というのはどうだろう……）

と、竹村は考えてみる。

アレックの要求は明確だ。しかも性急に実行を迫っている。もはや躊躇は許されないところに来ている。心の準備はできているつもりだ。しかし、彼の要求を飲めば未曾有の大混乱が起こる。

「債務超過――ね。蓋然《がいぜん》性という意味ではその可能性は考えられるが、しかし、断定できるかどうかだな……」

その認定が可能か――と聞いたのは、武藤だった。彼が知りたいのは、それが政治問題化したとき、国会にどう説明するか、考えあぐねているだけのことで、出ている結論に反対しているわけではない。

「厳格な査定を行うのは、そのためです」

大村があっさりと答える。

誰も大村に反論しなかった。債務超過を認定する論理とその根拠に無理があるのは、ここに出席している人間なら誰でも知っている。しかし、理屈などどうでもいい、大事なのは結論。もう結論は出ているのだ。結論が先にありきで、三大金融グループのうちどれを選ぶか、その選択が残されているだけだ。

「問題は手順と方法ですな……」

竹村は黙想したままの姿勢でしばらく考えてから言った。

「確かに……」

大村は訳知り風にうなずく。

手順というのは、債務超過を誰が認定するかということだ。法律論でいえば、直接には金融庁だ。その金融庁の役人どもは銀行の味方だ。しかも二月には、特別検査を終えたばかりだ。特別検査では、不良債権処理の加速化など若干の注文はついたが、一応問題なしの結論を出している。

その特別検査の結果をひっくり返そうというのが今夜集まった趣旨だ。問題は、その方法だ。ことは、それほど簡単ではない。打つ手はあるのか、法律論としても手詰まり状態にある。竹村は、あのとき以来、それを考え続けてきた。しかし、アレック公使が意外なことを口にしたのだった。

2

二月十七日午前九時。岡部義正はくわえタバコにライターで火をつけた。喫煙ルームには、五、六人の同僚がコーヒーカップを手にタバコを燻《くゆ》らせている。

そこは東京虎ノ門に本部を構える四大監査法人のひとつ、東洋監査法人―五階の喫煙室だった。このクラスの監査法人ともなれば従業員は二千人近くに達し、有資格の公認会計士だけで八百五十人を数える。

「岡部さん、相当疲れているみたいですね」

隣に座っている飯田恒彦は、少し心配げな顔で言った。飯田は昨年、登録されたばかりの新米公認会計士で、岡部と同じチームに属する部下だ。確かに岡部は疲れていた。昨夜も徹夜で、いまシャワーを浴びて自宅マンションからもどったばかりだ。この時期、監査法人は大忙しなのだ。一部上場の大企業の決算発表が六月に集中していて、その作業に追われているからだ。決算を仕切る現場のチームリーダーが岡部だ。

「それほどでもないんだよ。だけど、気分が乗らないんだ。いったい俺たちは何をやっているんだ、少しは意味のあることをやっているのか、俺たちは……」

そう言って岡部はタバコをもみ消した。岡部は今年三十八歳。公認会計士の資格を得て十四年になる。やせぎすで他人には神経質そうにみえる。東洋監査法人のなかでは、中堅の公認会計士で、彼が専門とするのは、銀行会計だった。銀行会計はクルクル猫の目のように変わる。法令や通達を追うだけでも、うんざりとさせられる。

「今夜も徹夜になりそうだね。俺のことより飯田こそ大丈夫か」

「それは、まあ……。徹夜するのも、仕事のうちですからね」

「いいね、若いって、頼もしいよ」

岡部はそう言って、コーヒーカップに口をつけ、顔をしかめた。

「そうですかね」

「いいこと教えてやるよ」

岡部は悪戯《いたずら》っぽい笑いを口元に浮かべ、飯田の方に顔を寄せた。

「元気でいられるのは若いうちだけだ。この稼業を長くやっていると、だんだん人間が壊れていく。それが証拠に、上の連中をみてみな、すっかりくたびれ果てて、仕事もいい加減になり、もう役立たずだよ」

飯田はちょっと困った顔をした。

「岡部さんも、そうなんですか」

「ああ、壊れたね、早いところこの稼業から足を洗わなくっちゃ」

「まさか……。あっ、そろそろ時間です」

オフィスにもどると、そのまま二人は会議室に入った。会議室というよりも、そこは作業部屋といった方がわかりいい。うずたかく積み上げられた書類、法令や会計規則などの専門書が会議机に置いてある。会議室には、六人の会計士や会計士補がそろった。補助職の女性を含めて七人での会議だ。

「まず、あずさ銀行からやろうか」

会議を仕切るのは、チームリーダーの岡部の役割だ。岡部は手にしたスケジュール表を見ながら部下を促した。

岡部チームは、ゆうかＨＤ《ホールディング》やあずさ銀行など合わせて五つの金融機関の決算を請け負っていた。一行につき契約額は約三千万円。合計一億五千万円が、岡部チームの稼ぎということになるが、監査法人が請け負っているのは、決算業務だけでない、コンサルティングとか、金融商品開発とか、いろいろな業務を手がけている。このチームだけで、その数倍の金額を稼ぎ出している。

リーダー補の赤岩が報告に立った。赤岩は岡部よりも、三歳上だ。まだリーダー補の職にあるのは、三十半ばを過ぎてから公認会計士の資格を取ったからだ。あずさ銀行は、赤岩が事実上のチームリーダーとして、業務を取り仕切っている。

「というわけでして、必要データのほとんどを入手しています。概算が終わるのは来週でしょうな」

電話が鳴っている。会議机の上に置かれた電話だ。一瞬、報告に立つ赤岩の声がとぎれた。会議室の電話が鳴るなど、滅多にないからだ。補助職の女性が立ち上がり、受話器を取った。

「岡部さんにです」

彼女は受話器を片手で押さえながら、岡部の方を見た。

「誰から？　会議中だから断ってもらうとありがたいんだが……」

しかし、補助職の女性は首を横に振り、

「田辺さん、田辺理事長からです」

と、困ったという風に答えた。

はて？　と思いながら、岡部は受話器を受け取った。田辺祐一は東洋監査法人の法人代表で法人内では理事長と呼ばれていた。一般企業でいえば取締役社長だ。彼は公認会計士協会の幹部でもある。一チームリーダーに過ぎぬ部下に、理事長が自ら電話をかけてくるなど一度としてなかったことだ。

「はい、岡部です」

「ああ、田辺です。ちょっと部屋まで来て欲しい、ええ、いますぐに……」

いつもの有無を言わせぬ口調だ。その言葉に岡部はムッとした。しかし、心の内を悟られぬように丁重に答えた。

「しかし、いまは会議中でして……」

「わかっている。急ぎ話しておきたいことがあるものでね。五分ほどですむ話だ。待っているから」

田辺はそういうと一方的に電話を切った。

「ちょっと理事長室に……」

岡部は会議のメンバーに向かって、細身の肩を揺すってみせた。

監査法人代表の執務室は、三階上の十八階フロアにあった。岡部はエレベータを使わずに非常階段で執務室に向かった。十八階フロアはまるで一流企業の重役たちの居城のようだ。エレベータホールの前には、大理石で作られた受付デスクがあり、その前に秘書室の女性が二人座っている。

「田辺理事長に……」

「うかがっております。どうぞ……」

受付嬢が案内に立った。ノックの音に内部から大きな声が聞こえてきた。

「おっ、岡部くんか、入ってくれ」

法人代表の執務室は、それは豪勢なものである。広さはゆうに三十畳は超え、窓を背にした執務机は重厚な造りの黒檀製だ。部屋にはやはり黒檀製の二十人ほども座れる会議用のテーブルが置かれている。田辺は作業中だった。老眼鏡をはずすと、

「まあ、そこに座って……」

操作していたパソコンのキーボードから手を離し田辺は執務机の前に置かれた椅子を指さした。岡部は椅子を引き腰を下ろした。

「ほかでもない……」

と、田辺は回転椅子に乗せた小柄な体をくるりと回し、部下の顔を正面からみつめ、切り出した。人を値踏みするようにくるくるとよく目玉の動く男だ。それがどこか威嚇的に感じられて、岡部は思わず身構えずにはいられなかった。

田辺は小さな会計事務所から身を起こし合併に合併を重ねながら、日本でも四本指に数えられる監査法人を育て上げた立志伝中の人物だ。もちろん、会計基準のアングロサクソン化など時代の流れもあった。小規模会計事務所が次々と淘汰される競争激化のなか、しかし、これほどの成功を収めることができたのは、田辺理事長の手腕によるところが大きいとは誰もが認めるところだ。田辺はワンマン型経営者ともいえた。

「確か、ゆうかＨＤを担当しているのは君たちのチームだったよな……」

「はあ、それが何か」

　東洋監査法人ほどの巨大監査法人ともなれば上場企業だけで四百五十社ほど監査を引き受けている。しかも東洋監査法人内には、百近くに上る監査チームがあるというのに、末端の管理職が手がける仕事までいちいち覚えているというのだから大変な記憶力だ。

「聞くところでは経営は厳しいようだ。わかっていると思うが、監査に遺漏があってはならない。厳格な監査をお願いしたい。下手をすると、監査法人は株主代表訴訟で訴えられかねないからな」

　田辺が言ったのは、監査法人が墨守すべき一般論だ。そんな一般論を聞かせるために呼んだわけではあるまい……。

「はあ、よく承知しています。しかし、銀行はどこも似たり寄ったり。苦しいのは、ゆうかに限らないと思いますが……」

「そうかね……。しかし、監査は厳格、適正でなければならない。ともかく問題のある銀行であるのは間違いないのだから」

「わかっています」

　そうは答えたものの岡部は訝《いぶか》った。企業監査はチームリーダーの専権とされている。最終的に監査の適否を決定するのは本部審査会議だ。しかし、それは形式に過ぎず、作業の途中で上層部がクチバシを入れてくるとは、どういうことか、岡部にはそれが圧力に感じられた。

「君はよくやっていると思う。今期、代表社員に、と思っている。それから、明日、会長通牒が交付される。ゆうかＨＤの監査は、その会長通牒をよく吟味して、監査にあたって欲しいんだ。わかるかな」

会長通牒――。穏やかならざる、その言語感覚に岡部はとまどった。これまで、そんな言葉を聞いたことがなかった。

「会長通牒、ですか……」

「そう会長通牒だ。いうまでもなく公認会計士協会の会長通牒だ」

田辺の目玉が激しく動き、正面から岡部の顔をのぞき込んだあと、ひとりうなずき椅子をくるりと回しパソコンに向かった。用件が終わったことを、彼は態度で示したのだ。岡部は理事長室を出ると時計をみた。確かに五分で終わった。

岡部は会議室にもどる途中で考えた。

代表社員――。

悪くない話だ。四十を前にしての代表社員である。一般企業でいえば重役のポストにあたるのが代表社員である。それはそれで嬉しくもあるのだが、しかし、岡部は腑に落ちなかった。

ゆうかＨＤが大変な状態にあるのは十分にわかっている。取引先企業に中小企業が多いため、他の金融機関に比べ不良債権が多いのも確かだ。監査をあまく査定し、仮に破綻に追い込まれたとき、株主代表訴訟など決算監査を引き受けた責任問題が発生する。慎重でなければならないというのは、田辺理事長のいう通りだが、しかし、それは一般論だ。そんなことを部下に伝えるため、理事長室に呼んだとも考えにくい。やはり岡部には、腑に落ちないことであった。

岡部はゆうかＨＤの内実はよく把握しているつもりだ。金融庁の後押しで、昭和銀行と首都銀行が合併し、現在のゆうかＨＤが誕生する以前の首都銀行時代から数えれば十年のつきあいだ。合併に際しては資産の査定にもあたり、ゆうかＨＤの実情は誰よりも知っているつもりだ。昨年九月の中間決算は岡部自身がチームリーダーとして決算監査にあたった。一月から二月末にかけて行われた金融庁による特別検査に対しても立ち会っている。

ゆうかＨＤとの関係も良好だ。今年の決算見通しに関しても、互いに共通した認識を持っている。もちろん、クライアントとしてのゆうかＨＤとの間には、それなりの緊張感もある。カウンターパートである青木貞夫部長の人柄もあるが、それは心地よい緊張関係であるとも岡部は思っている。

ゆうかＨＤの数字はぎっしりと頭につまっている。その数字を再検討してみる限り経営的に行き詰まる、そういう状態にあるとは思えない。猛烈なデフレと長引く不況で資産内容が劣化しているのは事実だが、経営健全化計画を発表し、いまリストラの真っ最中だ。そのリストラを、金融庁も応援している。つまり金融庁は経営健全化計画にお墨付きを与えているというわけだ。そう考えると、不安材料はなにもないはずだ。しかし、それでも岡部はよぎる不安を払拭できなかった。あの一言が岡部を疑心暗鬼にさせているのだ。

岡部がもどると、すぐにチーム会議が再開された。会議中も、そのことが頭を離れなかった。岡部は生来きまじめな男だ。その分だけ物事を詰めて考える傾向がある。ひとは神経質に過ぎるというのだが、それは彼の美徳でもあり、弱点でもある。岡部は会議が終わると、飯田に声をかけた。

「岡部さん、どうされたんです?」

「いやね、少し手伝ってもらいたいんだ」

岡部は簡単に事情を説明した。飯田は少し考え込むように首を傾げ、訊いた。

「ゆうかに何か問題でも?」

「そういうわけじゃないが、一応念のためということだ、やってくれるか」

「わかりました」

飯田も昨夜は遅くまで仕事をしている。十分睡眠をとっていないのだろう、瞼が少し腫れている。それでも飯田は、わかりましたと応えた。難しい作業ではない。単純にパラメータを変えてみるだけの作業だ。

　日常的な雑務を終えると、岡部は飯田と二人で事務所に残り、幾つかのシミュレーションをやってみた。飯田は若いだけに馬力もあり、手慣れた調子で次々にデータを処理していく。ただ、最終的な数字が手元にあるわけではない。その意味では予測の範囲を出るものではなかった。幾つかシミュレーションを重ねたあとで、最悪のシナリオを想定してみた。それでも資本不足におちいることはなかった。ただ、ひとつだけ心配があった。

「何です、それは……」

　株価の下落。デフレの加速化による資産の劣化をどう判断するか、いまの段階では予測がつかない。株価が八十円台を切ったときどうなるか、二人はパラメータを変え、もう一度計算し直してみた。

「予想するのは難しいですね」

　執拗に同じ計算を繰り返す岡部をみて、さすがの飯田もあきれ顔だった。気がついてみると、もう深夜だ。昨夜も徹夜だったという飯田は、精根尽き果てたという顔をして吐息を漏らし、ソファに横になっている。

「もう、いいでしょう……」

「そうだな……」

「今夜は帰らせていただきます」

「これを……」

と、岡部はタクシー券を渡した。

「岡部さん、昨夜も徹夜でしょう。無理しちゃだめですよ」

「まあ、大丈夫だ、今夜はありがとう」

「しかし、タフですね……」

「そうでもないんだ」

「岡部さん、何百キロも飛び続け、海を渡ってやってくる渡り鳥って、飛び続けている間どうやって眠るか知っていますか」

「さあ、ね」

「渡り鳥は大空を飛びながら、左右の目を交互に閉じると、それに連動して左右の脳を交互に眠らせることができるそうですよ、岡部さんならできそうだ」

飯田は一くさり、軽口をたたいたあと、部屋を出ていった。

「なるほど、ね、渡り鳥か……」

その言葉を口にして、岡部はひとり苦笑した。

確か、心療内科の医師が、そんな意味のエッセーを書いていたのを覚えている。睡眠は筋肉を弛緩して体を休めるレム睡眠と、筋肉は緊張しているが脳が休んでいるノンレム睡眠があるそうで、動物によっては、その眠り方が違うというのが、その精神科医が書いていた内容だ。例えば、シマウマやキリンなどの草食動物は、ライオンやヒョウに襲われる危険があるので、半覚醒状態で立ったまま眠る。イルカにレム睡眠がないのは、筋肉が弛緩するとおぼれ死ぬからだ――と。自分はどの部類に属すのか、考えてみるのは、愉快なことである。

「やっぱり、渡り鳥だろうな」

岡部は、その言葉が気に入って、クックとひとり笑いをした。会計士というのは、どこか渡り鳥に似ているところがあるように思えるからだった。

しかし、その心療内科医は、別なことも書いていた。過労死の多くは睡眠不足にあるというのだ。睡眠量と死亡率の関係をみると四時間以内で死亡率は急速に上がるというデータを、その心療内科医は示していた。

いったい、この二週間ほどの間、自分はどれほど睡眠をとっていたのか、それを考えると岡部はゾッとさせられる。時計をみる。もう五時半だった。

コーヒーを飲み、一呼吸入れてから、岡部は再び作業を始めた。しかし、いかように計算してみても、資本不足におちいるとは、とても考えられなかった。

少しだけ朝が早くなり、東の空が明るみ始めている。今朝は快晴だ。岡部は窓辺に立ち朝の空をみた。雲ひとつなく晴れ上がっている。徹夜の目に陽光がまぶしかった。そして岡部は思い出した。

今日は二月十八日。もうホームページは更新されているだろうか。席に戻り、公認会計士協会のホームページにアクセスしてみた。確かに「会長通牒」なる文書があった。それは繰延税金資産の繰り入れの前提条件を示す文書だった。間違いではないかと思った。計算の前提が違うのだ。

岡部は、文書を読み終えて、田辺理事長が言わんとした、その本当の意味がようやくわかった。まさか！　と思いつつも、もう一度読み返してみて、体が震えだした。

3

椅子に座るなり、木内政雄は少し感傷的な気分になりフッとため息を漏らし、監督局銀行第一課の課内を見渡した。中背の体はやや太り気味だが、学生時代にサッカーをやっていただけに敏捷な身のこなしをする。木内は頭の中で指を折ってみる。早いもので、金融庁に出向して一年半になる。

「ご苦労だったな。それで君は、六月に帰任してもらう。主計局にひとつポストがあきそうなんだ。そのつもりで」

財務省の官房人事課長は、木内の顔をみるなり言った。財務省本館と合同庁舎をつなぐ渡り廊下を歩いているとき、足が軽やかになるのを覚えた。体の中を開放感が通り抜けていく。木内はキャリアと呼ばれる役人だ。役人は一年から二年の間隔で動く。キャリア制度と呼ばれる所以《ゆえん》で、役人をぐるぐる回しにするのは、総合的に政策立案のできる人材を養成すること、長く同じ部署にいれば、業界との癒着が生じる、それを防ぐためだと説明されている。

木内は上着を取りワイシャツ姿になり、改めて課内を見渡した。これまでみえなかったものがみえてくるようにも思える。この一年半苦労を分かち合った部下たちが、まるで別世界の人間に思えてくるのだ。

第一課は四十人ほどの所帯だ。現課としては大所帯である。その頂点に立つのが第一課長である。職員のほとんどは、大蔵省が解体分離されたとき、銀行局と検査部局から移ってきた連中だ。財務省から出向してきた木内はここではよそ者だ。その意味で課員との関係は常に微妙なのである。しかし、金融監督庁が金融庁に衣替えし、二年も経ってみれば、人の気持ちは変わるものだ。帰属意識というのが芽生えてきて、もともとは同じ釜のメシを食った仲間だったのに、そこには官僚特有の縄張り意識が出てくる。

それにしても激務の一年半だった。一流と言われる都銀までが倒産の危機にさらされ、その対応に追われた日々だ。しかし、第一課長としてやりとげた最大の仕事は昭和銀行と首都銀行の合併だった。

その合併銀行は一月に、持株会社ゆうかホールディングの傘下のもとに、ゆうか銀行とゆうか首都銀行、ゆうか信託銀行の三行が再編され新発足をみた。

この仕事で名刺を交わした関係者はどれほどの人数になるか、木内は数えてみたことはなかった。記憶に残っているのは、これと思えるのは、十数人だろう。そんなものだ。金融業界は人材難なのだ。あとで人生を振り返ってみたときこの仕事だけは自分でも誇りに感じられるように思う。

話が持ち上がってから約一年。交渉は難航し、途中で挫折しかかったこともあった。何しろマスコミの目を避け、合併話は進められるのだ。市場というのは勝手なもので、情報が途中で漏れれば、どんな風評が出てくるかわかったものではない。弱者連合などと勝手な評価を下し、潰しにかかる。逆に、一山あてようという魂胆から、株の買いに走る連中が出てきて、株価が急上昇する。しかもそれは巨額な富を動かす売り買いだ。

しかし、この種の話につきまとうのはたいていはネガティブな評価だ。エコノミストとか称する連中の勝手な憶測が市場に流れそれが悪い風評となり、例えば、金融庁が救済に動いているなどと噂を立てられれば、破綻に追い込まれる。それほどのリスクを抱えての、合併交渉であった。だから情報管理にはことのほか神経を使い、神経はずたずたになった。

それだけではない。この類の話で必ず出てくるのは当事者間の主導権争いだ。少しでも有利な条件で合併に持ち込みたいという思惑が働くからだ。この場合も残念ながら例外ではなかった。首都銀行と昭和銀行との間にも同様な紛争が持ち上がった。終始強気を通したのは、首都銀行の方だった。彼らは昭和銀行の抱える不良債権の中身に疑問をもっていたからだ。昭和銀行が何かを隠しているのではないか――。合併交渉が崖っぷちに立たされたのは、一度や二度ではなかった。木内は幾度か弱気になったことがある。あきらめかけたこともあった。

「やる以外にないでしょうな……」

終始、リードしたのは、昭和銀行で企画担当の常務を務めていた海江田久義だ。海江田は合併がなったあと、ゆうかＨＤおよびゆうか銀行の社長・頭取になっている。東大出の多い都銀役員の中にあって、海江田は珍しく私学出だった。

海江田は体育会系の男で、学生時代にサッカーをやっていた。年齢的には一回りの差はあったが、まあ、そんなことで海江田とは気があった。ぐんぐん交渉をリードしていろいろと注文をつけてくる首都銀行の、同じく企画担当副社長雲野三郎を、口説き落としたのは海江田自身だった。

彼は引いては押し、押しては引くの、交渉上手で、難題に直面したときも、いかつい顔に笑みが浮かぶ。しかし、海江田はときおり癖ダマを投げては、周囲を困惑させる。それをみて楽しんでいる風がある。彼は同業者から軍曹などと呼ばれている。いかつい風貌もある。まあ、やることが強引で、なるほど、仕事のやり方は、下士官の風である。公家のような銀行家が多い中では確かに海江田は異風である。そのあだ名に本人も満足しているようなところがある。

彼には、確かな信念があるように思う。他の都銀が中小企業向け融資を縮小していくなか、彼が打ち出したのは「スーパー・リージョナル・バンキング」構想なるものだ。この構想というのは、要するに、海外での取引は諦めるが、国内では一番の銀行を目指すというものだ。いわば経営の大転換である。

そうする理由があった。いまから約七年前、昭和銀行はちょっとした事件に巻き込まれた。ニューヨークの現地雇員が、為替取引で大穴をあけた事件だ。損失額は二千億円近くに上った。現地雇員が本社の承諾を得ず、為替の先物取引で発生した損失を穴埋めするため、投機に投機を重ねたあげく発生させた損失であった。

「本店の監査はどうなっていたのか」

猛烈なバッシングにあった。

頭取をはじめ、担当役員は、監督責任を問われた。あげくに米国政府は、昭和銀行に対し、業務停止処分を下した。つまりアメリカでの銀行業務ができなくなったのである。

そのとき、事件の後処理に動いたのが海江田だった。当時、海江田は平の取締役に過ぎぬ立場だったが、司法当局との交渉など事件を軟着陸させた功績が認められ、企画担当の常務に抜擢されたのだった。本店中枢で働くようになったのは、そのとき以来のことだ。その意味では異例の出世といえた。

「まあ、自分なんぞ、平時なら支店長で終わったでしょうな」

それが海江田の口癖だ。公正にみて、それはあたっているように思う。彼が歩んできたのは専《もっぱ》ら営業畑であり、主流という総務や企画畑の経験がなかったからだ。銀行業界にあっては異質な男だ。

「あと三年です。それできれいさっぱり銀行業界と縁を切りますよ。これが最後の仕事ですからな……」

それが海江田のもうひとつの口癖だ。最後の仕事というのは、首都・昭和が合併して新たに作った「ゆうかホールディング」を軌道に乗せることで、それが一段落したところで引退すると海江田はいうのだ。

本心はわからない。しかし、合併相手の首都銀行に対する配慮であるのは、木内にもよくわかった。小細工をするような男ではないし、意外にもあっさりとしているのだ。そういうところが、木内には好ましく思えるのだった。一度ゆっくりと杯を交わしながら語り合ってみたいと思う。しかし、いまは立場上それはできない。国家公務員倫理法に引っかかってしまう恐れがある。しかし、財務省にもどれば、それも可能となる。直接の監督業界ではなくなるからだ。

ゆうかＨＤが誕生するにあたっては、もうひとりの男の顔が浮かぶ。首都系にあって財務を取り仕切る上原和夫だ。いやもうひとりの男の名前を忘れては、公正さに欠く。首都系財務の青木貞夫だ。二人とも海江田とは違って秀才肌の男で、とくに青木は、銀行会計の実務に通じているということでは、木内も一目おいている。

本当に激務の一年であったと思う。いまにして思えば、すべてが夢のようである。まあ、何ごとも起こらなければ、あと四ヵ月で本省にもどることになるわけだ。帰任内示を受けたいま、木内は飲み屋に繰り出し羽目を外したい気分になっている。

「豊宮クン……」

木内は部下の課長補佐豊宮正志に声をかけた。書類に目を通していた豊宮は、いつになく上機嫌な上司の顔を見て、何です？　と訊いた。

「まだ仕事が残っているのか……」

「はあ」

豊宮は上目遣いであいまいに応える。

「続きは、明日にしたらどうだ。審議会は明後日だろう」

豊宮が目にしている書類は、銀行法一部改正の法案に対するパブリック・コメント だ。パブリック・コメントとは、公開の場で広く国民に意見を求め、その結果を法案に取り入れるための制度である。行政改革のひとつとして採用された制度だ。

こうした手続きは、官僚の独走を抑えること、行政の簡素化を図るためであると国民には説明している。

しかし、実体は官僚の独走を抑えることにはなっていない。それどころか、厄介な手続きが増えただけのことだ。まあ、しかし官僚たちは、手続きを踏めば、あとになって問題が起こったとしても、責任を問われることがなくなるのだから、それは結構なことだと思っている。

ただ、木内は別な感想を持っている。この専門的で、難解な法案の趣旨を理解しえるのは、たぶん、銀行業界にあっても一握りであろう。それを広く国民に意見を求めるなんていうのは上辺《うわべ》だけのことで、意見など上がってくるはずもない、上がってきたとしても最初から無視するつもりなのだから、ただただ形式上の手続きに過ぎない。それが高山内閣が掲げる行政改革の内実なのだ。

どうでもいいといえば、どうでもいいような仕事である。しかし、今夜の豊宮はいやに熱心だ。アンダーラインを入れたり、書き込みをしてみたり、難しい顔をしてパブリック・コメントを読んでいる。豊宮は不意に顔を上げて言った。

「そうしますか……。審議会でもたいした議論はでないでしょうから」

豊宮は書類を片づけ始めた。

「課長、いいことでもありました？」

声をかけてきたのは、次席課長補佐の池田俊政だった。池田は嗅覚の鋭い男だ。この時期、本省人事課長から呼び出しを受けることの意味を、彼はよくわかっているのだ。木内は苦笑いをした。

池田は理学部から学士編入で法学部を出た変わりものだ。二年ほど入省が遅れているのは、そのためで、文系中心の金融庁にあっては変わり種である。近ごろの役人はほとんどが能吏タイプで、人物が小さくなった。そういうなかでは池田は、旧大蔵省のバンカラ伝統を引き継ぐ豪快な男である。

「課長、今夜、これですな……。僕を抜きにそれはないでしょうな」

杯を上げる真似をした。

「たいした臭覚だよ、池田は……」

「それほめているんですか、それとも」

「もちろん、ほめたのさ、決まっているじゃないか」

豊宮がまぜっかえした。

相談はたちまちまとまり、三人は旧大蔵省の通用門に出てタクシーを拾った。

「湯島に」

池田が運転手に声をかけた。

「湯島？」

豊宮が聞いた。

「湯島か、いいね……」

木内が応える。

「ええ、任せてください、けど財布は課長持ちですよ」

彼には馴染みの店があるようだ。時代は変わった。赤坂や新橋の料亭で飲む時代は終わった。高級官僚といえども、懐《ふところ》具合を気にしながらの宴会である。その点では、池田はよく心得ている。どの程度までなら、課長のポケットマネーで大丈夫かを。

警視庁前の桜田門に出て、タクシーは皇居前通りをまっすぐに神田の方角に向かっている。道路は空いている。やがてタクシーは神田橋を通り抜け、秋葉原の電気街に出ていた。

「課長……」

前の席にいる池田が後ろを振り返った。口元に笑みがこぼれている。池田は庁内でも情報通だ。他省庁や永田町の動きとか、驚くほど情報をもっている。その分だけ池田は顔も広くこまめに動く男だ。口元の笑みは、何か新しい情報をつかんできたときの笑みだ。

「なんのことだい？」

「ゆうかの件です」

「ほう、ゆうかがどうかしたのか」

木内が聞き返した。

「いや、たいしたことじゃないですが、ちょっとね、気になることが……」

池田はまた笑みを浮かべた。木内はわかっている。特別な情報ルートを持っている。その特別な情報を、上司に耳打ちしようとしているのだ。

「もったいぶらず言ってみろよ」

筆頭補佐の豊宮が、後輩をからかう口調で言った。豊宮は優等生を通している。他方はバンカラを気取る男だ。この正反対の性格の二人は、しかし、息が合っている。

「実は……」

永田町に流れている噂話をし始めたときタクシーは上野池之端に出ていた。

4

激しいやり取りが続いていた。どこでどう流れが変わったのか、今期決算をめぐる議論は奇妙な方向に流れている。

ゆうかHD本社ビル十五階で監査法人の出席を得て、今期決算の基本方針を検討する会議が開かれていた。会議には、ゆうかHD側から上原和夫財務担当副社長、青木貞夫取締役財務部長、中島俊秀担当常務以下五名、東洋監査法人からは岡部義正チームリーダー以下三名、太陽監査法人からは四方田孝雄チームリーダー以下二名の合計十一名が出席していた。秘書課長津村佳代子はメモを取る手を休め青木貞大財務部長の顔を盗み見た。青木の体が小刻みに震えている。

三月四日午後七時。会議は午後二時から始まった。もう五時間も会議は続いている。何の成果も得られず時間だけが過ぎていく。雨が降っている。夕刻から降り出した冷たい春の雨だ。心まで冷えてくる。津村は時計をみた。娘ミナのことが心配になった。ミナは音楽教室のはずだ。遅くなると電話をしておくべきだったが、会議が長引きつい忘れてしまった。会議を抜け出すわけにもいかず、どうしようかと迷う。自分のうかつさに腹が立ってくる。

今年で三十八。小柄な体軀を、ブラウンのニットのスーツで包んでいる。ほどよい膨らみの胸。胸元には、コバルトのネックレスが光っている。まだ三十といっても十分に通じる若さがある。

津村佳代子はゆうかHDで秘書課長の職にある。会議に出てメモを取っているのは社長の海江田久義に翌日報告をあげるためだ。津村はもう一度窓をみた。キュートな細面の顔がゆがんだ。それにしても、しつっこく降り続ける雨だ。

ゆうかHDが発足してまだ二ヵ月。津村は準備過程から秘書室勤務だった。秘書室に移る前はゆうか銀行が昭和銀行と呼ばれていた時代に総合経済研究所に出向し、アナリストの仕事をしていた。しかし、津村は秘書課長の辞令を受けたとき、嬉しいという気持ちにはなれなかった。

というのも合併銀行の重役たちの人間関係は思っている以上に複雑で、厄介ごとの多い職場と聞かされていたからだ。それにもうひとつ、本音を言えば、秘書室勤務は時間が不規則となる。離婚して母子家庭となった津村にはできれば、ごめん被りたい職場だ。しかし、総合職である以上人事に逆らうことはできない。まして海江田社長直々のご指名だったのだから。

秘書室の津村が会議に出ているのは記録をとるためで、もちろん会議では発言できる立場になかった。しかし、ことの重大さはわかっているつもりだ。そうメガトン級の爆弾が炸裂することを。青木部長の隣に座る上原副社長は苛立ちを抑えるように、幾度も頭髪をなで上げている。

「方向性を申し上げるなら、資本勘定は厳しく査定せざるを得ないことを、是非ともご理解いただきたいのです」

そう発言したのは東洋監査法人の岡部義正だった。会議が再開された出鼻の発言だった。誰も最初、その発言を一般論として聞いていた。厳格に査定を――というのは一般論としては当然だからだ。しかし岡部は、その一般論をしつっこく繰り返すのであった。流れが微妙に変わってきたのは、その発言の意図を再確認する意味で、青木部長が改めて質問したときからだった。

「………」

問題は不良債権の処理だ。なにせ、不良債権の処理をやればやるほど、銀行は窮地に追い込まれる。というのも、処理相当額の損失が発生したときに備え引当金を積み増しする必要があるからだ。つまり不良債権の処理とは、債権分類に応じて準備金を積み増すことなのだ。

しかし、それだけなら他の先進国でもやっている制度であるが、日本の特殊性は処理を有税としていることだ。すなわち、税金の先払いだ。もちろん、損失が確定し、将来にわたり事業収益が認められるとき、還付を受ける。この還付金は、いわゆる繰延税金資産と呼ばれ、資本勘定に組み入れることが認められている。

その金額がゆうかＨＤの場合で約八千億円に上る。資本勘定繰り入れが認められないとすれば、これほど巨額な金額なのだから、これではゆうかＨＤは赤字に追い込まれるのは自明である。

最初、岡部は苦渋の色を顔に浮かべ、青木の質問に一瞬言葉をつまらせた。指に挟んだボールペンをもてあそびながら、岡部は暫く考えたあと、答えた。

「つまり資本不足、その懸念があるということです。厳密な査定をやればですね、その恐れを否定できないのです」

岡部の一言で会議室は凍りついた。

津村は岡部の額に脂汗が浮かんでいるのをみた。すかさず反論が起こった。同業会計士の反論に岡部は細身の体を揺するように同じことを繰り返した。

「バカな……」

猛烈に反撥したのは、同業太陽監査法人のチームリーダー四方田孝雄だった。四方田が怒るのも当然であった。

これまで両監査法人は共同で決算作業を進めてきた。少なくともこれまで資本不足などいう話は一度も出なかったし、四方田自身にもゆうかＨＤが資本不足の状態にあるなどという認識は、これっぽっちもなかったからだ。この時期は、決算の見通しを確定しなければならないのに、岡部が言っているのは作業を振り出しに戻し、仕切り直しを迫っているようなものだ。

　ひとつの企業体に二つの監査法人が入れば齟齬《そご》を来すのは理解のできないことではなかった。しかし、つい一週間前までは、少なくとも両者は協力的であったし、決算作業は順調に進んでいたかにみえた。すでに決算の方向もみえている。三月に入れば、銀行側が提出した資料にもとづき、大まかな方向を出しておかなければならない段階だ。

「いまさら何をいいだす」

　共同作業にあたる太陽監査法人が怒るのも当然だ。

「私どもは、その可能性を申し上げているだけでして……」

「だから具体的な……」

「最終的には株価がどの程度の水準で下げ止まるかにもよりますが、大変厳しく査定せざるを得ない状況にありますことを、是非ともご理解いただきたい。それにもうひとつ、繰延税金資産の計上についてでありますが、これは明らかに過剰計上です」

　太陽と東洋との間で交わされる議論は夕刻になり、一段と険悪となった。感情むき出しの激しい応酬が続いている。質問する形で攻めるのが太陽監査法人で、それに対して岡部は同じことを繰り返すだけで、言っていることは少しも説得力を持たないのだ。分は太陽の側にあるようにみえた。

それでも岡部は資本不足という言葉だけは絶対に撤回しなかった。四方田はその根拠を求め、遠慮なく突っ込みをかける。その両者のやり取りをゆうかHD側は為《な》すべもなく見守っているだけだ。同じことを繰り返し議論しているだけのことだから。

(何を言いたいのかしら?)

津村はメモをやめた。岡部の言っている本当の意味を考えてみた。しかし、やはりわからなかった。

「信義というものがある。それがなくちゃ一緒に仕事などできない」

四方田は机のプラスチックボトルの水をゴクリと飲み、岡部を睨むようにして言った。ついに同業者としての信義の問題まで持ち出した。岡部は四方田の反論を聞きながらせわしなく指先で机をたたいている。男にしては華奢な細い指だ。

繰延税金資産の過剰計上から発生する資本の過剰評価。つまり資本不足を指摘しているのだった。岡部の言っていることは、その点に絞られる。太陽監査法人にすれば、それは絶対に譲ることのできぬ最後の一線だ。それを認めれば自ら実施した監査結果を、全面否認されることになるからだ。

議論はまったくかみ合っていない。岡部は資本不足という言葉を口にしてから、同じことをオウムのように繰り返し、内容のある発言をしなくなっている。それが出席者を苛立たせている。

しかし、岡部の顔は蒼白だ。自分が口にしたことの意味を、一番良く理解しているのは岡部自身かもしれない。岡部は優秀な会計士であると聞いている。まったくのデタラメを口にするような男でないのは、その仕事ぶりからもわかる。

現に人をほめることの少ない青木部長が彼はできる男だ、と言っていたほどなのだから……。しかし、岡部は自分ひとりで何かを抱え込み、それでも必死で抗弁している、そんな顔をしている。

資本不足と言ったのは、岡部自身が下した判断なのか――。なんだか違うような、そんな印象を受ける。いつもはすっきりと筋の通る議論をする男だ。幾度か同じ会議に出ているが、今度のような岡部は初めてだ。考えられることはひとつしかない、他から何らかの圧力を受けているに違いない――と。それで自分の意志に反し、それでも資本不足を強弁せざるを得ない岡部の立場というのは、どういうものなのか。苦渋に満ちた岡部の顔を見て津村佳代子はそう思った。

ゆうか金融グループの総資産は百兆円。国民総生産額の五分の一の規模だ。それが一夜にして吹っ飛ぶ。株券は紙くずとなり、ゆうかＨＤの破綻は、他の都銀にも波及し、経済は麻痺状態に陥る。

資本不足――。資本勘定をマイナスだと判定するのは、その引き金を引くことを意味する。そのことは出席の誰もがわかっている。

「そうは言いますが、ね」

そこで四方田の言葉がとぎれた。同じ議論の繰り返しに、怒りと疲労で、彼は沈黙したのだった。長い沈黙となった。会議に出席している誰もが、疲れ果てて不機嫌に黙りこくっている。

「どうでしょうか……」

その沈黙を破り、発言を求めたのは中島担当常務だった。

「少し頭を冷やす必要がありますな。そうですね、一時間後……。会議を再開したいと思いますがいかがでしょう」

いいタイミングで水を入れた。そして中島は上原の顔をみた。

「そうだな、休憩としましょうや」

上原副社長は、そう応じた。

会議室に安堵の空気が流れた。津村は思わず頬杖《ほおづえ》をついた。この議論がどういう格好で決着するか、少し時間をおいたとしても、事態が動くとは思えない。岡部の態度があまりにも頑なであるからだ。論争の中身は半分ほども理解できているわけではないが、わかるのは結論の出かた如何で、ゆうか金融グループの生き死にが決まるということだ。会議メンバーたちは、もうウンザリという顔で会議室を出ていく。岡部の背中に孤独感が浮かんでいる。

　両監査法人が別室に下がっていくのをみとどけてから津村は席を立った。階段を使って秘書室に向かった。秘書室の廊下は照明が落とされていて、薄暗くぼんやりとしていた。

　そうだわと独語し、津村は娘ミナの携帯に電話をいれた。携帯はオフになっている。ミナが通っている音楽教室は、確か七時で終わりのはずだが、まだ受講中なのだろうか。今夜は遅くなりそうだから、おばあちゃんの家で食事をして——と、携帯にメッセージを残し、秘書室に入ろうとしたとき、背後から呼ぶ声がした。

「津村クン」

　ギクリとして振り向くと、声をかけてきたのは、首都系同期の杉山太郎だった。合併後、企画の参事役を務めている杉山とは、首都と昭和が合併する際に、共同作業部会事務局で働いた仲間だ。相変わらずのダンディ振りで、細身の体に仕立てのいいスーツが似合っている。津村は昭和系で、互いの出身母体行は異なるが、津村は信頼のおける仲間のひとりだと思っている。

「どうしたの」

「雲野会長に呼ばれてね、まあ、御進講というわけさ。で、なんだか財務部の方がにぎにぎしいけど、何かあったのか」

「ええ……」

津村は言葉につまった。会議の中身は極秘の扱いになっている。たとえ、同僚であっても話すわけにはいかないのだ。資本不足とか繰延税金資産の見直し——なんていう話が出ているのだからなおさらだ。

「なるほど、そういうことか……」

しかし、杉山は勘のいい男だ。さらりと話題を変えて、言った。

「どう、連休前に同期会をやりたいとおもっているんだ。池見や望月クンをいれて。それじゃ、あとで連絡するから」

杉山はそう言い残し、片手をあげて非常階段に消えていった。

秘書室には数人の職員が残っているだけでひっそりとしている。秘書室にはパーティションで仕切られただけの、たまり場というのがあって、そこで上原副社長と秋本秘書室長がひそひそ話をしている。上原と秋本は首都系の先輩と後輩の関係にある。二人は部下が会議室からもどってきたことにも気づかぬ様子で額をつき合わせて声をひそめて話している。津村は二人が何を話題にしているか、すぐに想像ができた。

「本気なのかね」

上原副社長は秋本室長の顔をみて首を傾げた。秋本は曖昧に笑っている。上原が訊いたのは、第六会議室で交わされた憂慮すべき議論についてだった。本気なのかね

――ということには、複雑な意味合いをもつ。

監査法人はクライアントがあって成り立つ商売だ。その監査法人が本気でクライアントを、つまりゆうか金融グループの意向に逆らうようなことをするだろうか――と、上原は言っているのだ。

しかしその言葉には、もうひとつの意味合いが含まれる。すなわち、旧昭和銀と東洋監査法人との関係である。東洋監査法人が異説を唱え始めたことを、上原は旧昭和銀の失態とみなしているのだ。

津村は二人に軽く会釈し、自席でメモを広げた。そこには激しい議論の跡が記されている。津村はホッとため息をもらす。翌朝には報告書を社長に上げなければならない。正式な報告書は財務部が作成し、関係取締役の決済を得てから社長に回されるのだが、ゆうかＨＤの海江田久義社長はせっかちな男で、それが待てないのである。そういうわけで合同会議に出席しているのだ。

資本不足と繰延税金資産の過剰計上。そんな言葉がメモ帳に躍っている。津村はメモを読みながら、銀行はそんな状態にあるのかしら？　と考え込んだ。銀行会計の専門的なことはよくわからないが、しかし、その言葉の意味するところは、銀行が破綻の淵に追い込まれているということだ。そしてまた、津村は考えた。経営執行者たちは、岡部の主張をどのようにとらえるかを。

しかし、芳しいイメージは浮かんでこなかった。想像できることはひとつ。東洋監査法人を監査から降板させることだ。いや、それだけではすまないだろう。首都系と昭和系の微妙なバランスの上に立つ、このゆうか金融グループに、また亀裂が生じることだ。上原副社長の言葉の端に、それがにじんでいるように思えた。ワークステーションをオンにして、メモ起こしを始めたとき、秋本室長が背後から声をかけてきた。振り向くと、もう上原副社長の姿はなかった。

「津村君……。夕食はまだだよね。会議は体力勝負だからな」

秋本はケータリングで取り寄せた弁当を指さしている。

「はい」

津村は答えた。そういえば、今日は格別に忙しく夕食どころか、昼食もとっていないことを思い出した。秋本は、それを覚えていてくれたのだ。彼は気配りのできる男だ。もう秘書室には他に誰もいなかった。津村は給湯室にいき、お茶を淹《い》れた。二人はたまりに席を移し、向き合う格好で弁当を食べた。

「東洋の岡部さん――」

秋本はそこで言葉を止めた。しばらく考えてから、続けた。

「だいぶ強硬意見を吐いているようだね。こともあろうに、資本不足とは。いくらなんでもそれはないだろうな。絶対にありえんことだよな、本気なのかね」

秋本は食事の手を休め首をふった。

秋本が言うのももっともだ。一月から二月にかけ金融庁検査局の特別検査が入り、合併に先立ち日本銀行も両行に対する考査を実施している。いずれも問題の指摘はなかった。さらにいえば合併に際する資産の洗い出しでは、東洋監査法人自身が試算している。そこでも資本不足などという話は一度も出なかった。しかも試算にあたった、当の責任者が岡部義正自身だったのだから。

「東洋自身の試算結果を、自分で否認するようなものだからな。理論的には絶対に、資本不足などありえない」

秋本は弁当箱に蓋をしながら、また大きく首を振った。常識的にいえば、秋本の言う通りだ。しかし、津村は別な感想をもった。あの必死の形相――。岡部の顔を思い出したのだ。うまくは言えないが、彼は別な何かを訴えようとしているように思える。岡部の主張は抗いがたい、何かを代弁しているようにも思えるのだった。そうでなければ、あんなバカげた発言はしないはずだ。しかし、そのことを津村は言葉にはせず、秋本の言っていることに黙ってうなずいた。

「困ったことだ……長いつき合いなのに」

秋本はそう言って首をふった。

「もう時間のようだね。大変だろうけど、津村君、頼むよ」

そう言うと、秋本は自席にもどり、書類に目を通しはじめた。

ＨＤ執行役員の秋本にも、合同財務会議に出席する資格はない、しかし、秋本は会議が終わるまで、待機するつもりのようだ。秋本室長のもとで仕事をするようになって三ヵ月が経つ。出自は首都系だが、出身行にこだわらず部下に対しては、分け隔てなく接する仕えやすい上司である。

「それでは……」

津村が秋本の背中に頭を下げて部屋を出たとき、書類をみる姿勢を崩さず、頼むよ、と秋本は片手をあげた。

時計をみると会議が始まる時刻になっている。津村は急ぎ第六会議室に向かった。すでに中島常務が姿をみせていて、青木部長に話しかけている。青木部長は額にシワをよせうなずき返している。

遠く離れた末席の津村には、二人の話は聞こえてこない。やや遅れて岡部義正ら東洋監査法人のメンバーが入ってきた。表情は硬く座るなり岡部は腕組みをして黙想した。そこに分厚い書類を抱えて太陽監査法人の四方田孝雄が岡部の正面の席に座る。彼は部下に命じて書類を出席者に配る。神経がぴりぴりしていて、耐えきれないような空気だ。

「これを……」

　太陽の若い会計士が岡部に数枚の紙を手渡す。軽くうなずき、その紙を受け取ると机におき、また腕組みをして黙想している。津村も書類を受け取り、手にしてみた。そこに示されているのは、ひとつのシミュレーション結果だった。シミュレーションの前提は、金融庁に提出した『ゆうか金融グループ経営健全化計画』である。

「それでは……」

　上原副社長が声をかけ、四方田の方をみながら、資料の説明を願いますと言った。

「つまり、こういうことです」

　四方田は説明を始めた。小太りの眼鏡をかけた四方田の風貌はマメタンクに似ていて、すごく精力的な印象を与え、痩せてひょろひょろの岡部とは対照的だ。

　四方田の説明は続く。

「経営健全化計画は二ヵ年です。これは金融庁が容認した数字でして、これを前提に計算しますと、まあ、起算五年というのは同意します。そうすると、繰延税金資産を計上できるのは四年ということになります。みなさんにお渡ししたのが、その期間認定にもとづきシミュレーションした結果です。ご覧いただいているように、これですと、資本不足に陥ることはありません」

　一種の妥協案を、太陽監査法人は用意してきたというわけだ。繰延税金資産を全額否認する岡部の主張に対し、つまり四方田は金融庁が認めた経営健全化計画を根拠に、四年の繰延税金資産の計上は可能であると主張しているのだ。さすれば、ゆうかＨＤは資本不足に陥ることもないし、今期決算は無事乗り切ることができるというのが、四方田の結論であった。要するに、資本勘定に組み入れる繰延税金資産の期間算定に問題をしぼり、その適否を議論しようじゃないかと四方田は提案したのであった。

説明を終えて、四方田はうっすらとにじむ額の汗を手の甲で拭い岡部の顔をみた。しかし岡部は大きく首をふり、手にした紙をテーブルの上に置き、もう一度首を横にふり、拒絶の態度を示した。

第二章　監査降板通告

1

ゆうかホールディングの社長執務室から皇居の森が一望できた。部屋の主、海江田久義は部下の報告をうけるとき、決まって皇居の方をみている。その日はよく晴れていて江戸城天守閣跡の石垣がくっきりとみえた。

「そうか……」

と、社長付き秘書課長の津村佳代子が持参した議事録に目を通しながら短く答えた。今朝の津村は濃紺のダブルのスーツに、一目で高級ブランドとわかる淡いブルーのネックレスをしている。今朝の津村は、ひどく疲れた顔をしている。昨夜、会議が終わったのは十時過ぎだった。それから二時間ほどかけ報告書を作った。結局、帰宅したとき、すでに午前一時を回っていた。

議事録には、厳しい文言《もんごん》が並んでいる。しかし、海江田社長の態度は、意外にもあっさりしたもので、津村は拍子抜けした。それでも気になるとみえて、海江田社長は、いまいちど議事録を読み返している。資本不足などというおどろ脅しい文字が躍っているのだから。

海江田はタフな男だ。それでいて細かいことにもよく気がつき、いつも精力的に動き回っている。品性に欠けるきらいはあるが、責められるほど下卑ていないのが救いだ。

昭和銀行時代に担当取締役としてニューヨーク支店巨額損失事件を解決し、その手腕が認められ、とんとん拍子で出世を重ねて、首都銀行との合併に際しては、ゆうか金融グループの持株会社・ゆうかホールディングの社長およびゆうか銀行の頭取に抜擢された。もちろん、首都・昭和の合併交渉を主導したのも海江田だった。

海江田久義は元来陽気な男だ。銀行業界にあっては珍しく私学出だが、いうことはいつもはっきりしていて、論客のひとりとしても通っている。身だしなみには無頓着な男ではあるが、しかし、ゆうか金融グループのトップにおさまってからは、周囲の意見を入れてコーディネーターを雇い、服装にも気をつかい、近ごろでは意識して新聞や雑誌、テレビに出演するよう努めている。

ひとは豪腕と呼ぶ。口の悪い連中に言わせれば独裁者だ。好悪はそのひとの立場によってわかれるが、強引さは自他共に認めるところで、言葉を換えて言えば、強いリーダーシップで、合併銀行を引っ張っているのが海江田だ。いずれにせよ、海江田はゆうか金融グループの顔であり、その顔にふさわしい振る舞いをせねば——と、この無粋な男は、それなりに神経をつかっているのだ。

「東洋がね……。資本不足とは、どうしてまた資本不足なんだ」

海江田は議事録を読み終え、津村を凝視した。今期は合併後最初の決算だ。その最初の決算で資本不足を指摘されるとは……。津村には海江田の心の内がわかる。出身行昭和銀単体でみれば三年連続の赤字決算。その上に経営環境は最悪だ。デフレ深化で不良債権が次々に発生し、その上に株価の急落で資産が毀損《きそん》している。業務収益は史上空前の黒字を出しながら、最終決算では大幅な赤字が予想される。いずれも不良債権の処理で消えてしまったのである。

問題は国内営業を続けるに必要な、自己資本比率四パーセントを確保できるか、関心のすべては、その一点にある。確保できなければ政府に拠出している優先株がたちまち普通株に化けて、ゆうか金融グループは国有化されてしまうからだ。

最悪の事態を避けるため、海江田は戦ってきた。まず打った手は優先株発行による資本増強だった。生保や損保あるいは取引先など関係企業に幾度も足を運び、増資に協力を求めた。功を奏し一千二百億円の増資にこぎ着けたのは昨年末のことで、体力を強化する一方で、海江田は銀行経営の足を引っ張っている不良債権を、今期八千億も処理している。だから資本不足に陥るなど、海江田にすれば絶対にあり得ぬことだと確信している。

海江田は報告書を読みながらいくつかの質問をした。それは議論の中身というよりは太陽と東洋との関係についてだった。津村は立ったままの姿勢で補足的な説明をした。皇居の森をみながら言った。

「やはり、太陽との確執かね……」

その一言を聞いて、昨夜の第六会議室でのやり取りを、社長は上原副社長あたりから聞いているなと、津村は思った。昨夜、秘書室のたまりで上原が秋本室長を相手に同じ趣旨の話をしていたからだ。

監査法人同士の確執――。そう判断するだけの理由はある。ひとつの企業に二つの監査法人を選任すれば、そこに齟齬が生じるのは、最初から予想されていたからだ。要するに、海江田は両監査法人の確執が、東洋の岡部を強硬姿勢に走らせたとみているのだ。とりわけ監査法人業界は、業界再編のさなかにあって、競争は一段と激しさを増している。合同財務会議が終わったあと、出席者の間からそんな感想が漏れた。海江田社長も同じ見方をしている。しかし、津村はそんな単純なことだろうかとも思う。

「まあ、心配することはあるまい……」

彼は楽観的な感想を漏らした。

（しかし……）

と思う。津田は第六会議室での岡部の発言を思い浮かべてみる。

昨夜の合同財務会議は、夕食のあとも延々と続いた。以後、東洋側が新たに持ち出した問題は繰延税金資産の扱いについてだった。

東洋側の主張は、こういうことだ。

繰延税金資産を、資本勘定に計上するのは税会計からいって適法だ。しかし、計上には前提がある。すなわち、将来にわたり利益が確保できる見通しがあること、そして納税の可能性があることが前提だ。

しかるに、ゆうか金融グループの現状をみるにとても利益を計上し、納税するだけのゆとりはなく、したがって税還付はまったく期待することができず、こうした状況のもとで繰延税金資産を資本勘定に計上することは粉飾の疑いが出る。つまり監査法人としては、株主代表訴訟などのリスクを考えざるを得ず、税還付金の資本計上を認めるわけにはいかない、要するに、繰延税金資産の計上はゼロ査定というのが東洋監査法人の主張である。

「しかも株価の動向いかんでは、債務超過の恐れもある……」

とまで断言したのだった。

これに対し、太陽監査法人の四方田孝雄は粉飾とは穏当な発言であるとは思えない、経営健全化計画や、今期営業収益計画をみるに、収益をゼロと査定するのは、事実上の破綻認定ではないか、そうではあるまい、現に営業利益をみるなら、史上空前の利益を上げているではないか。

もちろん問題はある。不良債権の処理の速度や、手持ち資産の劣化の状況からみて、きわめて厳しい状況にあるのは確かだ。しかしそれはゆうか金融グループに限ったことではなく、他の金融グループも同様であり、いわば日本の金融界が抱える共通の問題でもある。仮にゆうか金融グループの繰延税金資産の計上を認められないというのであれば、他の金融グループについても同様な措置をとらざるをえず、あえて否認するのは金融恐慌の引き金を引くことを意味する。

さらに将来の収益見通しについても議論は交わされた。税還付は収益見通しにもとづき試算される。不良債権を処理する際に有税で処理された引当金を、当期決算から以後五年間に支払われる法人税と相殺し、還付されるのが繰延税金資産だ。

そこで問題となるのが、この期間、法人税が払えるかどうか、その経営の健全性に対する判断だ。収益見通しに応じ、それぞれ五年通期全額還付される場合や、三年間に限り還付が認められる場合や、経営状態が最悪であるときは全額否認される。

その前提になるのは経営健全化計画である。太陽は経営健全化計画は金融庁も認知したものであり、収益見通しも、この前提に立てば、十分な還付が期待できるはずだ

――と主張しているのだ。しかし東洋は最後に断定的に言った。

「繰延税金資産の計上は無理です」

繰延税金資産約八千億円。それが否認されるのだから、ゆうかＨＤが資本不足に陥るのは明らかであり、資本不足とは実質破綻を意味するのだ。あれほどのことを口にしたのだから監査降板は覚悟の上のことだろう。

（しかし……）

あのとき津村の脳裡にひとつの疑問が浮かんだ。監査費用自体はさほどの金額ではないが、新商品開発やコンサルタント業務などを含めれば数億円の売り上げになるはずだ。その意味でゆうかＨＤは大事な顧客だ。岡部は一介の現場責任者に過ぎない。そんな大決断を、彼にできるだろうか。降板を前提に繰延税金資産の計上を否認したというのであれば、現場責任者の判断をはるかに超えている。岡部の必死な表情――。彼は何を訴えようとしていたのか。

それよりも、ことの重大性をゆうかＨＤの幹部たちはわかっているのか。津村は海江田社長の顔を見ながら思った。

「東洋さんには降りていただく以外にないだろうな……」

海江田はぼそりと言った。

それは予想された言葉だった。資本不足などというのは、海江田にとっては絶対にあり得ぬことなのだ。ゆうかＨＤの経営を預かる彼には自信があるのだ。その自信の根拠が金融庁幹部と親密な関係にあることは、津村にもわかっている。よもや、金融庁はゆうかＨＤを見捨てるはずがないという思いだ。

昭和銀行はもともと関西に基盤をおく都市銀行だった。ニューヨーク支店不祥事事件で海外営業ができなくなった昭和銀行が起死回生の策として掲げたのがスーパー・リージョナル・バンク構想だ。金融庁の後押しで首都銀行と合併したのも、その一環である。

首都銀との合併がなったいま、ゆうか金融グループは北海道や九州などの地銀を吸収統合しながら、スーパー・リージョナル・バンク構想は総仕上げの段階にある。すなわち、国際営業はやらないが、国内ではナンバーワンの金融グループを形成するのが海江田執行部が描く戦略なのである。

それは経営健全化計画として、金融庁にも認知された再建設計でもあり、その意味でゆうかＨＤは金融庁と一体の関係にある、少なくとも海江田はそう信じている。

監査法人ごときが何を言う、雇う企業があっての監査法人じゃないか、監査法人の判断がどうであろうとも、ゆうかＨＤの決算を金融庁が否認するなど、絶対にあり得ぬことだと海江田は思っている。それでも秘書課長を財務合同会議に出席させ、別途に報告書をあげさせるのは、海江田の用心深さの現れでもある。

報告が終わると、津村はスケジュール表を示した。ゆうかHD社長は超多忙だ。分刻みでぎっしりとスケジュールが組まれている。執務室にいられるのは、午前九時半まで。以後は会議と社内外の面談が待っている。スケジュールを確認したあと、

「よくわかった、ありがとう」

そう言うと、海江田は決済書類に目を通し始めた。彼が決済しなければならない書類は山ほどある。それを午前九時までに終えるのが彼の日課でもある。

一礼すると津村は社長室を出た。秘書室にもどると、秋本秘書室長が待っていた。彼も海江田社長がどんな判断を示すか気にしていたのだ。

「どうだった、社長は？」

「心配なさっておられないみたいでした」

「そう……」

それだけ言うと、秋本室長は秘書室を出ていった。巨大組織は会議が大好きというわけで、午前中だけで三つの会議を抱えて、彼も大忙しなのだ。

秘書室はこぢんまりした所帯だ。秋本室長以下、八名で業務をこなしている。このうち管理職は五名で、残りの三名はいわゆる一般職の女性職員。津村は末席の管理職だ。秘書室にあっては、上と下に何かと気を遣わなければならない立場だ。

「津村さん、ちょっといいかしら？」

ワークステーションの端末に向かい、文書作成を始めた津村に声をかけてきたのは、次長職の峰川充子だった。今年五十になる峰川は、一見優しげで、重役たちには人気の元マドンナである。女性で初めてＨＤ取締役に就任するのではないか、ともっぱらの評判の彼女は仕事には厳しいひとだ。彼女に声をかけられただけで、一般職の女性たちはびくびくする。彼女たちは密かに「オオヨド」などと呼んでいる。怖いおばさまという意味だ。

「はい……」

と、振り向き峰川の顔をみた。峰川は微笑んでいる。今朝の峰川は一部の隙もない紺のスーツ姿だ。峰川と話すとき、津村はいつも構えた気持ちになる。峰川は女性総合職一期生として銀行に入った大先輩。総合職の草分けとして苦労を重ね、女性キャリアの地位を築いてきたという自負が彼女にはある。

「戦いの連続だったのよ」

峰川の口癖だ。

男女雇用機会均等法、育児・介護休業法、男女共同参画社会基本法など環境整備は進んだ。しかし、職場の内実は相変わらずだ。その内実を変えるため彼女たちの世代は戦ってきたというのだ。銀行は基本的に男社会だ。それはそれで大変であったであろうし、道なき道を切り開いてきた彼女たち先輩には感謝もする。しかし、大げさなことと、津村はときとして思う。

まあ、峰川の言うのもわからないわけではない。彼女の同期入行約百二十人のうち女性大卒キャリアは一割にも満たないのである。そのうち、現在でも本社に残っているのは峰川だけ。情けないことに、仲間たちは、結婚退職、出産退職、転勤退職、仕事に挫折しての退職――と、管理職になる前にほとんどが職場から消えていった。三十を超えれば大年増の扱いだ。

さらに情けないのは後輩たち。法律も整備され、働く条件は格段に改善されたのに、ふがいないったらありゃあしない。彼女はそう思っているのである。

「男と同じように……」

と考える彼女は、それができないのは後輩の女性総合職に根性がないからだと考えていて、とりわけ直接の部下である津村に厳しい態度をとるのだった。

けれども、津村には迷惑な話だ。二十一世紀に入った現代の企業社会にあって男とか女とか、一般職とか総合職とか、そんなことにこだわる理由がよくわからなかった。そう思う津村に私たちが味わった屈辱を、あなたたちの世代にはわからないのよ、と峰川は言う。その上に峰川の出自は首都系とあって、関係を複雑にさせ、常に二人の関係は微妙なのである。

「ちょっと相談したいことがあるの」

と峰川は言った。

津村にはピンとくるものがあった。用向きというのは管理部門のリストラだ。管理部門の二割カット。秘書室も例外ではない。相談というのは、そのことに違いない。誰をリストラするのか、リストアップするのは峰川である。誰だってやりたくはない。誰を秘書室から放出するか、有り体に言えば、その相談であろう。

「いつがいいかしら。合わせるわ、できれば今夜でも……」

そういって津村の顔を見据えた。

今夜は生憎だった。ミナの面倒をみていてくれる母加代が女子高時代の仲間との食事会とかで出かけることになっている。母に任せっきりのミナ。難しい年ごろであり、たまにはゆっくり時間を作りたいと思い、早く帰ると約束していた。

しかし、独身を通している峰川は部下の家庭のことには無頓着だった。仕事が最優先なのだ。好きな男もいたに違いない、結婚を考えた相手もいたに違いない。しかし、それらいっさいを捨てて、彼女は人生のほとんどを仕事一筋に生きてきた。津村には、空恐ろしい人生だ。

「来週にしていただければ……」

「そう」

峰川は少し考えてから言った。

「わかったわ。でも、連休前までには片づけておきたいわね、こういう厄介ごとは」

2

ゆうか金融グループの第六会議室で監査法人を交え、合同財務会議が開かれた六日後の月曜、金融庁総務企画局の小会議室で役人たちは非公式な会議を開いていた。十人も座ればいっぱいになる会議室だ。その夜はよく晴れていて、霞が関の夜景が会議室の窓からくっきりとみえる。

その夜、会議を招集したのは、総務企画局参事官の三宅史郎だ。もちろん、彼の専断ではない。上司の意向を忖度《そんたく》し、仲間を集めたのである。

メンバーは、大蔵省が解体され、金融監督庁が発足したとき、いまは金融庁顧問の職にある田所勇作らと片道キップで移籍した連中だ。その仕事は銀行・証券・生保などの金融業界を指導・監督することだ。

「東洋が降りたよ、監査から……」

口火を切ったのは、総務企画局で審議官を務める川本祐治だ。彼は三宅の直属の上司であり、会議の実質的主催者である。川本は情報通として知られる。装いは国士の風だ。

「ほうー」

出席者は思わず息を飲んだ。

金融庁の役人たちは、金融業界の動向を細大漏らさずウォッチできるシステムを作り上げている。しかし、東洋監査法人がゆうか金融グループの監査から降りたとは、誰もが初耳だった。もとより監査法人が降板した事実と、降板の理由を知るのは、一握りの人間に限られる。さすが情報通というべきで、川本は少し得意げに鼻をならす。

「なんでまた？」

と、その理由を訊いたのは、監督局審議官の河井勇男だった。

「東洋は債務超過を指摘したらしい」

「債務超過を？　そんなバカな。われわれに相談もなしにか……」

「まあ、正確にいえば監査契約を解除したわけじゃないが、降板はもう決まったようなものだな。なにしろ債務超過なんて言っているそうだから……」

河井は端正な顔をゆがめた。好男子である河井は、その容貌にふさわしいスタイリストでもある。その河井の顔を見ながら、川本は太り気味の体を揺すり、ゆっくりと足を組み直した。

「信じられないよ……」

出席者のひとりが言った。

監査法人も金融庁の監督下にある。このような重大な決定をするときは、事前に耳打ちをするものだ。それもせず、いきなりの降板とは金融庁もなめられたものだ、と出席者たちは怒りをあらわにした。

しかも、である。ゆうか金融グループに対する検査局の検査が終わったのはつい一ヵ月前だ。検査の結果は「問題なし」と判断された。金融庁の幹部たちは、ゆうか金融グループが債務超過の状態にあるとは認識していなかった。特別検査でゆうかＨＤの役員に注意を与えたのは、中小企業向け融資に力を入れること、これまで以上に不良債権の処理を加速化させることの二点のみであった。わずか一ヵ月たらずの間に状況が変わり、債務超過に陥ることなど考えられないのである。

「どういうことかな」

検査局審議官が首を傾げる。

「少なくとも東洋は、そう判断したんだよ」

川本審議官は言葉を足した。

債務超過という事態は、かつての長銀や日債銀と同様に破綻処理を意味する。一般企業でいえば倒産。つまりゆうかＨＤは倒産の危機に直面していると、東洋監査法人は認定したことになる。

「事実ならまずい事態だ。まずいよな」

河井が言う。

その河井をみながら、川本は背広からマイルドセブンを取り出し、百円ライターで火をつけた。紫煙がゆっくりと立ちのぼり、揺れて流れていく。庁内はどこも禁煙だが、小会議室での仲間内だけの会議だから、喫煙が許されるのだ。三宅参事官が立ち上がり、窓を開けた。朝方から降り始めた雨は上がり、夜空に月がみえた。

「タバコ、いただけますかな」

河井が訊いた。

「ほうー。珍しい、やめたんじゃないの」

タバコを出しながら川本が笑った。

「たまに、ね」

河井は苛立ちを隠すように深々と煙を吸い、天井を見つめた。河井は銀行行政を統括する直接の責任者。監査法人が指摘したという債務超過の、その意味するところを、河井は考えているのだ。彼の脳裡を占めるのは最悪のシナリオだ。

すなわち、債務超過の認定はゆうかＨＤの破綻を意味し、ゆうかＨＤの破綻は、他の金融機関を巻き込み、金融システム危機に連鎖する。銀行株は大暴落。それが大量に銀行株を持つ生保や損保に連動し、証券や他の金融機関を巻き込みながら連鎖の破綻に追い込まれるのは必定だ。その重大な情報を、他局から聞かされたことに、河井は軽いショックを受けている。

いや、彼の立場からすれば大失態というべきであろう。年初来の株価の急落で生保の運用利回りは逆ザヤとなり、生保危機がささやかれるなか、巨大金融グループが破綻を来せば、金融システムはひとたまりもなく瓦解する。それでなくとも、いっこうに改善されない不良債権問題で金融庁がやり玉にあげられているさなかなのだから。

「サジを投げたということですな」

三宅参事官が言った。

「まあ、債務超過じゃな。真偽はともかくその疑いが濃厚というのなら、俺だって逃げたくなるわな。あとで株主から訴えられるリスクを考えれば当然だね」

そう言った川本の口元に笑いが浮かんでいる。川本はいつも自信満々の男だ。川本は不意に体の向きを変えて、監督局審議官に向かって訊いた。

「このこと、一課長は知っているのかね」

「さあ……」

河井は曖昧に首をひねった。

一課長というのは、都市銀行を監督する役職だ。つまり銀行第一課長は、銀行行政全般を統括する現場の責任者というわけだ。その一課長が東洋降板の事実を知らなければ職務怠慢だし、知っているのならなぜ上司に報告をあげないのか、いずれにせよ一課長は叱責を食らう。

しかし、河井審議官は一課長から報告を受けていなかった。河井は木内一課長の顔を思い浮かべた。彼の性格からして、知っているなら、上司に報告するはずだ。その報告がないことからみると、木内一課長も情報をつかんでいないことになる。

ただし、木内一課長は今夜の秘密の会合には呼ばれていなかった。原籍を財務省に残す彼は金融庁のエスタブリッシュメントにとっては部外者なのである。

「どうしますか……」

三宅参事官が困惑の体で訊く。

「どうするもこうするもない、すぐに呼んでくれ、木内君を」

三宅は庁内電話で一課長を呼びだした。電話を終えると、川本審議官に訊いた。

「大臣に上げますか」

市場原理主義の急先鋒竹村伍市金融担当相と金融官僚との関係は最悪だった。しかし急を要する事態であり、報告をあげるべきは官僚の責務である。

「まあ、その必要はないだろうな」

川本は意外なことを言った。

「しかし、まずいんじゃないのかな」

河井は顔をしかめた。

「かまわんさ、まだ確かな情報じゃないからな。それに彼のことだからすでにご存じかもしれない。いや、竹村大臣の自作自演ということも考えられる」

「ならば、なおさら……」

三宅は心配げだ。

「ただ、官邸には耳打ちしておく必要があるかもしれないな」

そう言って、川本はにやりと笑った。そして続けた。

「われわれの立場は事後介入。事前に介入しないというのが決まりだ。法律にもそう書いてあるじゃないか。ゆうかＨＤから相談を受けたときでも遅くはない」

川本は泰然として言った。

「建前はその通りだが、しかし……」

と河井が言いかけたとき、総務企画局の野村秀夫課長が姿を見せた。彼も秘密の会合に出席できる有資格者のひとりだ。野村はいくぶん肥満した体をゆすりながら、咳き込むようにして言った。

「ゆうかＨＤが債務超過の状態にあるという噂が流れているようです。いま事実確認を急いでいるところですが……」

「野村君、実はいまその問題を話しているところなんだよ。で、その情報はどこから出ているのかね」

「ゆうかグループの関係者です」

そこに監督局第一課長の木内政雄が会議室に入ってきた。目を充血させ、木内はひどく疲れた顔をしている。木内は会議室に集まっているメンバーをみて、ほうーという顔をした。入り口近くの席に腰をおろして、集まっているその顔ぶれから木内は今夜の会議の意味を悟った。そして自分がなぜ秘密の会合に呼ばれたのか、その意味も。

尋問——という言葉が浮かぶ。しかし、木内はすでに事態を掌握していた。木内は池田俊政から話を聞いた翌日、ゆうか金融グループに連絡を取った。当事者は楽観的に考えていたが、木内は手を回し、確認のため幾つか情報を取っていた。

「ところで、木内クン」

と河井が言った。その口調に非難がましい響きがあった。言葉を続けようとする河井審議官の言葉をさえぎり、木内はゆうかにまつわることのいきさつを話しはじめた。

「実は……」

よどみない木内の説明が続いた。一課長の話を聞きながら川本審議官は腕組みをして天井を見ている。能吏という評判の木内。さすがに銀行第一課長は事態を正確に把握している。木内の話に同僚官僚たちは固唾《かたず》をのみ聞き入っている。待ちかまえていた連中には機先を制せられた格好だ。しかし、木内の話は先ほどの川本審議官の話とは、幾つかの点で異なっている。

「なるほど、なるほど……」

機先を制した木内に川本がうなずく。こういうとき、川本は策士の評判ににあわず存外率直だ。木内は続ける。

「要するに、監査法人間に見解の相違が生じたということです。それがいささか大げさに伝えられている」

タバコを吹かしている上司の顔を、木内はちらりとみやり、そこで言葉を切った。連中が秘密の会合で何を議論していたか、木内には手に取るようにみえた。

まあ、彼らには格好の議論の材料ができたというわけだ。ひとりが談ずればひとりが評し、そういうやり取りを繰り返しながら、議論好きの官僚どもは次第にことを大げさにしていくのだった。しかし連中に事態を打開する能力も意思もないのは明らかだった。ただあるとすれば竹村大臣に対する恨み辛《つら》みだ。つまりゆうかＨＤの経営危機を奇貨として、原籍財務省課長を巻き込みながら、竹村の政治責任を浮き彫りにしようという魂胆だろう。木内は出席者の顔ぶれをみてそう思った。

「どんな問題かね、つまり、その見解の相違というやつは？」

「それは繰延税金資産の計上です」

「債務超過という話もある。事実ならえらいことになるが、どういうことなのかね」

河井審議官が首を振った。

「債務超過とは言っていません。その恐れがあると。つまり繰延税金資産の計上の仕方やデフレによる資産の減価、株価の動向をどう判断するかといった、まあ、いずれも技術的な問題です」

「しかし、木内君。監査人が債務超過を疑っているんだよ。そうであるなら、事態はきわめて深刻だ……。債務超過の可能性があるというのだからね」

河井は声の調子を落とし、携帯灰皿でタバコをもみ消しながら訊いた。その質問に対する木内の答えは明瞭だった。

「特別検査は一ヵ月前でしたね。検査局からは、債務超過の状態にあるなどという報告を受けていなかったわけです。それとも何か問題でもあったのですか」

その言葉に検査局の若い課長が顔をしかめた。監査法人の指摘が正しいとするなら、検査局の検査は間違っていたか、重大な事実誤認があったことになる。いまさら検査結果を否認することはできない、検査局の若い課長は戸惑いをみせていた。

「ただし、東洋側は監査降板をふくめてまだ結論を出しているわけではなく、正式には本部審査会議を開き、そこで最終結論を出すことになると思います」

「それはいつになるのかね」

「今月中にも結論は出るでしょう。ただ、いまは予備調査の段階です。そこで出される結論は、東洋がゆうかＨＤの継続監査を受けるかどうかであり、決算自体についての意見は出されないと思います」

　河井は視線をずらし、考え込む表情になった。何か迷っているようだった。彼は、机を軽くたたき、改めて木内を見た。

「そうすると、監査を受けるか、それとも降板するか、東洋監査法人の本部審査会議で最終結論が出るというわけだね」

「そういうことになります」

　木内は、その手順を説明した。通常、監査を受託するかどうかの判断は、現場の予備調査の報告を受け、本部審査会議で一定の方向性を出し、理事会で最終結論を出すのが、この場合の手順である――と。

「その結論――。どんな結論が出ると思うかね……」

　河井が質問を重ねた。

「やはり、降板でしょう」

「そりゃあ、当然だ。客先にアンタのところは債務超過に陥っていると喧嘩を売ったのだからな。そのとき、降板の理由を東洋はゆうか側に伝えるのかな……。つまり、債務超過に陥っているのが、理由だと」

　二本目のタバコに火をつけ、今度は川本が木内に訊いた。

「さあ、それはないと思います」

「そりゃあ、そうだ……。監査法人が銀行の生き死にを決定できるとは、法律には書いていない、最終判断を下すのは、われわれ金融庁だからな」

「しかし、東洋は特別検査の結果を知っているはずだ。それを承知で、降板するのは、金融庁の特別検査をインチキだと言っているようなものだ。こうなると、われわれにも意地というものがある。まあ、そういう勝手を許すわけにはいかない、監査法人に対する措置を考えなければならんでしょう」

検査局の若い課長が怒りを露わに言った。当然な怒りだ。検査部局の彼に言わせれば、すなわち、監査法人が検査当局の検査結果を否認し、金融庁自体のプライドを傷つけた、これは金融庁全体に対する重大な挑戦と受け止めているからだ。いずれにせよ、監査法人もまた金融庁の監督下にあり、監査法人などいつでもひねり潰すことができる、と彼は楽観的に考えているようだ。しかし、木内は異なる考えをもっている。

「降板するにしても、銀行に最後通告するような、こんな重大な決定を、監査法人が単独でできると思いますか、背後で画策する者が必ずある」

木内の言葉に出席者たちは、虚をつかれて互いの顔を見合わせた。

「どういう意味かね？」

二本目のタバコを携帯灰皿でもみ消し、川本は木内に訊いた。

「アメリカが絡んでいるということです」

「アメリカが？」

庁内では情報通として知られる川本は顔をゆがめ、聞き返した。それは彼にも意外であったようだ。財務省の秀才が、どこから仕入れてきた情報か――と。

「ええ、アメリカが絡んでいます」

「アメリカが？」

川本は同じ言葉を繰り返し訊いた。

「そうです」

「大臣じゃないのか」

「違いますね。主役はアレック・シンプソンです。まあ、竹村大臣は脇役ということでしょうな……」

「アレックか……、米駐日全権公使のアレック・シンプソンか」

「そうです」

木内はきっぱりと答えた。

「大使館か。だとすると、どうする？」

「封殺――。情報を遮断し、封殺する以外にないでしょうな」

木内は敢然と言い放った。

「封殺だ――と」

「そうです。封殺するのです。しかし、全面戦争になる、その覚悟が必要です」
そう言って、木内はにっこりと笑った。

3

津村佳代子は一礼して社長室を出た。社長室を出て、自席にもどってからも頭に引っかかるものがあった。肝心なものを見ているのにそれに気づかない、そんな奇妙な苛立ちにも似た感覚である。しかし、それがどこからくるものなのか、釈然としない気持ちがずっと続いている。

「降板の通告を受け取ったよ。田辺理事長が電話をかけてきてね……」

海江田社長は、例によって皇居の森を見ながら言った。その言葉を聞き、津村は当然な結果であると思った。その一方で釈然としないものが頭をかすめたのだった。しかし、それは漠然としたもので、言葉にできるようなものではなかった。あえて言葉にすれば鏡を見て、右と左とを取り違えているような、そんな感じだ。

監査法人が債務超過の疑いを抱き、それが理由で降板することは、やはり異常事態だ。それでも海江田は事態を深刻には受け止めていなかった。事情はともあれ、彼には万全を尽くしているという自負がある。その自負は金融庁幹部との友好関係に由来する。金融庁が味方である限り、ゆうかＨＤは安泰である、と海江田は、信じ切っているようだった。

頬杖をつき考えているうちに、津村はあのときの情景を思い出した。第六会議室での異様な光景。それもある。しかし、津村は社長室を出てからその違和感は、もっと別な種類のものだと思った。思い出されるのは自説を繰り返す岡部義正の蒼白な顔だ。信頼関係を裏切ってまで自説に固執する岡部。その態度に誰もが首を傾げたが、それ以上の詮索はしなかった。彼は何かを訴えようとしているかにも、思えてくるのだった。違和感の正体は、そこにあるのではないかと思いついたとき、背後から峰川次長が声をかけてきた。

「社長はもうお出かけなんでしょう」

「ええ……」

津村は振り向いて応えた。

今夜、海江田社長は秘書室長を帯同し、エコノミストたちとの懇親会に出席することになっていた。帝国ホテルでの会合は午後六時半からだ。ふっと見ると、海江田社長の在室を示すランプは消えていた。

「この間、話した件だけど……」

峰川は周囲に目配りしたあと、津村の横に座り、机の上に一枚紙をおいた。そこには幾人かの氏名が記されている。その多くは一般職の女性職員だった。リストラの腹案であることはすぐわかった。

「検討してもらえないかしら……。そう、説得も必要ね」

そう言うと峰川は自分の席に戻った。

リストラ――。

津村は重たい気分になって、一枚紙に目を落とした。きっちり二割カット。素案とはあるが、リストに載せられた一般職の人たちは確実に、この職場を去ることになる。

津村は一枚紙をファイルに綴じ、時計を見た。ちょうど六時半……。次長の席を見ると、すでに峰川の姿はなかった。

海江田社長も退室している。今日は久しぶりで早く帰ろう。そう思い立ち身支度をして銀行を出た。

千駄木の自宅マンションに帰ると、ミナは留守だった。ヴァイオリンの稽古だったかしら？　娘のスケジュールさえおぼろげな自分に思わず苦笑がもれた。津村は久しぶりで料理をつくってみようと思った。

冷蔵庫を開き、食材を物色してみる。冷蔵庫は案外きれいだった。留守の間に母加代が整理してくれたのだろう。何をつくるか、考えてみる。楽しい気分になってくる。

そうしている自分が、津村は好きだった。そんな自分に気づいたのは、離婚してからだった。離婚してみて、これまで考えてもみなかったことが見えてきて、それで自分は少しだけ変わったと思う。

　冷蔵庫にはたいした食材はなかった。料理ブックを開き、レシピを見る。ブタヒレでソテーを、ちょうどあさりの缶詰があり、それでスパゲティを作ってみようと思う。野菜庫にはプチトマトがある。レシピを確認しながら、津村は思った。母加代は女子高時代の友達と観劇と聞いている。今夜は父貞正を食卓に誘ってみよう。

　本来の専門は西洋美術史なのだが、中学のころはじめた俳句が、いまでは本業のようになっていて、高校教師を務めているときに仲間たちと作った結社の、いまは主宰者として全国を飛び回っている。ときに新聞や雑誌に作品を発表したり、評論を書いたりする、この世界ではちょっとした有名人でもある。

「お父さん、いたの？」

「ふん。珍しいこともあるね、誘ってくれるとは。しかし、あとが怖いね」

　貞正は笑っている。

「ワイン買ってきてよ。赤門近くのむさし屋って知っているわよね、あそこのチリ産の赤をお願い、いいかしら」

「わかった」

　貞正は機嫌良く答えた。

時計を確かめた。もう八時近くになっていた。ヴァイオリンのお稽古は八時までだ。ミナの携帯に電話を入れた。電波の届かないところか、電源が入っていません——と、機械音が聞こえてくる。

「いったい、何をしているのよ」

少し腹が立った。

しかし、すぐに考え直し、親というものは勝手なものだ、と自嘲した。秘書室に移ってから仕事が滅法忙しくなり、銀行を定時に出るなど、一週間のうち半分もなかった。そんなこんなで実家に預けっぱなし、ミナは白山《はくさん》の実家で食事をするか、それでなければ母が千駄木まできて、二人で食事をするかの、どっちかの生活だ。

だから少しぐらい遅くなったからといって、偉そうに責められる資格はないのだ。チャイムが鳴っている。父にしては早い。白山から自転車でも十五分はかかる。

「どなた……」新聞の集金人だった。

食材の下ごしらえを終えると、津村は寝室に入った。ダブルベッドを始末した寝室には小さなシングルベッドがおかれ、壁際にはドレッサーがあるだけだ。窓際にポツンと揺り椅子がある。ロンドンの古道具屋で買い求めたアンティークだ。離婚して、ほとんどの家具類を処分したが、この揺り椅子には格別な思いがある。津村はドレッサーの前に座り自分の顔をみた。

いろいろな思いが駆けめぐる。

浩志がロンドン留学から帰ってきて、このマンションを買ったのは五年前だ。ミナはまだ小学三年生だった。一部を両方の実家に出してもらい、自分たちの預金と合わせて頭金約一千万円を用意し、残り千八百万円のローンを組んだ。離婚に際して財産分与を言い出したのは津村の方だった。しかし、浩志は金銭に関して欲のない男だった。

「マンションは君のものだよ。残債だけは自分で払って……」

そういって出ていった。

もう浩志のことなど、思い出すことも考えることもなくなっている。自分は冷たい人間なのか、と考える。

二人が別れたのは、浮気をしたとか、別に好きな相手ができたとか、家庭を顧みなかったとか、そういうことではなかった。すれ違いの生活が二人を疲れさせたのだ。津村も仕事を持つ身。新聞社に勤める浩志は浩志で、昼も夜もない生活をしていた。そこで互いに優先させたのは仕事だった。

すれ違いの生活が続き、そのすれ違いの生活に苛立ち、お互いに疲れ、それが破局の真相だった。少しだけ相手をいたわり、譲り合ったり、ちょっとした気遣いをする、そんな気持ちがあれば、別れなくともよかったのにとときとして思うことがある。

「お母さんのこと、まだ好きみたい」

いつだったか、ミナがそんなことを言ったことがある。もう中学生。彼女もオトナの気持ちというものが理解できるようになったのであろうか。離れてみて識《し》る父親の存在。それまで空気のような存在に過ぎなかった父親というものが見えてくるようになっているのかもしれない。

ときどき父親と会っているミナの話では浩志の生活は相変わらずだという。支局から上がってきたいまは、本社経済部のデスクを務める、酒好きの、仕事熱心な記者だ。浩志は結婚に懲りたのか、港区三田のマンションで独り暮らしを通している。

「まだ、カノジョいないみたい」

赤い舌をぺろりと出し、そんなことを言うミナ。娘の言葉にどぎまぎしながらも、浩志の消息を知り安堵した。好きかと問われればいまでも好きだ。

二人の結婚生活について言えば、いい意味でも悪い意味でも、いまにして思えばということがいくつもある。しかし、時計の針を逆に廻すことはできないのだ。覆水不返盆の喩え通り、関係を修復するには、あまりにも大きな溝ができている。

考えてみれば、二人の間に最初の亀裂が生じたのは、彼が留学のため社内試験を受けたときだ。彼はキャリアアップには、どうしても必要なことなのだと説明した。難関の試験に合格し、ロンドンへの留学が決まったとき妻子の存在すら忘れたかのように有頂天になっていた。その姿を見て、津村は嫉妬というべきか、置き去りにされたというべきか、複雑な感情を抱いたのだった。

「妻ならばついてくるべきじゃないか」

とは、ジェンダの意味を識る浩志はさすがに言わなかった。

「君は仕事があるからな。まあ、わずか二年のことだ。休みを取り君たちも遊びに来たらいいじゃないか」

単身留学の理由を、そう説明した。もっともらしいジェンダの理屈を援用した言い分であった。君の仕事が大事だと思うから、僕はひとりで留学するのだ——と。互いの仕事を尊重しあうというのは結婚に際しての約束でもあった。

しかし、その実、大事にするのは自分の仕事の方。あのとき浩志の素顔をはっきり見たように思う。家族よりも、妻のことよりも、彼が大事に考えたのは、自分のキャリアアップだった。

仕事を通じて自己実現したいと思うのは男も女も一緒だ。自分の努力と才覚で、地位を獲得し、高給を得て、人びとの称賛を得たいとも。それは津村にもあるエゴだ。浩志のエゴが見えたとき、津村は自分自身のエゴも見えたように思う。浩志に対する嫌悪は自分自身に対する嫌悪でもあった。それもこれもいまにして思えばということになるのだが。

（しかし……）

と考えてみる。

あのとき津村は東京近郊の支店に勤務していて、いっしょに行くにも、それができない事情があった。総合職を選択したからには男も女もない、しかもミナはまだ保育園児だった。休職も許されない、いまもそうだが、送り迎えや、残業で遅くなったとき、あるいはミナが急病のときなど、頼れるのは実家の母親だった。

「あんたたち、何を考えているのよ！」

二人の都合で一方的に押しつけられる母加代にしてみればいくら可愛い孫の世話だからといっても、文句のひとつも言いたくなるのはあたりまえのことで、ミナにも寂しい思いをさせた。その意味でミナも母も、二人のエゴの犠牲者といえた。

そうした事情を浩志は知らないはずもないし、それを承知で彼はロンドン行きを決めたのだった。浩志が帰国してからも事情は変わらなかった。帰国早々に地方支局に転勤したからだった。すれ違いの生活が続き、そのすれ違いの生活に二人は疲れ果て、二人の関係は最悪の状態にあるのに、その疲れが、二人とも関係を修復させる気力を失わせたのだ。ちょっとしたことでも許せず、激しくなじられた浩志はとまどうばかりで、二人は泥沼にハマった。あのときの思いが凝《しこ》りのようになっていまでも心の奥に残っている。

「ああ……」

思わずため息が漏れる。

化粧を落としながらドレッサーに映る自分の顔に見入った。ひどく疲れていて、惨めな素顔をさらしている。不意に涙がこぼれてくる。こんなに自分は弱かったのか、無念な思いが突き上げてくる。

チャイムが鳴っている。インターホンをのぞくと、ミナと貞正が並んで立っていた。ティッシュで目元をふき津村は台所に立った。下ごしらえは終わっている。自分が料理好きであるのを発見したのは最近のことで、料理をしていると頭が空っぽになり、その開放感が何よりも楽しかった。

「ほらっ、ちょっと気張ったぞ」

そう言いながら、貞正はワインの栓を開けた。貞正はひょうきんな男だ。西洋美術史が専門の貞正はラテン系の言葉をよくする。リビングの椅子に腰をおろし、眼鏡を外しラベルを読んでいる。

「ミナ、わかるかな、ほれ」

と孫娘にボトルを示す。

「わかるはずないじゃん。そんなもの……」

ミナはいつも祖父に辛辣だ。

「それも、そうだな」

それでも貞正はミナに逆らわないのが常だ。

食卓にサラダが並び、グラスにワインが注がれた。照明を落とした食卓には、ロウソクの炎が揺れていて、グラスのワインが朱色の波動を作っている。

「私も……」

「あなたはダメよ、ミナ」

「まあ、いいじゃないか、今夜だけだぞ」

貞正は孫娘に甘い。三人はワイングラスをあわせる。

「久しぶり、こういうのって」

ミナははしゃいでいる。彼女はおしゃべりで、オトナを相手にため口をきくのが大好きなのだ。しかし、辛辣でもある。

「私も、そうすべきだったわ……」

そう言って、ミナが話し始めたのは、リチャード・フリードの『少年と悪魔と離婚』だった。

「それって、どういう物語なのかな……」

グラスを揺らしながら貞正が訊く。

「両親がね、離婚しそうだというので、居場所のなくなった十歳の少年が悪魔と呼ばれる敏腕弁護士を雇って、ふたりを離婚させないようにしようとするお話……」

　そう言って、ミナが微笑む。

「まあ、離婚しようとしている大人には辛いかも……。私は主人公のジャスティン少年に感情移入して、読んでいてとても痛快。境遇が似ているからね。『悪魔』と呼ばれる弁護士ペニーワースのキャラクターがいい、というか、格好いいの」

「ふん。離婚率がめちゃくちゃ高いアメリカならではの小説だね。日本でもそのうちこうなるんじゃないかな」

「ウチじゃとっくに、そうなっているじゃないのね、お母さん……」

　ミナは母親の顔を見て、ぺろりと赤い舌を出した。そしてワイングラスを見つめた。津村は胸を突かれる思いがした。やはり娘は傷ついているのだ。

「どうなんだい、最近の銀行は？」

　貞正が話題を変えた。

「どうって？」

　津村はちょっと困った。離婚の話と同様に銀行の話も家の中では触れられたくない話題だった。

「いやあ、実はね。ウチの会員に老舗の主人がいて、ついに倒産してしまった。原因は銀行の強引な取り立てさ。金融のことはよくわからんが、近ごろの銀行って、どうかしているのと違うか」

珍しいことだ。貞正は話を続けた。その老舗の旦那は、貞正が主宰する俳句結社の大事なスポンサーのひとりであったという。年商五十億円を超える老舗の旦那が、つまずいたのは、バブルの時期に銀行に薦められ、事業の拡大を図ったことが仇《あだ》となり、不況のさなかのこと、業績が思うように伸びず、担保の不動産価値は下がるわ、金利は膨らむわで、銀行からの借金を返せなくなり、巨額な借金を抱えて破綻を来したというわけだ。

（よく聞く話……）

津村は思った。

「商売はまあまあだったのに、銀行に追いつめられたんだな、結局、店をたたみ、夜逃げ同然で姿を消してしまった。どうしているか心配しているんだが、相談に乗ってやるにもね、僕じゃなんにもしてやれんからな」

「そう……」

津村はブタヒレを切り分け、皿に盛り分けながら気のない返事をした。世事に疎《うと》い貞正だが、よほどショックだったようで、その口調には銀行を非難する色合いがにじむ。貸し渋りや貸し剥がしなど、強引な銀行のやり口が世間から非難を浴びているのは、津村もわかっている。しかし、父親から非難されるとは思っていなかった。

貞正はフッとため息をもらし、渋い顔でワインを空けた。ダイニングの向こうにリビングがあって、そのリビングのカプセルユニットの上で携帯が着メロを鳴らしている。

「もしもし……」

急ぎ携帯を手にした津村は電話の向こうに呼びかけた。その母親の姿を見て、ミナは眉間にシワを寄せた。珍しいことに秘書室長の秋本忠夫だった。こんな時間に携帯に電話を入れることなど、一度としてなかったことである。秋本は間をおかずに言った。

「東洋がね、監査から手を引くと正式に通告してきたんだ。それで急遽、明朝取締役会議を開くことになった。そんなわけで、明朝は一時間ほど早く出てきてもらいたいんだ。すまんね……」

夜分に電話をかけたことを詫び、秋本は早々に電話を切った。電話を終えて、しばし放心した。東洋が監査から降りることは、海江田社長から聞かされている。しかし急遽、取締役会議を開くとは、どういうことなのか……。

「どうした、佳代子。何かあったのか」

貞正が心配げに訊く。

父親の言葉に津村は首を振った。

「いつものこと。お母さんは……」

ミナはすねた口調で、手にしたグラスを一気に飲み干した。

4

東洋監査法人と太陽監査法人のこれまでのやり取りを振り返ってみれば、東洋監査法人が監査を降板するのは、当然、予想されたことであった。しかし、これまでのつき合いや業界の常識から考えれば、決算作業の途中で降板するのは、やはり異常な事態だ。けれども会議室に集まった取締役たちは、それほど事態を深刻には受け止めてはいないようだ。

むしろ上原和夫副社長の報告を受け、多くの取締役は、これで厄介な会計基準をめぐる神学論争から解放されると安堵の表情を浮かべている。

（しかし……）

それは昨夜以来考えてきたことだが、会議の成り行きを見てきた津村には、事態は予想以上に深刻であるように見えた。監査法人の降板は一種のスキャンダルだ。監査法人降板の事実が世間にもれれば、あれこれ詮索されたあげく、株価が急落し、経営危機に追い込まれる可能性がある。しかし、重役たちは、その自覚がまるでなかった。

それればかりか、東洋降板が行内の力関係に微妙な影響を与え始めている。つまり責任問題が浮上しているのだ。合併銀行の宿痾《しゅくあ》というべきか、ことあるごとに頭をもたげる派閥抗争。午前に始まった取締役会議では、早くもその兆候が出ている。

「いまさら説得もないでしょうな。どうしても、とお願いするようなことでもありませんしな、仕方がありません、まあ、希望通り降りていただく以外にないですな」

冒頭、そう発言したのは中島俊秀財務担当取締役だった。彼の出自は昭和系であり、昭和系財務の脆弱さを指摘する東洋監査法人は厄介な存在であった。合併の、そもそもの段階から昭和銀の財務内容に疑義を差し挟んだのも東洋。その東洋の疑義を押さえ込み、金融庁の圧力のもと、ともかく合併にこぎ着けたという経緯がある。そうした経緯からいえば昭和系には、おもしろいはずもない相手である。事情を知る者には、厄介払い、そんな印象を持たせる中島の発言ではあった。

「仕方がありません」

中島はいま一度同じ言葉を繰り返し、ひとりうなずいた。中島の発言は他の昭和系取締役の気分を代弁するものである。東洋側が難しいことを言うのであれば、以後は、太陽監査法人一本にしぼり、決算と監査にあたらせればいいじゃないかというわけだ。

「しかし、監査法人が監査を降板した事実が世間にもれたとき市場がどう反応するか、心配なのは、そこのところです。とくに米系は狙っていますからな……」

遠慮がちではあるが、そう言ったのは青木貞夫財務部長だった。彼が遠慮がちになるのは、合併前から首都銀の監査を請け負ってきた東洋とは長いつき合いがあるからだ。その意味で東洋の降板は、他の誰よりも、ショックであったに違いない。ゆうかHDの財務実情につき、疑問を抱いているということでは、東洋の主張には耳を傾けるべき何かがあると思っている。しかし、実務を担当する青木が心配するのは、降板が市場や世間に与える影響のことである。

いうまでもなく東洋から監査降板通告を受けての、取締役会議の主題は、その対応措置を決めることにある。中島財務担当取締役の態度ははっきりしている。厄介払いができたのだから、以後は太陽に委《まか》せればいいじゃないかと、考えている。だから部下の財務部長の見解とは少しだけ違っている。

「最後通告ということですな」

いわずもがなのことを、改めて質問の形で口にしたのはゆうかHD会長を務める雲野三郎だった。雲野は首都系の総大将。その対比でいえば海江田社長は昭和系の総大将というわけだ。雲野会長の聞き方は、どこか毒を含んでいる。その毒の意味を吟味するかのように海江田社長は手元のボールペンを指先で遊ばせながら答えた。

「そのように受け止めている」

「青木君が言うように、監査法人が降板するとは異常事態と言うべきだ。どういうものかね、例えば、説得してもう一度、監査をお願いする、そういうことはまったく考えられないかね」

「それはないと思いますよ。私どもが出した数字を全面的に否認しているわけですし、監査の継続は無理かと思います。まあ、債務超過の疑いまで口にしたのですから……」

「しかし、市場は失点と見る、妥協がはかれるものなら妥協をはかり、東洋にもどってもらう……。現場には現場の議論があって当然と思う。東洋とは長いつき合いですから、田辺理事長に会って、話をすれば翻意されるかもしれん」

雲野会長はこだわりを見せた。田辺理事長と直接談判すれば、現場の議論など造作もなくつぶせるじゃないか、そんな意味の発言である。

「まあ、いずれにしても、田辺理事長には一度お目にかかり、話はしてみたい、それがケジメというものですからね。しかし結果については、変わらんでしょうな」

「なるほど……」

海江田社長の説明に納得したかどうか、雲野会長は首をひねった。すぐに他の取締役から質問が出た。そのやり取りをメモに起こすのが秘書課長の仕事だ。質問を投げるのは決まって首都系である。意見は言わずの質問責めだ。それに応えるのが昭和系という図式の、微妙なやり取りが続く。津村はメモを取りながら思った。

まるで危機感がない――と。

取締役の多くは、東洋監査法人が降板することの意味を、よく理解できていないのか、どこか他人事の風なのである。しかし、青木部長だけは違っている。青木部長の顔に剣呑の色が浮かんでいる。青木は事態の深刻さをよく理解している。今度は雲野会長が発言を求めた。

「押さえ込めないかね、東洋ごとき」

雲野会長は、また先ほどの議論を蒸し返したのだった。雲野会長の毒気を帯びた発言は異臭を放ち始めている。海江田社長はムッとして、視線を窓外に泳がした。内紛の兆しが濃厚になり始めた。

合併銀行の宿痾はまさしく派閥にある。しかし、雲野会長も決して自分の意見を口には出さぬ。そして矛先を向けたのは、事務方のトップ中島取締役に対してだった。暗に事務方の不手際を責め、じわじわとツメ寄るのである。中島を助ける立場にある上原副社長は無言を通している。彼もまた、辛い立場に立たされているのだ。

「東洋の言っていることは論外としても、まかり間違っても、第二水準を割り込むようなことはないだろうな、上原君……」

「大丈夫です」

上原は応えた。

「本当のところはどうなのかね」

　雲野会長がたたみかける。

「債務超過などというのは論外。五年通期で繰延税金資産が計上できるかどうか、それが争点でした。しかし、会長もご承知のように、私どもは経営健全化計画を策定したとき、相応の収支見通しを立て、その上で約八千億円を計上しているのですから、会計法上問題はない、そう考えています」

「うーん」

　雲野会長は、資料に目を通しながら、納得できないという顔でわざとらしくため息をもらした。狸というべきか、上原副社長が説明したことは、雲野会長自身が賛意を示し議決されたことでもあるのだ。

　五年というのは決算上の大前提であり、通期五年で計算すれば計上できる繰延税金資産は上原が言うように約八千億円になり、それは取締役なら誰でも知っている数字だ。八千億円の繰り入れが可能なら資本不足を来すことも、債務超過に陥ることもなく、資本比率規制を軽くクリアして、六パーセント台に落ち着くことも、経営健全化計画で確認されていることだ。それに収益見通しを立てるのは経営者自身の判断なのである。雲野会長は詳しく資料に目を通している。

「なるほど……」

横合いから大げさにうなずいたのは、雲野会長の腹心副社長、藪内政則だった。そして藪内副社長は続けた。

「まかり間違っても……」

査定が二年とか一年とか、そういう事態になることはありますまいな――と、彼は念を押したのである。しかし、彼は企画部門の担当副社長である。金融庁と折衝し、経営健全化計画を策定したのは彼自身なのだ。藪内はその経緯を他の誰よりもよく熟知しており、改めて財務担当の副社長の確認を求めるというのも奇妙な話である。

それにもかかわらずあえて確認を求めたのは、この際責任の所在を確認しておこうという魂胆からなのだ。質問は議事録に残されるのだから……。その質問に、上原副社長はしばらく考えてから応えた。

「確かに収益見通しが立てられなければ繰延税金資産を資本勘定に繰り入れることができないというのは、東洋の言う通りです。しかしその収益見通しに責任を持つのはわれわれ経営陣。責任の持てない監査法人が、あれこれクチバシを挟むのは、筋違いというものでしょうな。まあ、監査法人があれこれ意見を言うのは彼らの仕事だとしてもですね。しかし、銀行の生き死にを決定するのは彼らではありません。金融庁が決めることです」

「なるほど、確かにその通りだ。しかし、問題は金融庁の態度ですな。担当大臣に再任された竹村は名うての市場原理主義者。大丈夫なんかいな……。ヤツは銀行を本気で潰すつもりでいるというじゃないか。東洋の判断は金融庁の意向を受けてのことということはありますまいな」

吉岡雅美取締役が、秋本秘書室長の顔を見ながら言った。出自が首都系の吉岡はゆうかHDでコンプライアンス担当役員だ。秋本は当惑の色を浮かべている。彼は執行役員であっても、商法上の役員ではなく、彼は事務局の一員として出席しているのだから、会議での発言は許されていないのだ。困惑の体で秋本室長は、海江田社長の顔を見た。海江田は一呼吸おき、吉岡に応えるのではなく、雲野会長の顔を見ながら言った。

「それはありますまいな……」

海江田の態度は自信に満ちている。ゆとりの表情すら浮かべている。その自信の根拠が金融庁との関係にあることは、出席者なら誰でも知っている。金融庁との深い関係は、合併の経緯を見てもあきらかなことで、金融庁の要請を受け、関西の地銀が倒壊したときその後始末を引き受けたのも海江田だった。以来、海江田は地銀統合に意欲を燃やすことになる。北海道、東北、関西、九州と各地の地銀をゆうか金融グループの傘下に編入し、彼が目指すのは、持論であるスーパー・リージョナル・バンク構想だ。

それもまた金融庁の意向を汲んでのことで、すなわち、地域金融再編統合は金融庁が掲げる至上の政策課題なのだ。その政策に一致協力することは、金融庁と一心同体を自認する海江田社長にしてみれば、これは必然の経営戦略であって、国家と一体であるという自負が彼の自信の根拠だ。竹村大臣がどのようなイデオロギーを持っていようと微動だにすることはないのだ。

まあ、もっとも業界の口の悪い連中に言わせれば、ニューヨーク事件で、ゆうか金融グループは海外営業ができなくなり、やむを得ず国内にシフトしただけのことであり、国際基準の八パーセント・ルールを維持することができずに、スーパー・リージョナル・バンクなどと言っているに過ぎないのだと、辛辣である、同業者の一部では金融庁のランニング・ドッグなどと言う者もいる。

良きにつけ悪しきにつけ金融庁とは一心同体であり、それを誇りに思い、世間もまたそんな風に海江田をみている。ともあれ、地域金融機関のトップに立ちながら、持ち前の馬力でスーパー・リージョナル・バンク構想を引っ張っているのが海江田社長なのである。

「金融庁が見捨てるはずもない……」

と海江田は思っている。

金融庁とは、何も政策が一致しているだけではない。太い人脈を築いているのが海江田の強みだ。金融庁顧問や長官、総務企画局長から現場の課長職に至るまで、昵懇の間柄なのである。仮にゆうか金融グループに問題が起こっているというのなら、そっと耳打ちをしてくれるはずだし、先の特別検査に際してもこれといった注文はつかなかった。

「東洋の迷走……」

と、海江田は思っている。

もちろん、資本は脆弱である。これは金融庁の要請を受け、破綻地域金融機関を引き受けたことによるものだ。それも金融庁は先刻承知のことなのだ。監査法人が何をほざこうが心配することなど微塵もないと、海江田は確信している。取締役会議の議案にあげたのは監査法人の選任は株主総会の専決事項であるからだ。

「そういう次第でありますので、まあ、ご心配は杞憂かと思います。もとより、金融庁が政策を変え、それに監査人が従ったということで、監査人が意見を申し述べているということではありません。以上、監査人降板の件はご理解いただけたと思います。引き続きまして、次の議題に移らせていただきます」

海江田は事務局が用意した書類をめくりながら言った。書類二枚目には『増資に関する件――』とある。

「できれば普通株を……。しかし、現況からすると、望まれるのは優先株です」

「ほー」

と、ため息が会議室にもれる。

資料を見ながら海江田は説明を続ける。増資は喫緊《きっきん》の課題であり、例えば、他の金融機関は一兆円とか二兆円の増資を相次いで発表している。デフレの進行と不況から、各金融グループとも資本を毀損《きそん》し、その上に不良債権処理で巨額な損切りが発生しているからだ。ゆうか金融グループも事情は同じだ。不況下のことゆえ不良債権は増え、さらに準備金の積み増しが必要となる。

しかし、他方では高山内閣は不良債権の処理を、政治の最優先課題に掲げ、銀行の尻をひっぱたいている。各行とも資本増強に走っているのは、そうした事情があるからだ。十分な資本力がなければ内閣の要請に応えることができぬ。

「資本増強を――」

と、考えるのは、政府の施策に忠実に応えようとする男ならば、当然考えるべきことなのだ。できれば三千億円ほどを――と、海江田は目論んでいる。しかし、急ぐ話でもないと考えている。合併に際し、すでに千二百億円の増資を行っているからだ。

「増資ね……」

雲野会長が資料をみながらつぶやいた。例によって、反対なのか賛成なのか、態度を曖昧にしての発言だった。そういう雲野会長に海江田は苛立っている。せっかちな男である海江田には、曖昧な態度が許せないのだ。

「なるほど、ね……」

また雲野会長がつぶやく。本気なんですかいなアンタは。できるものならおやりなさいよ、皮肉な笑いが口元に浮かんでいる。

「ああ、必要なんです」

海江田社長は思わずボールペンの先を雲野会長に向け、口元を引き締めた。

雲野会長はボールペンで指されたことが不愉快に思えたらしくムッとした顔をした。

二人の視線は卓上の上でぶつかりあい、周囲の取締役たちを緊張させた。そして会議室に何度目かの沈黙がおとずれた。

「やはり社長は資本不足におちいる可能性を憂慮されておられるのですな。しかし、こういう時勢です。難しいでしょうな、取引先も苦しいですからな……」

雲野会長はまた嫌みを言った。そして海江田の反応をうかがっている。

「万が一、ということですな。万が一を考えながら経営執行にあたるのが、われわれ経営陣の責務、その努力をするのは当然というものでしょう、会長……」

海江田は憮然として言った。

（しかし……）

と、メモを取りながら津村佳代子は思うのだった。雲野会長が抱く懸念も、わからなくもないと思えるからだ。

ゆうかHDは他の金融機関とは成り立ちが違う。他の金融機関は取引先に有力な企業群があり、それらが支援にまわる。しかし、ゆうか金融グループの取引先のほとんどは中小企業だ。彼らには増資に応じられるゆとりなどありはしない、それどころか、貸し渋りや貸し剥がしで資金繰りに窮しているのが大半だ。

幾つかの質問が出た。しかし、かみ合わない議論が繰り返されただけだ。

「まあ、急ぐ話でもありますまい。五月の連休明け、そこらあたりをメドに株主さんにご納得のいくドラフトを作り、リストラ計画と合わせて提示する、そんなところでいかがでしょうかな」

「それもそうですな。いま持ち出せば、あらぬ疑いを持たれる。やはりゆうかは過小資本ではないか——と」

つまり、増資の必要の一般論を認めつつもいま増資問題を発表するのは、ゆうか金融グループが資本不足におちいっているかの、あらぬ疑義を市場に与えかねず、だとすればいましばらく待つのが得策ではあるまいか、という折衷的意見が大勢を占めた。

「それも一理です」

議論にだめ押しをしたのは、藪内副社長であった。継続案件とするとの発議に誰も異論をはさまなかった。

「それでは本日はこれにて……」

意外にも海江田社長は、あっさりと引き下がり、取締役会議の閉会を宣した。

――海江田社長および財務担当上原副社長より報告せられし東洋監査法人非選任につき了承され、海江田社長より発議された増資問題は継続案件に決し、臨時取締役会議、同日午前十一時に散会す――と、津村がメモ書きを終えたとき、会議室には誰も残っていなかった。

秘書室の自席にもどると、机の上で電話がなっている。海江田社長からだった。

「金融庁に……。第一課長にアポイントを取りたいのだ、都合を聞いてくれないか」

と海江田は急《せ》いて言った。

5

東京大手町のゆうかHD本社で臨時取締役会議が開かれた、その日の夕刻、文京区千駄木の「シマズ」という割烹の座敷に金融庁監督局銀行第一課長の姿があった。引き戸を開けると五、六人ほど座れるカウンターがあり、その奥に衝立《ついたて》で仕切られた小上がりで酒の相手をしているのは、彼の部下で庁内では情報通として知られる池田俊政次席課長補佐だった。

「官邸はイラクですよ……」

ビールから日本酒に切り替えた池田は声をひそめていった。そこは池田の行きつけの店で用心のために、と案内したのだ。赤坂や六本木あたりなら顔見知りの新聞記者や業界関係者とばったり出くわす。しかしこんなところまで足を延ばして酒を飲む酔狂は、いまいというわけだ。なるほどカウンターの客は、ほとんど地元常連らしい。話題はとなり近所の噂話のようで、今夜話題になっているのは、女房が娘の担任である小学校教諭と逐電してしまった、洗濯屋のオヤジのことである。

「まあ、歳が十五も離れていちゃな」

「あっちの方を満足させることができないちゅうわけかな……」

常連たちは卑猥な話題に哄笑している。世間というのはどこも同じで、他人の不幸は格好の酒の肴というわけだ。

「美味い酒だね、この銘柄は?」

木内は杯を上げ、訊いた。

「タムラ、と言います。確か蔵元は福島の郡山だったと思いますよ。水のように抵抗なくのど元に入っていく……」

「美味い酒を、如水と言うそうだ。なるほど水の如しだ」

そう言って、木内政雄は杯を一気に飲み干した。ところで――と、前置きをして、上司の杯を満たしながら、池田は先ほどの話の続きをした。

「官邸は兵隊を出すつもりのようです」

「ほう」

事情通は官邸の奥深くで演じられている政治劇の一場を話した。イラク派兵は米大統領のたっての要請という。その要請に応えて高山首相がすかさずイラク攻撃に賛意を示したのはつい一週間前のことだ。

「だから……」

と池田は続けた。

いま官邸は金融問題どころの騒ぎではなくなっている。

「後先を考えず、高山の野郎は派兵を約束してしまったんですよ。だから官邸はてんやわんやの大騒動……。張り切っているのはマザコン坊やの防衛庁長官。官房長官は苦り切っていますね。なんせ、戦地に自衛隊を送り出すんですから……」

自衛隊は自国防衛の組織だ。それを戦闘地域に送り込むには、法制上無理がある。官僚なら誰でもわかっていることだ。そして、それが政局の焦点になることも。

「無理だろう……」

「だから特別立法の検討を始めているようです。つまりイラク特措法……。名称はそうなるでしょうな。そういうわけですから、竹村はほとんど高山とは会っていない、ヤツは宙に浮いた格好になっている。これで一件落着ですな……」

そう言って、池田は高笑いした。

金融問題に空白が生じる。政局はイラク問題にシフトするなら、金融問題どころじゃなくなるわけだ。ならば竹村一派の思惑と官邸の意向は背馳する。こうなると、竹村一派も動くに動けまい、というのが情報通池田の読みだ。池田も竹村一派の関与を疑っているのだった。しかし、木内は小首を傾げた。

「そうかな？」

東洋監査法人の降板、その裏に何かがあるのは確かだ。その背後には米金融マフィアの存在がある。日本の金融資産を食い物にしようと虎視眈々と狙っている連中だ。政局がイラク問題に移ったとしてもあの連中が、簡単に諦めるかどうか、木内には、そこのところが疑問に思えるのだった。しかし、それは言葉にせずに別なことを言った。

「昼過ぎ、海江田社長が訪ねてきてね」

「海江田社長が、ですか」

「ああ、海江田さんだ、今日の午前に臨時の取締役会議を開いたそうだよ」

「ほう。取締役会議を……。議題は何だったんですか」

「東洋の降板通告を受け、東洋非選任を了承したこと、もうひとつの議案は増資の件だと言っていた。まあ、この時期に増資を発表することの、プラスとマイナスについて、彼はどう判断すべきかを訊いていたよ」

「で、どう答えました？」

「まあ、体力を強化するのは基本。基本的には正しい経営判断と答えておいた」

「すると、決算の方は……」

「しかし、いまひとつ問題がある。ゆうかには、ね……。内紛の兆しがある、どうも雲野さんとしっくりいっていないようなんだ、海江田さんは……。あの強気の海江田さんが愚痴をこぼしていたよ」

「清濁併せ呑む、そんな海江田さんでもやはりそうなんですか……」

「ああ、そのようだな。合併銀行の経営は難しい。しかし獅子吼《ししく》ぶりは相変わらずだ」

「こんなときなのに、ね……」

池田は渋い顔で言った。

料理が運ばれてきた。真っ白な大皿に緑や赤など彩りのバランスを考えた野菜の盛りつけ。食は見た目が大事というが、料理人はそのことをよく心得ている。

「タラノメか、そんな季節なんだね……」

木内は目を細めて箸を付ける。

シマズは野菜中心の店で、農家と特約したとりたての新鮮な無農薬野菜を天ぷらにしたり、煮物やサラダにして出す、それがこの店の売りでもあるのだ。

「しかし、この店はテンペでしょうな」

池田は少し得意げに言った。

「テンペ？　知らないな。どんな野菜なんかな」

木内は新潟の生まれで、もともとは農家なのだが、両親とも高校教師だ。細々と農業を続けているのは今年八十四になる祖母だ。いまでもときおり新鮮な野菜を、宅配便で送ってくる。出自が農家だから野菜についての知識はあるつもりだ。

「野菜じゃないですよ、大豆を原料にした発酵食品なんです」

「じゃあ、納豆のたぐいか」

「まあ、似たようなものですが、納豆菌と菌が違うんですよ。テンペ菌と言って、外観はカマンベールやこうじの感じ。そのテンペ菌で大豆を発酵させたのがテンペ。原産地はインドネシアなんですな、これが」

「ほう。インドネシアね。しかし、こういうたぐいの菌類は防疫上輸入が禁止されているはずだが……」

「七〇年代にアメリカのヒッピーがカリフォルニアに持ち込んだんですね。ベジタリアンですよ、テンペをはやらせたのは……。そういうわけで西海岸経由で日本に入ってきたそうです。インドネシアから直接入ればダメなんでしょうが、まあ、アメリカ経由だからＯＫになったんでしょうな……」

「アメリカ経由ならＯＫか――」

「そういうことです」

「日本の役人は軽いからな」

「われわれも同じじゃないですか」

そう言って、池田は笑った。その笑いに木内は引き込まれ、大笑いした。発展途上国ならダメだが、アメリカなら大丈夫というアメリカ一辺倒。なにやら日米関係の現状を象徴するようでおかしかった。

調理法は簡単だ。包丁でカットして、煮たり、焼いたり、揚げたり、サラダにしてもいける。この店では竜田揚げ風のテンペが評判だという。血液サラサラ成分が入っているので健康食品としても注目を集めている。

「詳しいね、池田君は……」

「ひとつ試してみます？　オカミ……」

池田はカウンターの向こうに声をかけた。

年の頃は四十代半ばか、オカミと呼ばれた女性は博多人形に似た瓜核顔《うりざね》の美形だ。

「テンペを竜田揚げで……」

「かしこまりました」

温もりのある九州の言葉で応じた。

「ところで……」

と、池田はまた声をひそめた。

「実は六本木の……」

「アートヒルズに、そんなものが……」

「ご存じでしょう、高山がときおり利用しているフランス料理屋を。しかし、それはカモフラージュなんですよ。直通のエレベータが地下でつながっていて別館に出られるという仕掛けなんですわ……。まあ、操觚《そうこ》の連中を煙にまくという寸法です」

池田は操觚などという難しい漢語を使った。觚とはもともと四角の木札を表し、その昔中国では、觚に文字を記したことから、意味が転じて文筆に従事する人間を、操觚と呼ぶことになった。つまり、官僚たちの隠語で新聞記者連中のことだ。

「竹村や大村がシンプソンとなにやら画策しているのは聞いていたが、なるほど、ね。あのアートヒルズが秘密のアジトというわけか。そう言えば、武藤洋介も、あそこに事務所を持っていたな。それに磯谷総理秘書官の事務所も……」

「調べてみたんですよ。米系金融機関の連中が、裏オフィスとして使っている。シンプソン公使もときどき出入りをしているようですな。もちろん、竹村も大村も……」

池田は手帳を取り出し、金融マフィアの参謀本部に出入りしている連中の名前を次々に挙げた。メンバーに共通するのは、いずれも明義大学の出身者や関係者であること、アメリカの金融コンサルタントや弁護士、あるいは金融関係者だ。しかも名うての市場原理主義者ばかりというのが特徴だ。

「うん。臭うね……。オーナーは確か」

「小森です。ご存じでしょう、武藤が小森の義弟であるのは……。二人は明義大学では学部もいっしょです」

「官房長官を務めた、あの武藤か。そういう関係だったのか。小森ね……」

「そうです、彼は武藤を通じて高山に接近して、いまではスポンサー気取り……」

さすがに情報通だ。小森とは都内一等地にオフィスビルを何十棟も持つ、売り出し中の経済人だ。しかしマスコミ嫌いもあって、彼の本当の姿を、わかっている人間は意外にも少ないのである。

「メンツがそろった。まあ、東洋の降板は第一弾だね。次に何を仕掛けてくるか、ヤツらは……」

「しかし、課長……。高山から遠く避けられて内閣でも竹村は孤立していますからな。いまはイラク問題で手一杯。しばらく開店休業だと思いますよ」

もう金融問題は一段落したと池田は言った。その理由が金融保守派の攻勢で、竹村一派は動くに動けなくなっているからだと、その理由を池田は挙げた。ゆうかＨＤについても、東洋の降板で、これ以上深追いしないというのだった。

「池田君……。もう戦争は始まっているんだよ。食うか食われるか、の戦争が。残念ながら当事者の海江田さんにも、その認識がなかった。彼も、竹村一派の画策を疑っていたが、しかし、太陽との確執から東洋が降板した、そういう見方をしているようだった。それは違うと思うよ」

池田は唖然として上司の顔を見た。

（そうだろうか）

と、疑い深い顔で上司を凝視した。

「最近の新聞論調をどう見るかね、はっきりしているのはひとつ。銀行はまだ不良債権を隠している、早く膿を出し、不良債権を抜本処理しなければ、日本経済は立ち直ることができない、そのためには厳格な不良債権の査定が必要であり、その結果を踏まえて、必要な引当金を積み増すことを、主張しているよね……。その上で金融庁検査の甘さを批判して、金融庁と金融業界の癒着を断ち切る必要がある――と」

「確かに、その通りですが……」

「それだけだったら特別驚きはしないが、いいかね。最近の経済誌を見ると、具体的な金融機関名を上げ、ここが危ない、あそこが危ないと書き散らしている。情報源を追っていくと行き着くのが、大村事務所なんだよ。大村が情報をリークしているんだ」

木内は書類カバンから、幾冊かの雑誌を出した。そこには大手出版社系の週刊誌二冊と有名経済誌三冊があった。その雑誌類を示しながら、木内は言った。

「見てごらん……」

そこにはセンセーショナルな文字が躍っている。ターゲットになっているのは、いずれも日本を代表する金融グループばかりだ。そのなかにはゆうか金融グループやみずほ、UFJなどの名前もある。ある経済誌は決算見通しを、試算している。有価証券をベースにした分析だが、明らかにある意図を持ち、その方向に誘導する分析の仕方をしている。

「しかし、金融保守派の攻勢で……」

池田の言いたいことはわかる。彼が官邸周辺や永田町から集めてきた情報では、確かに竹村一派は不利な状況におかれているようにも見える。そして池田は自分の情報収集力に自信をもっているのだ。

「連中が言うところの二月逆風というヤツだろう。自民党の一部議員を含め、問責決議案が出ているほどなのだから、竹村は金融保守派に妥協をし始めたのではないか
――と、そういう分析だろう」

「そうですが……」

「しかし、それは間違っている。ヤツらにはいまは状況が悪いから、首をすっこめて

いるだけで、決して諦めているわけじゃない。必ず次の手を打ってくるさ」

「…………」

「つまり、もう戦争は始まっているんだ」

「課長はどうするつもりです？」

「決まっているじゃないか、彼らの策謀を踏みつぶし、封殺する」

そう言ってから木内は部下の顔をみて、力強くうなずくのだった。

「協力してくれるか、これから僕は法律すれすれの、タイトロープをわたる。ヤツらの出方次第で勝負に出るつもりだ」

第三章　深夜の密告電話

1

それから一週間後の午後十一時半、東京大手町にある毎朝新聞経済部に一本の匿名のたれ込み電話が入った。その夜の朝刊当番は、一ヵ月前にデスクに就任したばかりの西岡浩志だった。刷り上がってきた早番朝刊に目を通しているときだった。交換を通じての電話である。相手はいきなり切り出した。

「重大なことです」

電話の相手はくぐもった声で言った。受話器をハンケチか何かで包み、声の正体がわからないようにして電話をしているようだ。交換を通じて経済部を呼び出したところをみると、新聞社の内情を知らない男のようだ。

「どちらさま?」

「名前は勘弁してくださいな。まあ、ゆうか金融グループの関係者ということで勘弁していただきたいのですが。もっとも、そちらで関心がなければ、この話はなかったことにしていただいてもかまいません」

「ゆうかですか……」

ゆうかＨＤの名前を聞き、西岡浩志はギックとした。ゆうかＨＤは、彼の元妻津村佳代子が勤務する銀行だ。しかし、西岡はすぐに職業人としての、新聞記者の顔にもどっていた。西岡浩志は部下に目配せをして、録音を採れる態勢を作った。一呼吸をおき、ネクタイを弛めて受話器を首と肩で挟みメモ用紙を広げて相手に呼びかけた。

「どういう話なんです？　詳しくお聞かせ願いますか……」

「記事にしていただけますか」

なにやら急《せ》いている。

「それは話をうかがい、こちらで確認の取材をしてみないことには、いまの段階では何とも申し上げられませんが……」

「新聞社は悠長ですな。銀行がつぶれるかどうかの重大ニュースなんですよ」

相手の男は巧みだ。

「ゆうかＨＤがつぶれる、そういう事態にあるということですか」

「その通りです。ご存じですか、ゆうかＨＤの監査を引き受けている監査法人が、債務超過を理由に降板することを決めたんです。まあ、粉飾に手を貸せば、監査法人がどんな処分を受けるか……。その疑いが濃厚になったので、降板を決めた……。その意味は、よくおわかりですよね」

「ああ、株主に損害賠償を請求されるか、場合によっては、刑事訴追の可能性もある、そういう意味ですね」

「さすが毎朝の経済部ですね。よく勉強されておられる。その通り。監査法人は、そのリスクを嫌って逃げた、降板を決めたというわけですな……」

男は巧みに誘導していく。西岡は誘導に乗ることにした。

「それで、その監査法人というのは？」

額に冷や汗がにじんでくる。

新聞社には、このたぐいのたれ込み電話はよく入る。しかし、その大半はガセネタが多く、振り回されるのが常だ。しかし、どうやら今夜の電話の主は、金融問題の専門家のようである。話のつじつまもあっているように思える。西岡は部下にメモを示し、ゆうかＨＤの資料を持ってくるよう、目線で合図をした。電話はオープンにして、部下もやり取りを聞いているので、部下はすぐに資料室に飛び出した、時間をかけずに机の上に資料が広げられた。

「それは、そちらで調べてくださいな。ひとつだけ数字を教えましょう……」

「………」

「資本比率が貸出債権に対し、四パーセントを割り込みますな。ポイントは繰延税金資産の評価算定です。今期決算でゆうかＨＤは約八千億円計上する予定でした。それが難しくなり、結果、資本不足におちいる」

相手には専門的な知識がある。まんざらデタラメではなさそうだ。西岡は慎重に言葉を選びながら、質問をした。

「繰延税金資産の算定が問題になるということですか。しかし、金融庁検査が入ったのは二ヵ月前でしたよね、われわれの識る限りではとくに問題は指摘されなかった、そう聞いていますが……」

質問には直接答えず、男は別なことを言い始めた。

「もうひとつだけ……。監査法人が降板するということは決算不能になる。決算不能ということは上場廃止になる、それぐらいのことはおわかりですよね」

「繰り返しますが、金融庁検査では、問題がなかった――と」

「アンタ、金融庁の言うことをまともに信じるんですか、連中はグルですよ、グル。その癒着が金融界の再建を遅らせてきたのは、アンタの新聞も書いているじゃないの。私の話を疑うのなら、これ以上は……」

「もしもし！」

もう電話は切れて、ツーンという音が聞こえてくるだけだった。

「銀行協会のキャップは誰だった？　すぐに連絡を取ってくれないか、それから金融庁クラブの松本クンを……。それから日銀担当もだ」

西岡はサブデスクに指示を出す。

デスクのまわりに部下の記者たちが集まってきた。部下たちも、電話のやり取りを聞いている。しかし、誰もが首を傾げている。

「ホンマかいな……」

銀座か新橋で飲んでいたのか、部下のひとりが酒やけの顔で言った。この時間になるとたいていの記者は、飲み屋に繰り出したあと一度は本社にもどってくる。たぶん、彼は取材相手と酒杯を交わしていたのだろう。

「たれ込みはウチだけかな……」

それは誰もが考えていたことだ。

「さあ……」

彼の同僚記者が首を傾げた。

複数の新聞社にたれ込みをしているとすれば、特オチとなる。特オチとは、せっかくのスクープを取り逃がし、他社に抜かれることだ。記者には特オチは致命的な失点だ。しかし、この時間だ、朝刊に入れるには無理がある。情報が情報だけに、確認取材の必要があるからだ。西岡はワイシャツの袖をまくり上げ、ボールペンで額をつつきながら、しばらく考えていた。

三十分後、金融庁クラブの松本キャップや日銀クラブの西尾キャップなど、金融担当の記者クラブキャップが集まってきた。ただならぬ様子に、それぞれは緊張した面もちで経済部デスク西岡の顔をみた。事情を説明したのは、サブデスクの前島だった。

「そういうわけなんだ……」

前島サブデスクの説明のあと、西岡は部下の記者たちを相手に言った。

「しかし聞いていないな……」

銀行協会キャップの椎名が言った。同様に日銀クラブの西尾も、何も情報を持っていなかった。

「大スクープの可能性。しかし、一方ガセネタに振り回される可能性もあるわけだ」

椎名が皮肉な言い方をした。飲んでいるところを携帯で呼び出され、彼は不機嫌になっているのだった。

「記事にできない場合もある。しかし、いずれにせよ重大な情報だ。下手をすれば、長銀や日債銀の再現だ……たとえ、ガセネタだとしても、調べるのが仕事だ」

女房役の前島サブデスクが、椎名をたしなめた。その前島の言葉を引き取り、西岡が最後に言った。

「ともかく今夜中に当たれるところから当たることにしよう。しかし、慎重に……。まかり間違っても、債務超過なんていうことは口にするなよ。警戒され、取材は台無しになるだけでなく、われわれの不注意で、本当に倒産に追い込まれる可能性もあるからな。要するに、ゆうかＨＤの監査をやっている監査法人を探り出し、降板したかどうか、それをまず探る……。そのあとのことは、明日の編集会議で決める。わかったら、すぐに取材にかかってくれ、いいな」

デスクの叱咤を背中に受け、部下たちは深夜の街に散っていった。ある者は、取材相手のドアをたたき、ある者は、仕事中の相手を襲い、取材する。たぶん、日銀担当の西尾はゆうかＨＤ社長の海江田久義の自宅を急襲するに違いない。金融庁担当の松本は、国士気取りの川本祐治審議官を訪ねるつもりであろう。いずれも一癖も二癖もある連中だ。彼らが記者にどのように対応するか、一人ひとり脳裡に浮かんでくる。

西岡は時計を見る。もう十二時四十分。今夜のところ成果は期待できないだろうと、考えながら、久しく電話などかけることのなかった相手を思い出し、電話をかけてみることを思い立った。

2

翌日の午後。微妙な問題を含むため、一般職に任すこともできず、秘書室リストラ原案を、津村自らがワープロで清書する作業が終わったとき、もう午後八時を過ぎていた。秋本室長は自民党幹部が主催する懇親会に出席する海江田社長に同伴し、銀行を出たのは一時間前だ。今夜は珍しく重役たちは帰路についている。重役室に残っているのは青木貞夫財務部長だけだ。

その日の海江田社長は、慌ただしく動き回り、終日不機嫌だった。いつも陽性の海江田社長にしては珍しいことだ。

会長、社長、副社長らが帰宅した段階で総合職をのぞき、秘書室員たちは、職務から解放される。それでも遅くまで仕事をするのは習い性だ。今夜は仕事をしているのは、ほんの数名だ。津村の斜め前に窓を背にした机を持つ秘書室次長峰川充子の席がある。峰川次長は難しい顔でパソコンを操作している。

（どうかしら？）

津村はもう一度、リストラ原案を検討してみる。遺漏があってはならない、細かなチェックが必要だ。もちろん、最終責任は秘書室長である秋本が持つ。しかし、室長のチェックは形式だけで、彼の仕事は印鑑を押すだけなのだ。しかし、気分が重い。一般職の数名を秘書室から外し、不足戦力を派遣社員で補充することになった。

もちろん、機密を取り扱う秘書室で派遣社員を受け入れることには異論もあった。その異論を抑えて、決定したのは次長の峰川だった。リストラの一環として客に出す緑茶のグレードも一ランク落とすことにした。それやこれやで、年間で約七百万円の経費節減ができるからというのが理由だ。

「派遣社員では問題が多すぎます」

と、会議の席で津村は意見を述べた。

「他の部署でもやっているじゃない」

と峰川はにべもなかった。

総額七百万円のリストラ。その子細を報告書にするのが今夜の仕事だ。バッグのなかで携帯が着メロを鳴らしている。浩志からの電話だった。そういえば昨夜、留守電がはいっていた。別れて以来、電話をかけてくるなど珍しいことだ。忙しさにかまけて返電するのを忘れていたが、留守電を確認したとき、どういうわけか、少し嬉しいような弾んだ気持ちになったのを覚えている。

「どう、元気にしている？」

「まあ、なんとか」

「いまいいかな、仕事中だったら、あとでかけ直すが……」

「いいわよ、簡単なことなら」

「連休中のことだが、もう予定を立てているのかな。いや、ね。ミナが暇なら旅行に誘ってみようかと思ってね」

浩志は子煩悩である。別れてからも父娘の間には行き来があった。父子の交通権を認めるというのが、離婚に際し、浩志が唯一だした条件であるのだから、これは認めざるを得なかったのだ。

「ミナがいいのなら……」

「ありがとう、それじゃ誘ってみるよ」

「どこにいくつもりなの？」

「まだ決めていないが、友達から誘われているのが、新潟の湯沢なんだ。そこに別荘があってね、スキー場の近くだから、スキーもできるし、スノーモービルもある。そこにしようか、と考えているんだ。まあ、みんな自炊して、わいわいがやがや――というわけだけどね……」

「そうなの、いいわね……」

「それから話は違うが、キミのところ何か問題でも起こっているのかい？　いや、別にたいしたことじゃないんだが、いろんな噂があるもんでね……」

「いろんな、噂？　例えば……」

「監査法人が決算業務から降板したとか、そんなたぐいの噂だ……」

「相変わらず、ね」

津村は含み笑いをもらした。いまでも浩志は仕事中心でまわっているのだ。しかし、その質問に内心びくりとした。

「あなた、私から情報を取るつもり？」

「必要なら誰からでも取るさ。たとえ、別れた女房からでも、ね」

浩志は笑っている。冗談を臭わせているが本気なのだ。

「聞いていないわよ、そんな話は……」

津村は軽くいなしたつもりだった。しかし相手はベテランの新聞記者。すかさず次の質問を放ってきた。

「降板したのは東洋監査法人だそうだね。そのことは調べてわかっているんだよ。問題は何で降板を決めたのか、ゆうかＨＤが再任を拒否したのか、それとも東洋側が何らかの事情で降板することを決めたのか、つまり、そこなんだよ、問題は……」

「ずいぶん詳しいのね。私の知らないことまで知っているわ。で、そんな話聞いていないけど、あなた、どこで聞いてきたの？」

「逆取材かい……」

辛辣な言い方だ。元来、浩志は冗談好きの愉快な男だ。背丈はそれほどでもないが、傍目《はため》にもいい男だ。夫でなくて恋人でいたら別れずにすんだとも思う。しかし、今夜の浩志はあくまで仕事の口調を崩していない。

「相変わらずの、意地悪ね」

「ひとつだけ聞きたい、降板の理由だが、債務超過っていうことはないよね」

津村はどきんとした。

かなり正確に事態を把握しているように思える。しかし、知っているのはごく一部だ。毎朝に情報をもらしたのはいったい誰なのか。ゆうかＨＤの内部か、それとも、東洋監査法人の岡部！　しかし、まさかと思う。彼らにも職業上の守秘義務というものがある。いくらなんでも、新聞社に情報をもらすようなことはすまい。もし露見したら監査法人自身が信用を失うだけでなく、刑事訴追されたあげく、巨額な損害賠償を請求される。そんなリスクを冒してまで、新聞社に情報をもらすことなど、絶対に考えられないことだ。

（それならば……）

考えるゆとりも与えず、浩志は次の質問を重ねてきた。

「たとえ債務超過の状態にあるとしても、キミの立場じゃ、知るよしもないだろうが、財務諸表を読んでみたけど、やっぱり経営状態はよくないようだね……」

津村はカチンときた。浩志は挑発しているのだ。挑発しながら、本音を引き出すという作戦なのだ。反論すれば反論した、相手の材料をもとに、突っ込みをかけてくるという作戦なのだ。しかし、津村は反論してみたくなる気持ちをぐっとこらえた。

こういうとき、どう対処すべきか、ゆうかＨＤほどの大企業ともなれば、それなりの訓練を受けている。聞き流すというのも、その作法のひとつだ。津村はいっさいを聞き流すことに決めた。元妻に対しても、職業的な態度を変えないのが憎たらしい……。

「余計なことを言ってしまった。悪気はないんだ。ゴメン――。それじゃ、ミナには僕の方から電話をしておく……」

浩志は言いたいことを言い終えると、電話を切った。浩志はいつもこんな調子だった。

「ごくろうさん。まだ仕事かね」

振り向くと、青木部長が立っていた。

疲れた顔だ。決算を実務の責任者として仕切るのが青木だ。今回の決算は合併後初めての決算だ。その上に監査法人が降板するのしないのと騒動が持ち上がったことも、心労のタネになった。しかし、口元には笑みが浮かんでいる。元来、青木は優しい男なのだ。

「部長……」

改めて部長の顔を見て、しかし、話すべきかどうか、迷いが生じた。前大がもたらした情報。それをどう伝えるべきか、迷ったのだった。しかし、銀行の死活に関わる問題である。秘書課長の立場では黙過できないことである。迷う津村の机の向こうで、先ほどのやり取りに聞き耳を立てていた峰川次長が作業の手を休めジッとみている。

「実は毎朝新聞から電話がありまして……」

「ほうー」

話を途中でさえぎり、青木は二人を別室に呼び入れ、話の続きを聞いた。

「そう……」

青木の表情がたちまち険しくなった。

「先ほどの電話？」

聞き耳を立てていた峰川次長が腰を浮かせて訊いた。

「知人かね、その新聞記者は？」

そう青木が訊くのも当然だ。取材ならば広報を通じるものだし、秘書室が新聞記者の取材に直接応対することは、社内規定で禁じられているからだ。津村は言葉に窮した。

「知り合いの方なの？」

「ええ……」

と、津村は小さくうなずいた。

電話でのやり取りを聞いていれば、相手は容易に想像できる。しかも銀行の電話ではなくて、携帯に入ったのだから。津村は責められるような気分になってくる。しかし、青木は意外なことを口にした。

「昨夜、海江田社長の自宅に毎朝の記者が夜回りをかけてね、何の用事かと訊くと、監査法人降板の話だった……」

（そうだったのか）

と津村は青木の話を聞き得心した。いつも陽性の海江田社長がいつになく不機嫌な理由がわかったからだ。

「社長は自宅に記者を上げ、丁寧に説明したそうだ。まあ、その記者が納得してくれたかどうかはわからないが……」

「そうでしたか……」

日銀担当の西尾という記者が、質問したのは二点。監査法人降板の事実確認と、その理由がひとつ。債務超過においっている可能性――についてだった。

「社長は降板の事実をあっさりと認め、その理由を、昭和系と首都系がそれぞれ契約していた二監査法人を合併に際して、一法人に絞っただけの話で、特段、降板したとか、解任したとか、そういう問題ではない、そう説明したと話しておられた。ついでにバランスシートを示し、経営の実情と経営再建計画の見通しについても、詳しく説明した、と社長は言っていた」

海江田社長はマスコミを相手にするのは得意ではないが、嘘を言うような人間でもなかった。しかし、記者を相手に獅子奮迅したに違いない。その姿が目に浮かぶ。

「それで納得したのですか」

「ああ、納得した、と社長は言っておられたがね。まあ、いずれにしてもバランスシートを丹念に読めばわかることで、隠し事をすればすぐにばれるから。しかし、きょうびの記者にバランスシートが読めるかどうか、疑問だがね……」

青木は笑いながら言った。

「僕はね、学生時代に数学をやりたいと思った時期があるんだ。しかし、数学じゃメシが食えないから、銀行屋になった」

「そうでしたの……」

青木は続けた。

「もっとも基本的な、普遍性を持つ数式は、実に美しいものなんだよ。たとえば、アインシュタインの相対性理論がそうだと思う。美しく整った式ほど本質を表現する。そういうものに惹かれたのでね」

首都系の取締役が、実は、高校生のときに数学の天才と呼ばれていたとは、なんだか新しい発見をしたようで嬉しかった。

「実はね、バランスシートにも同じことがいえるんだよ。数学は自然界の事象を的確に記述するため独自の表現方法を編み出した。それが数式であり、記号化だ。会計学にも同じようなことがいえる。銀行会計には独自の用語法と処理の仕方があってね、まあ、難解だが、健全なバランスシートというのは実に美しいものだ。そういうものが書けたとき、自分でも、ああ、この仕事をやっていてよかったと思う……」

　銀行会計を、そんな風に話すのを聞くのは初めてのことだ。実際のところ津村は、銀行会計というものをよくわかっていなかった。普通に考えるよりももっと専門的で、各種の法律や規則にがんじがらめにされていて、素人には近寄りがたい世界だと思っていた。しかし青木は別な側面を開いてみせた。そこには普遍的な真理がある。つまり万物の法則に連なる真理のことである。

「僕は会計士だ。美しいバランスシートを完成させるのが僕らの仕事だ。しかし、今期についていうなら、あまり自信がない。ゴツゴツしていておさまりが悪い」

　それぞれの企業には、それぞれの企業文化があるように、企業会計についても、それぞれの企業会計がある。長い時間をかけて作り上げて、それが人から人へと伝えられ、磨き上げられていく企業会計だ。

　しかし、異なる企業文化を持つ二つの企業が、ひとつのバランスシートを作るのが今期決算である。それは二つのバランスシートを、ひとつのバランスシートに連結するという単純な作業ではない。融資の考え方が違えば、融資先に対する評価も異なる。その評価には、そこに関わる人間の恣意が加わり、それを互いに了解しながらの、異種の価値観をひとつにまとめ上げていく難儀な作業なのである。

「ゴツゴツしているね、今期のバランスシートは……。無理を通せばバランスを欠く。きっと岡部君は、バランスを欠いた姿が許せなかったのかもしれない」

そんな話をしてから、青木は不意に津村の顔を見て訊いた。

「その記者はバランスシートを読めるひとなのかね。その記者はうちのバランスシートを見て、美しくない、不細工で醜悪だ、そう言ったのかね……」

「さあ、どうでしょうか……」

津村は困った。

バランスシートを、そんな風に見る新聞記者なんているだろうか。いや、いはすまいと思う。新聞記者の多くは、エコノミストとか称する連中の解説を聞き、いい悪いを判断しているに過ぎないのだ。そして断片的な数字をつなぎ合わせて、あれこれ評論しているのがマスコミの実態。津村は、そんな意味のことを話した。

「そうだろうな……」

その感想に青木はうなずいた。

「しかし、部長。まだバランスシートは発表していないのじゃないですか。決算も終わっていないのですから……」

峰川は首を傾げながら言った。峰川が言ったのは情報漏洩の可能性だ。津村は浩志の話していたことを思い起こしてみた。なるほど言われてみれば不思議な話だ。監査法人が降板した事実も、その理由が債務超過を疑っての降板ではないかと疑っていることなど、インサイダーの存在をにおわす。津村は青木部長の顔を見た。

「まあ、公開されている資料からある程度の推論は可能だろうな。繰延税金資産や不良債権の計上などは……。優秀な記者なら予想数字は出せると思う。しかし、東洋降板を知っているとは正直驚きだ」

「やはり情報漏洩でしょうか。それが新聞社に流れたとか、そういう可能性は考えられないでしょうか、部長……」

　峰川は問題をシリアスに考えているようだった。

「いくらなんでも、それはあるまい。仮に情報が漏れたとすれば、うちの内部か監査法人。そんなバカなことはないと思う。むしろ疑うべきは無責任なエコノミストの連中かもしれないな。あれこれ勝手な解釈をして、それをマスコミに垂れ流すというやり方だ」

　情報漏洩――。津村も、その可能性を考えないでもなかった。しかし、青木はまだ監査法人に絶対の信頼を寄せ、その可能性を否定的に見ている。

「ところで、その西岡記者というのは、どういう人物なのかね。一度、会って詳しく説明してみたいと思うのだが……」

　青木は津村の顔を見て訊いた。

津村は困った。

個人的な事情を話すべきかどうか、迷ったのだった。しかし、津村は正直に話すべきだと思った。

「毎朝の記者は私の元、夫です」

3

毎朝新聞経済部の松本記者の取材を受けた金融庁の川本祐治審議官は、翌朝、監督局銀行第一課長を、自室に呼んだ。川本は木内課長の姿を認めると、ソファに腰を下ろし、高く足をくみ上げ、対の席を指さした。

審議官室には会議用のテーブルがおかれている。テーブルの上には幾組かの飲み干したコーヒーカップがあった。事前に、なにやらうち合わせをしていたのは明白だった。木内は小会議室に集まっていた例のエスタブリッシュな連中に違いないと思った。しかし、木内は指図された席に座り、一礼した。

「実は……」

川本は声の調子を落として切り出した。庁内でも情報通を自認する審議官は、深夜に新聞記者が来襲し、とんでもないことを訊かれて、顔色を失ったのを、少しも顔には出さずに続けた。審議官はあくまでも国士然としていて、自信に満ちあふれた態度だった。

「毎朝が、そんなことを」

「ああ……」

川本審議官は色なく答えた。

「誰です？　その記者は……」

「松本という金融庁担当のキャップだ」

木内はすぐに思い出した。何度も取材に応じたことのある男だ。強《したた》かな男——という印象が残っている。その男が深夜、審議官の官舎を急襲した理由は明白だ。金融界の一角に不穏な動きが出ている証拠だ。

「それで、どう説明されたのです」

「監査人解任は当事者の私的契約の問題。理由のいかんを問わず、金融庁が関与すべき問題ではない——と。もちろん、債務超過の疑義については明確に否認した。だから マスコミから問い合わせがあったとき、君たちもそのつもりで対応して欲しい。なあに、たいした問題じゃない」

またも情報で後れをとったという顔で木内の顔をみた。そして事態の収拾につとめたのは自分である——と。木内は切り返した。

「情報源を確かめたのですか」

　川本は虚をつかれた。しかし、すぐに体勢を立て直した。

「訊いても答えるわけないじゃないか、相手はマスコミなんだから……」

　ふてぶてしいというのか、強かというべきなのか。川本は情報の出所を詮議することよりも毎朝の記者をいかに退散させたか、財務省から出向してきている木内に手柄話をした。ことを荒立て、余計な議論をすれば痛くもない腹をさぐられることになるとも、川本は言った。木内は薄く笑って応じた。

「それもそうですな」

「まあ、評論家どもが、いろいろしゃべり散らしているので、たぶん、監査人降板に結びつけ、想像を膨らませ債務超過などと言っているんじゃないのかね……。いずれにせよ、監査人選任は当事者間の私的契約だから、役所としては口の出しようもない。やっこさんは満足して帰った」

　よく聞けば後解釈に過ぎぬのだが、なるほど完璧な答えであり、筋の通ったコメントに聞こえる。しかし、あの強かな男がそんな説明で納得したかどうか、木内には疑問に思えるのだった。どうやら川本は松本を軽くみているようだ。

　木内は異なる見解を持った。いよいよ連中は動き始めたのだ。妖怪変化たちがうごめき、あっちにもこっちにも、それらが流れを作り、渦を巻き、東京の空を覆い始めている。東京は闇の海だ。汐の流れもわからぬ闇の海である。海はざわめきはじめ、自分たちの足下も、波に洗われ出した、木内はそう感じた。話を切り上げて立ち上がろうとする審議官に木内は言った。

「これは、干戈《かんか》を交える覚悟が必要かもしれませんな、審議官……」

干戈とは武器を意味する。つまり木内は武器を持ち戦いをやる覚悟があるかと訊いたのだ。川本はジッと天井をみつめ、しばらく考えたあとに聞き返した。

「いったい、君は誰と戦うというのかね、この間も勇ましいことを言っていたが」

川本は憤然と聞き返した。

「決まっているじゃないですか、上です、上ですよ。正確にいうならば、その上を操る連中です」

そう言って木内は天井を指さした。総務審議官室の上のフロアには、金融庁担当大臣竹村伍市の執務室がある。

「大臣がもらしたというのか」

「わかりません――。しかし、流れは大臣が考えている方向に動き始めているのは事実です。都銀淘汰のシナリオです。まず標的にされたのがゆうかグループです。東洋降板は第一弾。第二弾がマスコミ操作。近いうちに第三弾が出てきます、必ず。そして惹起されるのが一大金融騒乱の勃発です」

木内は断定した。

「考えすぎじゃないか、木内君……」

そういう川本の顔に狼狽の色が浮かんでいた。何を考えているかも、その顔から見て取れる。考えていることは、小事である。財務省から出向してきた第一課長にバッテンをつけ、以後、財務省からの出向を謝絶し、重要ポストを金融庁プロパーで固める腹づもりなのだ。それが崩れた。金融庁きっての情報通などと自認するこの審議官は、情勢を読み取れずにいる。しかし、この男を巻き込む必要があると木内は考えていた。

銀行第一課にもどると木内は、すぐに二人の課長補佐を呼び、会議室に入った。机をはさみ、木内は二人と対座した。池田俊政は緊張した面もちで訊いた。

「何ごとです、課長！」

「戦争が始まったんだよ、戦争が……」

木内は事の次第を簡単に説明した。

「たれ込みだと思う」

「その疑いが濃厚ですな。それにしても悪質な……」

豊宮正志が応じた。

いま何をなすべきか、二人の飲み込みは早かった。

「出所を突き止めてみます」

「たぶん、大村事務所だと思う」

「そうでしょうな……」

気の早い男で、そう言うと、池田は立ち上がっていた。

夕刻、三人は再び会議をもった。

「匿名電話でした」

池田の報告にうなずいた。

「なるほど……。汚い手を使う」

豊宮が吐きすてた。

「ゆうかＨＤはどうでした？」

「それが芳しくない」

池田の質問に答えたのは木内だ。

木内は、その日の午前、海江田社長に情報漏洩の事実を確認した。

「やはり取材を受けたそうだ」

東洋降板は合併にともない、二つの監査法人をひとつに絞っただけの話で、特段、意図するものではないこと、そして経営の実情と経営再建計画の達成見通しにつき、詳しく説明したことなど、海江田から電話で聞いた内容を、二人の部下に話した。

「筋の通った話じゃないですか。審議官のコメントとも齟齬はない。何が芳しくないというのです……」

能吏豊宮は首をひねった。

木内は続けた。

「危機感がないんだよ、ちっとも。戦争が始まっているというのに。彼ほどの男でも、事態を見誤り、金融過激派は追いつめられているものとみている。第三弾が飛び出してくるかもしれんのに……」

大銀行の当主として、海江田は初心《うぶ》に過ぎる。行政のからくりとか、金融過激派の思惑について、思いめぐらすこともないようにみえる。自らを金融行政の忠実な執行者であると考えて、正論のためなら、業界をまとめる苦労を買って出る。その律儀さと覇気は多とするが、今度の場合も、木内の忠告を、軽く受け流した。そういう思い込みが危機感を喪失させているように思えるのだった。

「相変わらず強気だった」

木内の言葉に、

「そうですか……。しかし、海江田さんのような銀行マンを育てたのも、実は金融行政だったんですからな」

と、豊宮は力のない笑い方をした。

4

上野不忍池は夜桜の見物客で、にぎわっていた。まだ三月半ばだというのに例年より一週間ほど早く芽を膨らませ、四月を待たずに満開になる気配だった。

津村佳代子が住むマンションは不忍池から歩いて十分ほどの距離にある。住所は文京区千駄木だ。千駄木の街は不忍通り沿いに東西に細長く伸びていてかなり広い。地下鉄は相変わらずの混雑だった。その混雑に厭気がさし不意に歩きたくなり、津村は、地下鉄千代田線を、自宅二つ手前の湯島駅で降り、不忍池に出たのだった。

（もう桜の季節なのね……）

津村はひとりつぶやいた。

三分咲きのソメイヨシノは、夜風に揺れている。毎年繰り返される光景ではあるが、気が早い人たちで桜の木の下は宴たけなわだった。疾風が通り抜け、頰に滴があたった。

（あら雨みたい……）

津村は頰をなでた。春の雨はいい。少しだけなら濡れて歩きたいと思う。池の向こうに六角堂がみえる。不忍池の弁天さまだ。柳も芽を吹き始めている。ライトアップされた新緑の柳はソメイヨシノと美しいコントラストを描いている。

久しぶりに池之端を歩き、忘れていた遠い日の光景がよみがえる。上野桜木町には父親の実家があって、貞正が独立し、白山に移るまでは、一家は桜木町に住んでいた。実家から不忍池までは歩いて十分もかからない距離にあり、父親に連れられて兄と三人で歩いた思い出がある。

大学を卒業し、社会人になってからも、この界隈から離れたことがなかった。赤ちゃんだったミナを乳母車に乗せ浩志と散歩したのもこのあたりだ。六角堂の渡り廊下をくぐり抜けたところに、堅固な石橋が架かっている。休日の晴れた昼下がり、ミナを片腕で抱え、鯉に餌を与える浩志の姿が思い出された。

ここに来ると不思議な安らぎを覚える。小さな世界だが、子供のころの津村には、それが大宇宙のように思えた。上野公園には日本一の動物園もあるが、それよりも子供心を弾ませたのは、小さな生物たちだった。不忍池には色や形や生態がさまざまな生物が棲んでいて、池をのぞけば、餌を待つ鯉、のろのろはい出してくる小さなミドリがめが大きくなり過ぎて捨てられた外来種の亀、あるいはアメンボーやザリガニなどさまざまな水中生物が生息していた。

植物世界も多様に息づいている。冬には東照宮の見事な牡丹、幾種類もの椿、まだ寒風が吹いているのに咲き誇る寒桜、そして春のソメイヨシノ、夏には蓮の華が、忘れがたいのは文化会館近くのイチョウ並木だ。柔らかな秋の日差しのなかに散りゆくイチョウは見事だ。梅雨の季節はアジサイだ。いや、愛《め》でるべきはジンチョウゲだ。あの香ばしい香りは下街の風景に色をそえてくれる。いやいや、もっとあるように思える。例えば、ジャスミン。あの香りは上野のお山を越え立ちこめる。季節を彩る草花はそれぞれだ。

浩志が好きだと言ったのは、博物館の裏庭に群生するムラサキダイコンだった。またの名を諸葛菜とも言われていることを教えてくれたのも浩志だった。その話を聞き、それは紫金草と呼ぶのが正しいと言ったのは父貞正だ。その正否を詮議したことはない。確かなのは、この花、春先に咲く可憐な草花だ。あのあたりにも家族と過ごした痕跡が残されている。

ミナは今夜、実家の方に泊まるという電話をしてきた。寂しくもあり、なんだか開放感のような、自分のなかで背馳する身勝手な女心が見え隠れしてとまどう自分がある。津村は六角堂の前に立った。石橋を渡り、不忍池を半周すれば池之端にもどることができる。今夜は久しぶりに「タカシ」に寄ってみようかと思った。

歩きながら津村は、先ほどのやり取りを振り返った。青木部長の会計学にまつわる独白が一段落したとき、現実の世界に引き戻したのは峰川次長だった。

「どこから流れたんでしょうか、情報は。東洋降板は当事者しか知らないでしょう。

それが新聞記者が知っていた、これって不思議だと思いませんか」

あのとき峰川次長が首を傾げた。

居心地が悪かった。なんといっても相手の記者は元夫なのだから。

「さあ……」

津村にもわかるはずがない。浩志に同じ質問をしてみたが、はぐらかされた。元女房であれ、誰であれ、新聞記者というのはネタ元を明かすようなことはすまい。情報源の秘匿は彼らの職業倫理のひとつでもあるのだから。とくに浩志は、そういうことにこだわる男でもある。訊いても、答えないのは当然である。それは青木部長にもよくわかっているようで、何も訊かなかった。

「もしかすると東洋かしら?」

峰川は唐突に言った。

ゆうかHDには、東洋に対する怨嗟の声が満ちあふれている。それを代弁するかのような言い方であった。長いつき合いの東洋。それが裏切ったという思いだ。口には出さぬが、重役の多くも、そう思っている。

「まさか、それはないだろう。倫理にもとるようなことをする連中ではない」

青木部長は即座に否定した。青木には無神経な発言に聞こえたのだ。

「それもそうですよね」

峰川は聡く青木の言い分を認めた。彼女は周囲の空気を読みながら発言するタイプの管理職だ。それはひとつの才能といっていいかもしれない。しかし、今夜の峰川は勇み足をしてしまったようだ。打たれ強いというのか、それでも、臆面もなくすぐに話題を変えるところなど、さすがに女性総合職一期生の貫禄である。

「銀行が危ないというのは、どこもいっしょですからね。週刊誌なんかは、明日にも金融恐慌来襲なんていう記事を、平気で書いているのですから……」

峰川次長はマスコミの一般論で解釈してみせた。彼女の解釈の仕方には嫋々《じょうじょう》としたところがあった。凝《しこ》りを残さぬ術を、彼女はよくよく心得ているのだった。

「そうかね」

青木は気のない返事をした。

長く財務部門を歩んできた青木には、東洋とは十年を超えるつきあいだ。とくに岡部とは個人的にも親しい間柄だった。その意味で怒り心頭なのは青木自身だ。しかし、青木は冷静に事態を受け止めている。激しく論争はしたが、個人として岡部を責めるような発言は一度としてしなかった。そうした岡部と青木の関係を、峰川は気づくべきだった。

「社長への報告はいかがいたしますか」

青木はしばらく考えた。

「その必要はないと思う。社長もすでにご承知のこと。監査人がどのような議論をしたのか、それを毎朝が承知というのなら、正式なルートを使って取材にはいるはずだ。債務超過というのは重大問題だからね。まあ、探りをいれてきたというのか、耳にした噂を、確かめようと思ったのかもしれない。いま市場には真偽不確かな情報が乱れ飛び、東京の金融市場はまるで暗黒の世界にあるようだ。しかし、ウチが債務超過なんていうのは、まったくのデタラメだ。安心しなさい、ゆうかＨＤ、ビクともしないから」

青木は語気を強めた。

あのとき、津村は浩志との電話でのやり取りを正確に話したわけではない。幾つか言葉にできぬ、ひっかかりがあった。それは、彼のなかに宿る銀行に対する不信感みたいなものと思った。

「例の件、読んだわよ」

青木部長が席を立ったあと、峰川次長が言った。例の件――というのは、リストラの原案のことだ。自分で言い出しておきながら原案を部下に作らせる峰川次長。男以上に出世に執念を燃やす彼女は、他人に恨まれるようなことや、決して泥をかぶるような真似はしない。その峰川を残し、津村は秘書室を出た。

「お先に失礼します」

ホールでエレベータを待っていると、青木部長が役員室から出てきた。青木とエレベータを待つ形となった。

「すまなかったね、個人的なことに立ち入ってしまって。しかし、君の夫君が毎朝だったとは、ね。わかるような気がする、別れた理由が……。僕のところも共働きだから。君は仕事が大好きなんだ。たぶん、彼もそうじゃないかな、互いに忙しくって、すれ違いの生活。すれ違いの生活に疲れての離婚、よく聞く話だ。ああ、また余計なことを言ってしまった。すまない」

「ええ、それはいいんです」

「ところで……」

と青木は言った。

「君の元夫に会ってみたいと思う。その手はずをお願いしたい。他意はない、会って実情を説明したいだけだ」

津村は思わず青木の顔をみた。青木は少しも安心などしていないのだ。それにしてもずいぶんな社命である。エレベータのドアが開き、二人は乗った。エレベータは地下の駐車場にノンストップでつながっている。

「僕のところも危ないんだ」

「ええ？」

青木はクックと笑った。

「大銀行の重役に登りつめた途端の離婚。僕らには子供がいないから、昔のひとりにもどるだけだけど、人生、むなしく感じる。仕事一筋の人生のつけがまわってきたのかな」

「…………」

個人的なことなど一度として話したことのない青木部長。思い当たることがある。秘書課員を自分の使用人のように勘違いをしている重役が大勢いるなかで、青木は家族からの電話すら一度としてなかったように思う。

「それじゃ頼みましたよ」

そう言うと、青木は送迎車が待つ駐車場の方に消えていった。その後ろ姿に向かって津村は深々と頭を下げるのだった。

（それにしても……）

バランスシートには美学があるなどと言いながら、家庭の内実をさりげなく明かし、それでいて浩志と会ってみたいなどと言う青木部長。隙をみせればどんどん入ってくる油断のならぬひと――。

不忍池を半周すると、ちょうど公衆トイレの前に出た。そこから歩いて五分ほどのところに「タカシ」がある。頭の芯が妙にさえているのに、今夜は疲れている。こんなとき独り酒もいい。仕事のことも娘のことも忘れ、たまには自分だけの時間を持ちたいと思う。今夜はそんな気分だ。

池之端から根津に連なる街は、新と旧とが複雑に入り組んでいる。不忍通り沿いはマンションが林立しているが、一歩、路地に入ると様相が一変する。棟割り長屋が続き、植木鉢をところ狭しとおいてある狭い路地を歩いていると不意に時代を錯誤させるような豪邸が出現したりする。タカシは、そんな町中の一郭にある。雨は本降りになってきた。タカシの灯りがみえる。引き戸を開けると、津村の姿を認めた女将が駆け寄ってきた。

「あら、濡れちゃって」

女将は里子といった。中学高校を通じての仲良しだ。里子は、津村の肩を抱くようにしてカウンターに座らせた。津村にはいつでも優しくって、姉のような振る舞いをする。離婚したとき、彼女にどれほど助けられたか。

「久しぶり、元気だった」

数えてみれば正月以来である。

「元気よ、しかし、不景気ね。店はこんな状態……」

里子がおしぼりで濡れた津村のスーツを拭きながら言った。なるほど今夜のタカシは静かだ。カウンターに二組客がいるだけだ。もう九時。割烹のピークは過ぎているのに、この状態である。不景気ね、という里子の言葉が実感できる。

「よう、佳代ちゃん。いらっしゃい」

カウンター越しに声をかけてきたのは主人の健介だ。千駄木三丁目に店を構える米屋の次男として生まれた健介とは、やはり里子と同じく幼なじみだった。気のいい男である。死ぬの生きるのと大騒ぎをして里子と所帯を持ったのは、まだ大学在学中だった。先代の里子の父親がタカシを閉めると言い出したとき二人でいっしょにやろうじゃないかと言い出したのは健介だった。

しかし、不思議である。元来は気のいい男なのだが、客に世辞のひとつも言えるわけでもなく、気に入らない客ならぷいっと横を向き、返事もしない。不思議だというのは、それでも客足は途絶えず、もう十年もやってこられたことだ。やはり里子の手腕ということなのだろうか。実際、夫婦者が店をやっているのを承知で、里子の顔みたさに通ってくる常連もあった。

「食事はすんだのかい」

「それがまだなの。適当にお願い」

「あいよ」

健介は厨房に姿を消した。客を相手にするより彼は厨房が好きなのだ。その分だけ料理の腕は確かだ。

「この間、浩志君がみえたの」

「そう……」

津村は気のない返事をした。

「懐かしがっていたわよ。四人でよくダブルデートをしたことを。彼、あなたにまだ未練があるみたい……」

里子は含み笑いをした。

「すっかり忘れちゃったわ。もう思い出すこともなくなった」

津村は嘘を言った。先ほどから浩志のことばかりを考えていたのに……。

「あなたっていつもそうなのね。素直になればいいのに」

里子が杯を満たしながら言った。

(そうは思う……)それはわかっている。しかし、浩志の名前が出ると、なぜか意固地になってしまうのだった。

そのとき、客が引き戸を開けた。

「おや、津村さん。津村さんでしたよね。東洋の岡部です……」

津村はびっくりして岡部の顔をみた。

「知り合いなの」

びっくりしたのは里子も同じだ。しかしそう聞かれても困るのである。岡部とは幾度か同じ会議に出たことはあるが、それだけのことである。交わした言葉も、ビジネスライクな挨拶だけだった。

「世間は狭いわね……」

里子はひとりで合点している。

聞いてみると、学生時代から出入りしていたというから、古参の常連と言えた。タカシには貞正もよく通っていた。それにしてもこれまで顔を合わせなかったのが不思議だ。

「よろしいですか」

遠慮がちだったが、そう言ったとき、岡部はもう津村の横に座っていた。

「お近くなの？」

できれば避けたい相手なのに、そう訊いたのは無視するのも里子の手前大人げないと思ったからだった。

「近くといえば近くです。池袋の先の要町《かなめちょう》ですから……。でも、学生時代の下宿が根津だったんです。そんなわけで、ときおり寄らせてもらっています。しかし、近ごろはずっとご無沙汰でした」

岡部は訊かれもしないことを話した。その言葉に東北の訛りがあった。津村とほぼ同世代か、少し上にもみえる。細身でいかにも神経質そうだ。あまり多弁ではないようで、飲み干した杯を、苦吟でもするかのようにジッとみていた。俳人の貞正が苦吟する姿をみて美しいと感じたのは大学生のときだ。庭先に立ち、一心に一点を凝視し、事物を文字に点描する、あの姿に似ている。

「迷惑をかけました」

しかし、岡部が口にしたのはビジネス世界のことだ。その意味はすぐに理解できた。監査人を降板したことだ。

「青木部長は立派な方です。彼には会計学上の美学があります。教えられたことも多かった。しかし、ルールが変わった。青木部長はルールに無頓着で、自分の美学にこだわっていた……」

（何を言い出すのか……）

津村は思わず岡部の顔をみた。

岡部は訥々と続けた。

「迷惑なのはわかっています。こんなところで野暮天にも仕事の話ですからね。しかし青木部長には伝えて欲しいのです」

青木とは長いつき合い。公認会計士として引き立ててもらった恩義もある。意を尽くすことができず、最後は喧嘩別れの形になってしまった。

「それが心残りなのです」

聞いているうちにだんだんが腹が立ってきた。監査を降板したのは、それなりの理由があってのことだろう。いまさら弁明を聞いても詮無いことだ。そんな話を聞かされても、無意味というより迷惑だ。

『迷惑と思っているのなら、その話、止めていただけます？　いまプライベートな時間を楽しんでいるのですから……」

そう言って、里子を呼び、席を変えようとする津村をひきとめ、岡部は言った。

「ですから、青木部長に伝えていただきたいのです。あれは時限爆弾だ、と」

岡部は必死の形相をしている。

「私、そういう立場にないのは、ご存じでしょう。決算に口出しをできる立場にはないのですから……」

「わかっています。津村さんの立場は。しかし、それがゆうか金融グループの死活問題につながることであっても、あなたは聞く耳を持たないということですか」

「死活問題？」

「ええ、死活問題なのです」

第四章　反撃のシナリオ

1

「やはりガセネタじゃないのかね」

　取材の途中経過を報告する毎朝新聞経済部のデスク会議で、そう発言したのは、経済部長を務める井坂茂雄だった。次の次は編集局長との評判をとる井坂は、新聞記者というよりもあくの強い政治家というタイプの男である。井坂は一人ひとり出席者の顔をみながら言葉を続けた。

「いろんな風評がある。ゆうかＨＤに限らず金融業界はどこが名指しされてもおかしくないからな。あるいは……」

　そこで言葉を切り、しばらく考えるそぶりをしてから、言葉を足した。

「例えば、悪質なイタズラ電話、ということもある。まあ、一種の愉快犯……。そういう連中に振り回されたのではたまらん。われわれの戦力にも限りがあるからな」

　取材打ち切りを臭わす発言だ。井坂が、慎重であるのはわかっている。いや、慎重というよりも、その情報に最初から懐疑的であったのだ。しかし、現場の責任者西岡浩志は少し違った印象を持っている。

匿名のたれ込みを受け、取材をはじめて三日目だ。しかし、芳しい情報が上がってきていない。経済部は五名の記者を投入し、確認取材を進めてきた。総勢八十名足らずの経済部で、特別に五名もの部員をはりつけているのだから、取材三日目ともなれば記事にするかどうか、そろそろ何らかの結論を出さねばならぬ。その意味で、井坂の言い分もわからないわけではなかった。

それよりも、米軍のイラク攻撃が始まりバグダッド陥落が間近に迫った現在、取材の総力を「イラク特措法」に関連づけ、日本の経済界の動きや、イラク戦争が与える経済への影響などを取材すべきだと井坂は考えているのだ。その考え方は妥当であるし、西岡自身も井坂の立場なら、そういう判断をするかもしれないと思う。それでも、西岡にはひっかかるものがあり、いましばらく取材を継続させたいと考えている。そのひっかかりの正体がまだよくつかめていないからだった。

「松本クン」

西岡は金融庁キャップの名を呼んだ。

「もう一度、金融庁周辺の取材結果を報告してくれないかな……」

「ええっと、取材相手は総務企画局の川本審議官。それに監督局の河井審議官。そのほか数名の現職にあたってみました。東洋降板の事実は確認することができました。問題はその理由ですが、東洋を再任するかどうかは当事者間の私的契約の問題。したがって役所が関与するようなことではない。第二に、債務超過の疑義——。これは明確に否定していました。その理由は、現場からそのような報告を受けていないからだということです。自分たちには遺漏はないとも」

「つまり特別検査の結果を言っているわけだな……」

「その通りです」

「で、取材をしてみた印象だが……」

「印象と言われましてもね。判断がつきかねるというのか、白黒相半ばというのが、正直なところです」

松本はあくまでも慎重だ。

「すると、たれ込みの主が言っていたような事態も考えられる、と。つまり東洋は債務超過を指摘し、ゆうかＨＤの経営陣と対立し、降板を決めたのじゃないか、そういう印象も他方にあるというわけだな」

今度は同僚記者が訊いた。

「いや、そこまでは言えません。ですから白黒相半ばする、そういうことです。つまり決定的な材料をつかめない……」

「次、椎名君……」

椎名は銀行協会にデスクを持つ銀行廻りの担当キャップだ。銀行首脳をつかまえ、取材して歩くのが仕事だ。経済部のなかでは紳士として通っているが、その分だけ、相手の主張に傾斜する傾向がある。しかし、理詰めの男でもあり、業界の人事に関しては、生き字引とも言われている。

「この三日間、ゆうかＨＤ本体と周辺を取材してみました。ゆうかＨＤでは、海江田社長自身に会ってみました。深夜にもかかわらず自宅にあげていただきまして」

「ほう、あのマスコミ嫌いの海江田社長がそんなサービスをするとは、変われば変わるものだ……。それで？」

「訊きもしないのに、財務諸表の説明を始めまして……。経営健全化計画の達成状況を詳しく説明してくれました。二年、少なくとも三年以内には、達成可能であるとも……」

「景気は悪い。不良債権は増え続けているのが現状で、しかもゆうかＨＤは中小企業を多く抱えている銀行だ。不良債権が増えれば対応する引当金の積み増しも必要。そんな銀行に果たして、三年以内に健全化計画の達成が可能だというのは疑問だね」

椎名の取材報告に夕刊当番のデスクのひとりが疑問をはさんだ。

「一般的にはその通り……。しかし、数字をみた限りでは、海江田社長の説明には矛盾がないように思えましたが」

椎名は手元の資料をみながら、細かな数字を上げていく。いずれも再建計画と現状とを対比する数字である。椎名は毎朝でも財務諸表が読める数少ない記者であり、その解析能力は誰もが評価する。しかし、数字の羅列の説明に、井坂部長が渋い顔で聞いている。その椎名の発言を途中でさえぎり、

「わかった。それで、東洋降板の件は、どんな具合に説明したのかね」

「はあ……」

椎名は再び取材ノートをみながら、説明を始めた。話し方は訥々としている。

両行合併以前においては、従前から監査法人は昭和銀を太陽監査法人が、首都系を東洋監査法人が、それぞれ担当してきたという経緯があり、当初は二監査法人のもとで決算の準備を進めてきた。だが、ひとつの企業の決算に二つもの監査法人が入るのは例のないことで、監査費用もバカにならず、経費節減の上からも、合併を実現した現在、太陽監査法人一本に絞ることにした——と。それなりの合理的な経営判断である。

「なるほど……」

椎名の説明に疑義は出されなかった。

「恨みでもあるんですかね」

「恨みというと」

　日銀を担当する西尾が言ったことに反応したのは松本だった。西尾が言ったのは、たれ込んだ人間の意図である。

「深い意味はないんだが、ゆうかに対し特別な感情を持っている人間がいて、あることないことをたれ込んだ、そういうことは考えられないかということです」

「恨みを、ね」

　西岡は腕組みをした姿勢で考え込む。ひっかかっているものの正体。西尾の言葉で、その正体が少しみえてきたように西岡には思えた。まだ、漠然とはしているが、それが恨みによるものか、正義感に基づく内部告発なのか、いずれにしてもある意図を持つたれ込みであるのは確かだ。

「しかし、正義漢の内部告発にしては中途半端だ。ゆうか銀行に恨みを持つ人間が大勢いるのはわかっているが、新聞社にわざわざ電話をかけてくるなら、自分が銀行になにをされたか、どんな被害を受けたか、もっと具体的に話すのが普通じゃないかな……」

「それもそうだ」

　西岡の話したことに、経済部長の井坂は相づちを打つ。井坂はイタズラ電話と疑っているのだ。しかし、イタズラ電話にしては、東洋が降板したこと、内部の人間でなければ知らないことを知っていた。監査法人の去就に関心を持つ人間など、いずれにせよ、ごくわずかな人間に過ぎないのである。西岡自身にしても、ゆうか金融グループの監査業務を引き受けているのが、太陽や東洋であることを知ったのははじめてのことだ。経済部の記者にしても、その程度のことであるから、一般のひとに馴染みがないのは当然。しかし、電話の主はそれを知っていた。取材をはじめてみようと思ったのもそのためだ。それがイタズラ電話説には与《くみ》し得ない理由でもある。

「もうひとつ考えられるかな……」

西岡は言った。

「なんだね、もうひとつの説というのは」

「内部告発説をとるにせよ、恨み説をとるにせよ、電話をかけてきた人間の目的を想像してみると、いずれにしても中途半端です。他方、イタズラ説をとるには、この電話の主は当事者でなければ知り得ぬ情報を持っていること。そう考えると、彼の目的は、ほかにあったのではないか、そう思えるのです」

「ほう」

と井坂は鼻を鳴らした。その途端、ワキに積んであった書類の山が崩れた。しかし、誰も気にするものはいない。思えば、毎朝新聞本社が新築されたのは二十年前のことだ。他社に先駆けハイテク機器を導入するなど、当時としては、最新鋭のビルであった。

その立派なビルも、雑然たるところは以前と少しも変わらず、いまや職場のいたるところに紙の山がうずたかく積み上げられていて、それが会議室にまであふれ出す始末だ。そんな中での会議が続いている。

「その動機というか、目的はどういうことになるんだ」

「そこですよ、部長。電話を受けてからずっと考えてきたんです。しかし、それがよくわからなかった。しかし、西尾君の恨み説がひとつのヒントになったんです。いや、私も西尾君と同じことを考えていたんです。銀行は人びとの怨嗟をかっている。確かに、そういう人間がいてもおかしなことではない。しかし、恨みを晴らそうとするなら、こんなやり方はしないと思う。電話をかけてきた、その動機。それが最大の問題だと思う」

「なるほど……」

西岡の話に松本が相づちを打つ。

西岡は続けた。

「ゆうかＨＤに世間の注目を集め、ゆうかを揺さぶることですよ。いま、どの銀行も破綻の危機に直面している。ちょっと揺さぶれば破綻は現実化する、その意味でゆうかＨＤは格好のターゲット。破綻は巨大な利権を産み落とす。その破綻によって膨大な富を詐取できる連中がいる。例えば、長銀がそうです。何せ、十億円の投資で、八千億円近い富を、無税で懐《ふところ》にした連中がいるのですから……」

「西岡さんの説に従うなら、そうすると、われわれの取材は、その連中に手を貸すことになるわけだ……。マスコミを利用して一儲けをたくらむ、そういう魂胆というわけか。それが事実なら、ただちに取材を中止するのが、新聞社の見識というものじゃないですか」

正論を言ったのは、日銀担当の西尾であった。経済部人脈の系譜からいえば、井坂に近い男だ。記者としてはすこぶるカンのいい男なのだが、社内政治にも鋭く反応する。恨み説をとるなら、相手にすべきではないというのが彼の考えだ。しかし、上司のデスクは、その言葉に別な反応をしたことに彼はとまどっているのだ。

「仮に、ですな……。ある特定集団が、ある特定の意図のもと、ある特定の金融グループをターゲットにする。目的は破綻から生じる利権。なるほど、考えられなくはない推論のひとつだ。その場合、ある特定集団とはいったいどういう集団なのか、その存在を特定するもの、これまた難しい、それに推論を補強する材料も皆無……」

そう言って、井坂は西岡の顔をみた。さすがに白日夢をみているのではないか、とは言わなかったが、皮肉な言い方だ。会議の結論はみえてきた。

しかし……、ある意図を持つ特定集団――と言った井坂部長の言葉から、井坂の発言の意図とはまるで正反対の想像が生まれた。西岡の胸の中ではその想像が現実味を帯びたものとして浮かび上がってくる。銀行の淘汰は竹村の持論。その議論と重ね合わせるとき、ある特定集団の存在がみえてくるのではないか。

押し殺した声で東洋降板を指摘した密告者は、やはり内部事情に通じた人間としか思えない。ゆうかＨＤを特定したのは他の金融グループに比較し、不良債権の規模が大きく、連中にすれば、それだけでターゲットにすべき大きな理由となる。

その議論に飛躍があるのは、西岡はわかっている。しかし、それは子供のころからの性癖というべきか、膨らみ始めた疑問を、そのままにしておくことができなくなるのだ。新聞社に入ってから、その勘を働かせて、幾つかスクープをものにした経験もあり、それが自信となり、生来の性癖に弾みをつけるようなところがある。

「まさかね……。いくら竹村でも、そこまではやらんと思う」

部内の空気はあくまで否定的だ。常識的にいえば、その通りだ。何も証拠らしい証拠がないのだから……。

「しかし、銀行国有化による不良債権処理はかつての竹村の持論。高山内閣の公約でもあるんです。それを簡単に諦めるとは、とても考えがたいのですよ」

「それはそうだが、官邸はどうなんだ」

井坂が官邸廻りの記者に訊いた。

「やはりイラク問題で振り回されている。まあ、正直言って金融問題どころの騒ぎではなくなっていますな。それに……」

　と、官邸廻りの記者は言った。

「高山は明らかに竹村に距離をおき始めている。ペイオフを延期してから、二人の関係は険悪になっている。まあ、自民党内部でも竹村に対する風当たりが強くなっている。野党の竹村解任に同調する動きすらある現状からすると、とても……」

　官邸廻りの記者は首を振った。

「そうか……。俺も、そういう話を聞いているよ。確かにいま、政局はイラク問題を中心に動いている。まあ、長銀や日債銀などでやった荒療治をやれる状況に、官邸はないと思う……」

　井坂は最後のだめ押しをした。

2

　津村佳代子は早朝に出勤した。秘書室はひっそりと静まりかえっている。時計をみるとまだ午前六時半。いつも見慣れている職場のはずなのに、なじみのない、ふっと別世界に迷い込んだような錯覚にとらわれた。それは彼女のなかに起こった小さな変化のためなのかもしれなかった。

津村は机に着くなり、パソコンをオンにした。見慣れた画面が浮かび上がる。検索画面に切り替え文字列を打ち込む。たちまち最初のホームページが現れ、フッとため息をもらした。早朝出勤し、パソコンにかじりついたのにはわけがある。昨夜、浩志の電話を受け、無視しようと思った岡部義正の話がにわかに現実味を帯びてきたからだった。

（ともかく調べてみなくては……）

次の画面を探る。

昨夜、電話をしたのは、津村の方からだった。しかし、彼の携帯は留守電だった。メッセージを入れて待つこと一時間。浩志から折り返しの電話があった。

「珍しいこともある。君から電話をくれるなんて……。どういう風の吹き回しかな」

「まだ新聞社？」

「ああ、いま会議が終わったばかりだ。それで用事というのはなんだい？　ミナのことかな」

「いや、ちょっと違うの。時間を作ってもらいたいの」

「ほう。嬉しいね、お誘いとは……」

「実は……」

事情を話した。

「財務部長が？　どういう用事なの」

「さあ。私にもわからないわ。でも、説明をしたいと言っているの」

「説明ね……」

悟るところがあったらしい。

「わかった」

意外にもあっさり承けた。

「ところで……」

浩志は続けた。

「東洋が引き上げたのは、何か裏があるんじゃないのかね」

「裏があるって？」

「そう。東洋に外部的な圧力がかかり、それで降板を決めたんじゃないか、昭和銀時代から数えれば十年越しのつき合い、その東洋が辞めると言い出したんだから、そう考えないと不自然じゃないか」

津村は思わず息を飲んだ。浩志は岡部と同じことを言っている。違うのは浩志は想像で話しているのに対し、岡部の話は自らの体験からの、一種の告白というべきであろう。その懊悩に耐えられず、重要な機密をうち明ける、そんな風な話し方だった。岡部は自分を責めていた。

あのとき、岡部はキーワードを言った。キーワードは「会長通牒」だ。繰延税金資産の算定方式を変えたのは、アメリカからの圧力を受けてのことでいわば国際標準に合せることであり、それは国際公約でもあり、国際公約を担保するのが「会長通牒」だと。自分たちは、その「会長通牒」に縛られているのだとも。一般論としてなら、なるほど、日本の不良債権処理の遅れに米政府が危機感を募《つの》らせているのは理解できる。しかし、国際公約とか公認会計士協会の「会長通牒」とか、そんなことにまでアメリカが口出しをするのか、津村の理解を超えた話だった。

だいたい、そんな話を聞かされても、津村の立場では、無意味というよりも、迷惑だった。すでに役員会議では太陽一本での決算体制を固めているのだから。泣き言を聞かされるのもウンザリだ。話を途中でさえぎり、席を立ったのは津村の方だった。そしてすっかり忘れていた。

東洋降板には裏がある――。岡部の話は浩志が話したこととつながってくる。岡部が話したことが、少しずつよみがえってくる。いまにして思う。あのとき、よく岡部の話を聞くべきだった――と。

沈黙が流れた。沈黙の意味を、浩志は別な風に理解したのか、

「いや、別に心配はいらないよ。引っかけるつもりもない。もうゆうかＨＤの取材はやらないことに決めたんだから。記事にするしないは別にして、ただ僕が知りたいの

は事実だけなんだ」

　と言った。それもまた驚きだった。

「取材を中止したと？」

　津村は信じられなかった。

「ああ、噂話を追いかけまわすほど、新聞社は暇じゃないってことさ」

　そう言って浩志は笑った。

　監査人の降板に、どれほどのニュースバリューがあるのか、津村にはわからない。しかし、降板の理由を追っていけばつきあたるのは議論の中身だ。それを承知で毎朝は取材をやめるということなのか。しかし、もう毎朝は動かないのだという話を聞き、ホッとする自分があることに津村は気づいた。

「さっきの話だけど……」

　と津村は話題を変えて訊いた。

「時間はあるの？」

「いつでも……。人に会って話を聞くのが商売だからね」

　浩志は少し間を置き、聞き返した。

「で、何を話したいのかな」

「さっきも言ったでしょうに、ゆうかＨＤについての説明。毎朝の記事には間違いが多いって。銀行の実態を正しく認識して欲しいというわけ。間違った記事で、銀行がつぶされたんじゃ大変ですからね」

津村は冗談を言った。

「なるほど、マスコミを教育してやろうというわけか。結構……。何が間違っているかはっきりさせるいい機会だ。その話、受けますと答えておいて」

浩志は軽いジャブを返してきた。弾み返る互いのジャブの応酬は、心地よい思い出をよみがえらせた。

「そうそう、里子喜んでいたわ。久しぶりで顔がみられたって」

「それはどうも。連休、ミナと旅行するのは予定通りでいいね。それじゃ……」

と、浩志は電話を切ろうとした。

「あの……」

と、言いかけて、あのとき津村は言葉を飲み込んだ。もう少し、浩志と話したいと思ったのだ。仕事やミナのことではなくて、二人のことについて。

「どうした？」

「いや、いいの……。それじゃ」

電話を切ったのは、津村の方だった。

（唐変木……）

と毒づき、苦笑してしまう。

気を利かせればいいものを、いつもあんな調子だから。そういう浩志を責めたことがある。そんな小さな心のずれを、あえて押し広げるのはいつも津村の方だった。しかし、いまは違う。ちょっとだけ優しくできる自分があることを、あのとさ、津村は知った。

　しかし、電話を終えてから津村は気になりだした。圧力をかけた外部勢力の正体のことである。そして岡部が話していたことを思い出そうとした。岡部はアメリカの関与を示唆し、会計士を縛るのは「会長通牒」なるものだと言った。そして浩志は外部勢力の関与を疑っていた。外部勢力の圧力とは、岡部の言うアメリカの関与を意味するのか。そのアメリカというものの正体は、具体的にはどのような組織なのか。考えているうちにそれを調べてみたいと思い立ったのだった。

　秘書室はひっそりとしている。

　パソコン画面には、公認会計士協会のホームページが現れている。早朝に出勤したのは自宅のインターネットでは、公認会計士協会のホームページには入れなかったからだ。高速回線でつながるインターネットは快適に作動している。少し急《せ》いた気持ちでパスワードを打ち込む。再び画面がめくれて会員専用の部屋が現れた。

広報資料やニュースフラッシュ、会長の動静、各種専門委員会や例会の案内とか、いろいろな項目が並んでいる。岡部が言っていた例の「会長通牒」なるものを探した。津村はひとつの文書を見つけた。表題に『繰延税金資産の回収可能に関する監査上の取扱い』とある。

とりあえず、津村は『監査上の取扱い』なる文書を読んでみた。難解な文書だ。津村はもともとアナリストである。だからこの手の文献調査はお手のものである。文書が作られた経緯や、それなりの専門知識がなければ理解不能な文書だ。次の文書に着目した。表題には『銀行等金融機関の正常先及び要注意先債権の貸倒比率または倒産確率に基づく貸倒引当金の計上における一定期間に関する通牒』とある、それはPDF形式の文書として格納されている。

長い文章を読み終えて、津村は考えた。たぶん、会計士を自縛する「会長通牒」なる文書はこれに違いないと思った。岡部はルールが変更されたとか、それが銀行にとって死活問題になるとか、そんな意味のことを言ったのを思い出した。しかし、具体的にはそのような文言はみつからなかった。

岡部の端正な顔を思い出した。みた風貌からしても、実直な男に思われた。彼が言ったことには、リアリティを直感させるものがあった。そしてその文書は確かにあった。いまにして思えば、よく話を聞くべきであったと悔やまれる。

津村はもう一度文章を読み返す。重大な何かを見落としていないか、隠された事実を発見できないか、丹念に読み直した。それでも津村にはわからなかった。頬杖をつき画面をみながら、岡部が話した言葉をひとつひとつ思い起こしてみる。

時限爆弾――と、この文書のことを言っていた。時限爆弾とは、それにしても過激な言葉だ。その言葉の意味を考え、津村は自分たちの知らないところで何かが起こっているのではないか、沼底からわき上がる小さなあわ粒のような不安がわき上がってくる。考えることに疲れを覚え、津村は給湯室に立ちコーヒーを淹れた。

浩志との電話を終えたあと、一睡もできなかった。そして夜明けを迎え、シャワーを浴びただけで出勤した。時計をみる。始業まで一時間はある。

津村は窓際に立った。窓は皇居に面して開かれている。朝日がビルの群れを照らし、皇居の森を赤く染めている。朝焼けの東京の空を飛び回るのはカラスの群れだ。その群れは銀座の方角に飛んでいく。

津村は不意に思い出した。津村は再びＨＰをみた。公認会計士協会のＨＰに「会長動静」なる項目がある。会長の公式日程を記録公開しているのだ。多忙な日程をこなしている。その合間を縫って、会長は竹村大臣と頻繁にあっている。米大使館にも足繁く通っている。まあ、公開された公式日程だ。密談をするには、あまりにもあけすけだ。しかし、状況的にはひとつの示唆がある。そして浮かび上がるのが「会長通牒」

という言葉だった。会計士を呪縛しているという「会長通牒」とは、どのような意味を持つのか。

会長通牒――。

その言葉を繰り返してみた。業界団体が使うには違和感がある。通常は外交用語として使われ、意味するところは、外交上一方的な内容の意思表示を相手国に伝える文書を指し、または国家が特定施策などを発表するときに用いる言葉だ。例えば、最後通牒などという用例がある。太平洋戦争が勃発する直前に米国務長官ハルが日本政府に突きつけた「ハルノート」がそれだ。

民間団体が使うとするならば、通常は「通達」で事足りる。それをわざわざ「通牒」としているところに特別の意味合いを含ませているのか、そこには議論の余地を残さぬという強い意志が伝わってくる。

津村は考えた。

やはり形式からいっても異例な文書だ。その意味するところは、公認会計士協会は国家に代わり、銀行会計のガイドラインを示した、そう考える以外にない。つまり、法律に等しい拘束力を持つ文書であることを、通牒という言葉に含ませたのではないか、そう考えるのが妥当のように思えてくる。

しかし、金融行政は金融庁が一元的に握っている。いわば、行政に対する介入だ。

それをなぜ金融庁は許したのか、いや、官僚たちがそんなことを許すまい。新しい疑問が次々と生まれてくる。

　津村は少しだけわかってきた。この文書は会計士を縛り、不適格な監査をした場合のリスクを指摘し、他方では監査法人にとってつもなく大きな権限を与えたのだ。つまり、「会長通牒」とは、監査法人に与えた裁量権のことなのである――と。行政や金融機関とは独立した視点から、財務諸表などの監査を通じて業務全体の適切性と健全性が確保されているかどうかを、外部監査を実施するのが監査法人である。つまり、その適合性の判断は、監査法人に任されるという理解だ。

　監査法人に与えられた裁量権。さりげなく挿入された言葉だ、毒のある刺激性のある言葉ではない、しかし、裁量権の行使は、監査法人の権力の源泉となる。その論理に従えば繰延税金資産計上の適否の判断も、監査人の裁量の範囲となるわけだ。

　裁量権を、そのような意味に理解するならば銀行には絶対的な存在となる。しかし銀行経営者は、出入りの業者程度の認識しかなかった。そこには恐ろしいほどの認識のギャップがある。それが岡部が言いたかったことなのか。が、津村にはわからなかった。

3

四月十九日午後四時。神戸三宮センター街を歩くジェム・ファフマンの姿があった。鷲鼻を太い指でつまみながら、鋭い視線を、用心深げに周囲に走らせ、一呼吸おいてから、真新しいオフィスビルに入った。そこは震災後に再建されたビルで、有名企業の神戸支店が入っている。外観通り内部も重厚な造りで、市長が神戸復興の象徴だと自慢したビルだ。エレベータは音もなく上昇した。

エレベータは神戸の街が眺望できるように設計されている。崩れたビルは取り除かれて次々と新しいビルが建っている。道路も拡幅されて、神戸は見違えるようになっている。しかし、よくよく観察すれば、震災の傷跡は街のあちらこちらに残っている。大震災に遭遇した神戸が活況を取り戻したのは、復興事業から発生する建設需要のおかげだったが、それが一段落すると、再び沈滞の空気に包まれている。しかし、ファフマンはこの街が大地震に襲われて、六千人を超える市民が犠牲になったことも、いまだに震災の後遺症で苦しむひとびとが大勢いることも知らなかった。いや、彼には知る必要もないのだ。

しかし、在日十年のキャリアを持つファファフマンは日本通を任じ、日本の金融界の動きに関しては、マチキンや暴力団がどのように金融問題に絡むか、そんな裏の世界にも通じる男である。エレベータはちょうど最上階で止まった。最上階には別世界が広がる。扉が開くと、大理石を敷き詰めた豪勢なフロアが広がり、その向こうに重厚な扉がある。オフィスというよりは、高級ホテルのラウンジという印象だ。巾長が自慢するこのビルの持ち主は最上階に住む男だ。

連絡を受けてのことか、扉前に秘書とおぼしき女性が立っている。モデルにしても立派に通用する均整のとれた美形である。彼女は深々と頭を下げ、ファフマンをいざなう。扉の奥は分厚い絨毯が敷きつめられ、調度品も超一流の品々ばかりである。

「いらっしゃい、元気だったか」

ファフマンを自室で迎えた男は流暢な英語を話した。よく聞けば西海岸の訛りのある英語だった。小さな体だ。ファフマンの首の下に彼の頭はあった。しかし、決して小さくはみえなかった。上等な背広に身を包み、悠然と構えた尊大な態度は、実際よりも彼を大きくみせている。眼鏡の奥の鋭い目つき、油断のない物腰。五十代の半ばか、いや、もう少し若いのかもしれぬ。醸し出しているのは、闇の世界に生きる男の独特の体臭である。

「ドクター……」

とファフマンは男を呼んだ。

男はドクターと呼ばれることが好きであった。いや、彼はドクターと呼ばれる仕事をしていたことがある。昔、彼は医者だったのである。その職業を捨てたのは、金貸し業の方が似合っていると判断したからだという話もある。医者としての専門は心療内科だ。

金貸しと心療内科。ひとは奇妙に思うだろう。しかし、あるいは他人が考えるほど両者の間には齟齬はないのかもしれない。両者とも人間の深層心理を解き明かすことが本職という意味において。この小男、同業者の推測では常に数百億円もの大金を自由に動かせる実力者という噂だ。

しかし、いまでも医師稼業を辞めたわけではない、睡眠療法の優れた術者との評判もある。それでいながら、同業の医師会に加盟しているわけではない、金貸しの看板を掲げるわけでもない、やはりその正体はナゾだ。いずれにせよ、この男は二つの名刺を使い分け、裏のビジネスをしていることだけは確かだった。

男の名は新谷隼人という。しかし、それが本名であるかどうかは、これまた誰も知らない。マスコミに登場するわけでも、政治家のタニマチをやるわけでもない。売名行為など一銭の得にもならないと、この新谷は思っている。だから表の世界に顔を出すようなまねは絶対にやらないのだ。それが、この男の信用の源泉ともなっているのだ。しかし、彼のキャビネットには、財界人から政治家、芸能人やスポーツ選手にいたるまで、豪勢な顔ぶれの顧客がファイルされている。

ファフマンとの邂逅《かいこう》は例のビルオーナーの紹介によるものだった。ビルオーナーと新谷がどのような関係を取り結んでいるのか、新谷も語らなかったし、ファフマンも聞かなかった。ビルオーナーとのつき合いも長い、新谷ともサンフランシスコ時代から数えれば早くも十五年はたっている。その意味で二人は旧知の間柄といえた。それでも滅多に顔を合わすことはなかった。それは商売柄のことで二人が旧知の仲であることを知らせる必要がなかったからだ。二人の関係を識るのは、例のビルのオーナーを含めて数人のみだ。もちろん、駐日全権公使のシンプソンにも新谷の存在は教えていなかった。

今日、神戸に新谷を訪ねることは、彼の秘書をのぞき誰にも教えていない。いわば隠密行動なのである。

世間話で時間をつぶすほど、二人は暇ではなかった。秘書がお茶を運んできて、部屋を出ていくと、ファフマンはすぐに本題を切り出した。しかし、話の中身は抽象的にすぎて理解不能なやり取りが続く。たぶん、この部屋に盗聴器を忍ばせていても、再現するのは無理であろう。そんな二人のやり取りだ。しかし、冷静に聞けば、それが隠語であることがわかる。最後に新谷がうなずく。そしてひとつの誰にでもわかる単語を口にした。

「観察が必要だな」

「要町、いま大阪……」

用談は終わった。ファフマンは立ち上がった。新谷は座ったままの姿勢で、軽く手を上げ、ファフマンを見送った。

ファフマンはビル前でタクシーを拾い、新神戸駅に向かわせた。流暢な日本語を話せるのに、こういうとき、ファフマンは決して日本語を話さない。運転手は振り返り、もう一度行き先を確認した。時計をみる。五時を過ぎている。東京まで三時間と少し。

「まったく！」

ファフマンは毒づく。その大きな声に運転手が驚き、後部座席を振り返った。鷲鼻の大男に、運転手はとまどっているのだ。

（どいつもこいつも逃げやがる）

こういう汚い仕事は、いつもファフマンに回ってくる。九〇年代の半ばまでなら、同僚が東京にあふれていた。いまは、イラクの前線に散っている。頼りになる相棒といえばあの小男だけだ。

駅でグリーン券を買い求めた。待ち時間は十五分。考えごとをしているうちに、新幹線がプラットフォームに入ってきた。グリーン車は幸い空いていた。新幹線のぞみはゆっくりと動き出し、加速した。ファフマンは中央の席を占めた。

ファフマンが急遽、神戸に新谷を訪ねることを決めたのは昨夜のことだ。ぎりぎりの日程で動いているファフマンには、東京・神戸を往復する六時間は、普通のサラリーマンが働く時間に換算すれば、一週間分に相当する。ファフマンには、それほど貴重な時間なのである。それでも神戸行きを決めなければならなかったのは、その前夜大村祐一から急ぎの連絡が入ったからだった。

「情報が漏洩する可能性がある」

大村は気色《けしき》ばんだ声で窮状を話した。ヤツはいつもキーの高い声で話す。それがキンキンと脳味噌に響く。よく聞いてみると、なるほど、憂慮すべき事態である。例の会計士が担当する企業の監査方針の転換を迫られ、その悩みを周囲に訴えているというのだ。しかもノイローゼ気味ともいう。彼に意図のないことはわかっている。しかし狭い業界のこと。それが世間に露呈すれば、どういうことになるか。検察特捜部が動き、マスコミが嗅覚を働かせ、国会で火が噴く。袋だたきにあうのは必定。それでなくとも、世間は怨嗟の声を上げているのに。

「それに……」

と大村は続けた。

あれ以来、毎朝の動きはとまった。取材に動いたのは、わずか三日。それで取材を中止するとは、あれほどのネタなのに。ヤツらの動きが止まったのは、他から別な情報が入ったか、あるいは情報そのものに疑いを持ったのか、いずれにせよ、失敗に終わったのは確実だ。その上に例の会計士が、あらぬことを周囲に口走れば、どういう事態になるか、計画が挫折するのは明らかだった。

そうなれば、動かざるを得ないのがファフマンの立場だ。しかし、こういう手を使うのはファフマンにとっても苦痛なのだ。とはいえ日本人の仲間は紳士ばかりで、汚いことに手を染めるのを躊躇するので、仮に彼らに任せればヘマをやらかす。たちまち馬脚を露《あらわ》すのは必定だ。やはり任せるわけにいかなかったのである。新幹線は新大阪駅を出て京都にさしかかろうとしていた。

「しかし……」

と大村との電話を振り返る。

ヤツは大した策士なのである。ヤツは次の策をすでに思いついているのだった。

「次の手を打った」

と自信満々であった。どういうことなのかと訊いた。あのとき、彼が口にしたのは監査人の裁量権についてだった。しかも、これなら合法的にやれる——と。彼はすでに反撃のシナリオを用意していたのである。

4

そもそもことの始まりは、高山首相が竹村伍市という学者を、金融担当大臣に指名したことにある。指名を受けた竹村は、そこで何をやろうとしたのか。先ほどから木内政雄はその一点を考えてきた。

　四月二十日午前二時。深夜の官舎はひっそりとしている。別れ話を持ち出し、妻が家を出て、早くも半年になる。留守の間に荷物を持ち去り、わずかに残るのは、身の回りの品々だけだ。部屋はがらんとしている。少し寂しくはあるが、独り暮らしになれてきたように思う。木内はソファに座り直し、グラスを引き寄せて、ウィスキーを満たす。氷が小さな金属音を立てた。

「行き違いばっかりの生活なんて耐えられないわ」

　連日の深夜の帰宅。休日出勤もあたりまえの生活。お嬢さん育ちの彼女。それに彼女は医者だ。彼女自身の生活も不規則だ。いまのオンナたちに昔のような妻を求めることなど、無理な時代なのだと言ったのは、本省で官房審議官を務める二年先輩の宮下宗二だった。まして職業持ちならば。

　昨夜、帰宅してみると弁護士事務所から封書が届いていた。妻の実印を押した離婚届だった。子供もいないことだし、ハンコを押すことに迷いはない。世間相場からいえば、かなり高めの慰謝料を請求されたが、それも無条件で支払うつもりでいる。

（飲み過ぎかな……）

木内はひとりごちて、喉を潤す。

テーブルに紙を広げる。たちまち利害関係を示すマトリックスを書き上げた。金融担当大臣のポジションに二重丸を書き込む。木内は反撃のシナリオを考えているのだ。そのためには、相手の描くシナリオを解析する必要がある。木内はまず竹村の立場になって思案をめぐらす。これは周到に準備されたものに違いない。まずその前に検討してみるべきは、竹村が金融担当大臣に指名された経緯ではないか。

「高山首相のたっての要請」

を受けての就任ということになっているのだが、それはハッピーな偶然だったのか、それとも意図する人間がいて、推挙を受けての大臣就任だったのか、いずれにせよ一介の大学教授が選挙の洗礼を受けることなく国民の財産を処分する重要ポストに就任できた、そのこと自体が謎といえた。

彼が唱えるのは金融制度改革だ。それには同感できる幾つかの論点もある。銀行は旧態依然としていて、出てくるのは不祥事ばかりだ。金融業界はなおヤミの中にあるという認識も同じだ。不良債権処理にしても、銀行経営者たちは幾度も、これが最後です、と言明を繰り返してきたのに、不良債権は減るどころか増え続け、これじゃ銀行は嘘をいっているも同然だ。

それよりもなによりも、貸し渋りや貸し剝がしで、公共的性格を持つ銀行の社会的役割は停止したも同然の状態にある。

この五年の歳月を振り返ってみれば、銀行は銀行本来の仕事をやってこなかったのである。巨額な公的資金、すなわち血税を注ぎ込んでもこの始末だ。

銀行に対する怨嗟の声は街中に満ちあふれている。竹村と竹村の取り巻きたちは、そうしたひと人の気分を十分に代弁するものであり、マスコミや評論家たちが諸手《もろて》を上げて支持するのも理由のないことではない。竹村はそうした応援団の声援を受け、金融庁に乗り込んできたのである。

しかし、彼には別な思惑があったに違いない。市井のひと人の声を代弁するとみるのは皮相に過ぎない。彼が金融庁に乗り込んできたとき、カバンの中に忍ばせたのは市場原理主義の教典だった。米国流の、すなわちアングロサクソン的市場原理主義の信奉者でもある竹村の銀行批判は、確信犯のそれに似ていて、理由の如何を問わず国有化に追い込むことが彼の正義なのだ。

しかし、彼は周到な男で、大臣に就任すると最初にやったのは世論を作り上げるためのタスクフォースを組織することであった。いうまでもなくタスクフォースに選ばれたメンバーは彼の仲間であり、彼らには共通した幾つかの特徴がある。

第一にテレビやマスコミなどへの露出頻度の高いこと、第二は特殊なイデオロギーの信奉者であること、すなわち市場原理主義者によって占められていることである。第三は、彼らのプロフィールである。よくよくみれば、金融制度改革が始まる本橋内閣時代にさかのぼり、グローバリズムの効用を吹聴し、市場原理主義の宣伝に務めてきた連中であることがわかる。

本橋内閣、小川内閣、高山内閣につながる、この七年の間、彼らはマスコミと識者を煽動し、そして銀行を攻撃し続けてきた。

旧態依然たる銀行経営者は、対応を間違ったばかりでなく、ついには世間を敵に回してしまった。まず北海道拓殖銀行がつぶれ、山一証券がつぶれ、さらに国策銀行である長銀と日債銀がターゲットにされ、十三兆円を超える国家資金をつぎ込み、株券を無価値な紙くずにされたあげく、長銀も日債銀も外資の手先に二足三文でたたき売られた。

木内はこれは戦争であると思う。山一や長銀がターゲットにされたのが第一次金融戦争と位置づけるなら、いままさしく第二次金融戦争が始まろうとしているのだ。庶民の富を奪い取る壮絶な戦いである。木内は事態をそうとらえている。第一次金融戦争は、完全な敗北に終わった。しかし、今度は違った戦術を組み、勝利を目指し戦わねばならぬと木内は思っている。

ウィスキーが苦みを増してくる。

木内はあのときの光景を思い出す。竹村が大臣に就任した翌日のことだ。彼が役人たちを会議室に集め、最初にやったことは市場原理主義のバイブルを広げ、全員で唱和することだった。幾人かの幹部は怒った。ある幹部は面従腹背の態度をとった。しかし竹村は巧みだった。

役人の非協力を世間に印象づける一方で、白昼堂々と彼の仲間たちを大臣室に引き入れたのである。それがいわゆるタスクフォースだ。大臣室への出入りを自由にさせたのである。連中は金融庁の中で勝手放題をやり始めた。非協力の役人たちは文句のいいようがなかった、世間は孤立する姿を演出した竹村に同情し、国会までが連中の勝手放題を不問に付したのだった。

秘密結社にも似た、この組織。世間に対しては金融改革と金融再生のためのプログラムを作ることが目的だと説明された。役人どもが非協力だから彼らの力を借りることにしたのだ、ときれい事を言った。

さっそくタスクフォースは新政策を打ち出した。準備万端整えてから駒を進めたのだ。三年以内に不良債権の一掃を図ることを目的に、銀行債権の厳格な査定および繰延税金資産などの銀行会計の見直し――などの諸策だ。そのひとつひとつが銀行にとっては衝撃的であったはずだし、金融官僚の目からみても、憂慮すべき事態の発生が惹起された。しかし、バカな銀行の役員たちは、彼の目論見を読めずに代議士を動かし、竹村の動きを封じ込める作戦に出た。バカというほかない。あのゆうかの海江田社長にしてもである。

フッとボトルをみる。ボトルは底をつきかけている。四十を過ぎて、強くなったのは酒だけか――。苦笑を漏らし、新しいボトルの栓を切った。『ボストンクラブ』という酒。幻の銘酒やブランデーなど高級酒が山ほどあったのに、国家公務員倫理法なる法律ができてから底をついてしまった。家で飲むのは駅近くのコンビニで買ってくる安酒ばかり。コップにウィスキーを満たしながら木内は紙の上に書き込みをする。

ボールペンで『金融再生プログラム』と書いた。連中が世間に公表した政策だ。その一字一句を記憶している。安心できる金融システムの構築、国民のための金融行政、新しい企業再生の枠組みの構築、企業ガバナンスの強化など、口当たりのいいスローガンが並んでいた。具体的には平成十六年までに主要行の不良債権を半分程度に減らし、金融問題の正常化を図り、構造改革を支えるより強固な金融システムの再構築を目指す、と高らかに宣言している。

長く温めてきた構想なのであろう。手法は猫だましだ。つまり、相手の目の前で突然手をたたき、煙に巻くやり方だ。しかし、世間は滑稽なほどよくだまされる。高山と同様に竹村は、よく猫だましの手法で世間を欺いてきたのだ。

しかし、言い方はあくまでも優しげなのである。つまり中小企業向け貸出には十分な配慮をなし、中小企業向け融資に特別枠を設けるなど引き続き支援を強化し、企業再生の環境整備を図るなどとリップサービスも忘れない。ところが銀行に対しては、不良債権の基準認定を厳しく査定する一方で、尊重されるのは、あくまで自己査定であると。行政が関与するのは事後的に不良債権処理にともなう引当金の積み増しや、そこから発生する繰延税金資産の取扱いをめぐっては算定基準をアメリカなみに厳しく査定すると宣言している。

まあ、何をいわんとしているのか、アホな新聞記者たちは、わかりはすまい、だいたい、銀行の連中までが、その真意を読み違えていたのだから。バカな新聞は、社説に書いたものだ。

「不良債権問題に取り組む、その意欲を高く評価したい。金融再生プログラムに注文をつけるとするならば、中小企業への特段の配慮である」

などと体制翼賛新聞の如しだ。

だが、金融再生プログラムは、さらにこうも追い打ちをかける。自己査定と金融庁検査との間に格差が生じた場合、行政処分で対応すると脅すのである。なかでも繰延税金資産の扱いだ。まず、その資産性の評価と、計上にあたり、主要行の繰延税金資産が厳格に計上されているかどうか、その判断の適否を、監査法人に特別な法的位置を与えた上で、監査法人に責を負わせたのである。これは重大な政策転換であった。しかし、その政策転換に誰も気づいていないのだ。

まあ、公表された金融再生プログラムからそれを読み取るのは、玄人の金融官僚にしても難しいのだから、それは当然というべきかもしれない。当たり前すぎるほど当たり前の正論を延々と論じながら、そっと毒薬を忍ばせるのである。これは見事な猫だましだ。当たり前すぎる正論を繰り返しながら、ひょいっと監査法人の役割を持ち出したのだ。この論理のすり替えを誰もが見過ごしてしまったのである。そこに猫だましの本領がある。

つまり、この論理と仕組みで銀行を追い込んでいけば、主要行のほとんどは、資本不足に陥るのは明らかだ。資本不足に陥ったときの切り札が国家による資本注入だ。すなわち銀行の国有化であり、巨額な国家資金を投入され、再生された銀行は、ただ同然で外資の手に渡るというのが、金融再生プログラムの本質なのである。そして、竹村は金融担当大臣に就任するや、大見得を切った。

「不良債権を一掃する」

しかし、竹村に誤算が生じた。乗り込んだ金融庁は金融保守派の牙城だ。まあ、それは覚悟の上のことだから、意に介す必要もなかったであろう。予想外の反撃は、高山の地盤自民党から起こったのだ。

　とりわけ竹村が熱心に推進する時価会計の導入や、繰延税金資産の取扱いをめぐり激しい議論が巻き起こったのだった。つまり銀行業界は自民党に対する政治献金を復活させ、金融族議員を味方に取り込んだのである。

　もうひとつ竹村には、計算違いの事態が起こった。株価の急落だ。金融再生プログラムが実施に移されれば、主要行は破綻に追い込まれる――と市場はみなし、銀行株の投げ売りが始まったのだ。金融恐慌を彷彿とさせる銀行株の投げ売りだ。ゆうかHDについていえば、額面すれすれの水準までの落ち込みを見せている。

　こうなると、三月決算が不安視されるようになる。いわゆる「竹村ショック」だ。金融再生プログラムに対する批判が一気に火勢をまして、銀行は自民党金融族の支援を受けながら反転攻勢に出た。強気一点張りで政局運営にあたっていた高山は、さすがに顔色を失った。

　金融保守派の猛攻を受け、高山は風見鶏を決め込む。つまり「丸投げ方式」で関与を避けたのである。竹村は孤立無援の状態に追い込まれたかに見えた。

　すなわち、二月逆風と呼ばれる事態の現出である。竹村は追いつめられていた。妥協を模索したのであろうか、竹村は名うての原理主義者をタスクフォースから外し、金融保守派と和解する姿勢すら見せた。それでも金融保守派は追撃の手を弛めなかった。きな臭いスキャンダルの噂も流れた。

こうした中で竹村と彼のタスクフォースは時価会計やペイオフの実施時期を延期することを決めた。それを金融保守派は「勝利」とみなした。銀行は世間が考えている以上に政治を動かす力を持っていると自信を深めたのだった。ゆうかＨＤが監査法人から資本不足の疑義を突きつけられても、

「監査法人ごときが何をいう」

そう反応したのも、理由のないことではなかった。監査法人が厳格な査定を、と主張する根拠が金融再生プログラムにあるとするなら、その作業工程も骨抜きにされたものと、海江田社長が判断したからで、監査法人が何をわめこうが笑止千万というわけだ。彼が少しも痛痒を感じなかったのは当然だ。彼が頭を痛めたとするならば、それが社内の勢力バランスを崩すことであり、憂慮したのは、雲野会長との関係のみであったと考えられる。

優秀な銀行マンにしてからが、認識はその程度なのである。だから、それは海江田社長に限ったことではなかろう。二月逆風。それは銀行業界と金融保守派の反転攻勢を意味するのだから、銀行業界の首脳たちも、事態を楽観していたのである。いや、マスコミさえも「金融再生プログラムの後退」などと書き立てたのである。

竹村は白旗を掲げて、行儀よく銀行と金融保守派の言い分に耳を傾けるようになっ

たと世間はみている。株価は急落し、巨額な負債を抱え次々と大企業が倒産していく。巷には失業者があふれ、その失政は厳しく追及を受けている。

いや、彼は銀行業界や与党金融族の反撃は計算のうちに入れていたに違いない。けれども株価がここまで急落するとは、これは想定外であったであろう。市場原理主義者の竹村は、むしろ金融再生プログラムを、市場は歓迎し、株価は上昇軌道に乗ると判断していた節がある。だが、実際には株価は急落し、その責任を問われた。その上に記者会見で推奨銘柄を挙げて、株を買いましょう！　などと失言をしてしまった。明らかな失言だ。そこを金融保守派は再び攻めた。

竹村と彼の一党は沈黙を守った。その沈黙を、マスコミは敗北とみたのだ。そういうとき、成り上がり者は、どんな心境になるものか、先ほどから木内が考えているのは、竹村の内面である。

竹村は三月入って以降、米大使館と頻繁に接触しているとは、情報通池田補佐の報告だった。注目すべきは公認会計士協会幹部と頻繁に連絡を取り合っていることだ。その動きは大臣室にも連動している。彼は水面下で、連絡を取り合いながら反撃に出るチャンスをうかがっているのだ。竹村はどのように考え、どう想を練り、計画を立案したか、そういう具合に道筋を立てて、一連の動きをみてみるとひとつの示唆が生まれる。

竹村ほど上昇志向の強い男が、そう簡単に諦めるはずはないというのが、木内の判断だ。彼の行動原理を考えてみる。彼は、この日本を憎んでいるのではないかとさえ思えるほど過激である。少なくとも悪意がある。日本を破綻の淵に追い込むほどの悪意が……。

善意は悪意には通じない。戦い、戦い抜きたたき潰さなければならない相手なのだ。木内は改めて思うのだった。絶対にたたき潰す。木内はそう決意した。そうなると、早急に行動を起こさなければならぬ――。

電話が鳴っている。時計をみると、もう午前三時近くになっていた。夜分に電話を受けるのは珍しいことではないが、木内は少しばかり酩酊していた。時間を考えろ！と毒づきながら、受話器を握った。

「岡部君か……」

相手は、深夜の電話を詫びている。岡部は同郷のひとであり、同じ高校の二年後輩だった。改めて親交を深めたのは、岡部が監査法人から旧大蔵省に出向し、監査マニユアルの作成にあたるようになってからだった。

「どうした？」

電話の様子がおかしかったのだ。酩酊している木内にも、それがわかった。受話器を握り換え、木内はもう一度訊いた。

「どうした、何かあったのか……」

沈黙が流れた。

回線の向こうからざわめきが聞こえる。すすり泣いているようでもある。

「実は、田舎に帰ろうかと。先輩にはいろいろお世話になりながら……。それでお別れの電話を。電話では失礼になるのは、わかっているつもりですが……」

「それはいい、だが、いったい、どうして田舎に帰るんだね。会計士としては、これからだというのに……」

岡部は要領の得ない返事をしている。飲酒の習慣があるのは知っている。独身男に飲酒はつきものだ。しかし、酔っているということではなかった。いつもは、筋道のはっきりした話をする男なのに。

「君はいい仕事をやっているじゃないか。やはり仕事は好きなんだろう。僕にはとてもできないことだ」

「とんでもないことです。この仕事が好きだから続けているのではないのです。いや、最初は好きだったかもしれません。しかし、いまは少し違います」

「どう違うようになったのかね」

「これは仕事……。仕事だと思っているからこそ辛いことがあっても、やってこられたのです」

「辛いこと？　例えば」

「クライアントを裏切ること、そんなことをやらなければならないことです」

「クライアントを裏切る？　そのクライアントというのはどこなんだ」

「それは言えません。僕たちには守秘義務がありますので」

「いま、どこにいる……」

「大阪です。あと一泊して東京に帰るつもりです」

「そうか。東京にもどったら電話をくれ。食事をしながら話そうじゃないか」

「わかりました」

そう答えて、岡部は電話を切った。

酔いが醒めた。なぜかピンとくるものがあった。クライアントを裏切る——その言葉を聞いて、ピンと来たのだ。それは監査法人は雇い主であるクライアントよりも、強い立場に立つことを意味する。

すぐ木内は受話器を握った。プッシュホンは部下の課長補佐池田俊政の自宅を呼んでいる。彼は独身で、都心部のマンションに住んでいる。八回目のコールで、池田は電話口に出た。不機嫌な声を上げるのは仕方のないことだ。役人は二十四時間、公僕として縛りを受ける職業とはいえ、午前三時を回った時刻に電話を受ければ誰だって不機嫌になる。

「課長、課長ですか」

木内は手短に事情を話した。

「東洋ですな、その会計士は……」

さすが情報通だ。業界のことなら裏路地まで池田は把握している。

池田は少し考えてから言った。

「臭いますな……」

第五章　失踪公認会計士隠し

1

四月二十三日午後五時。池袋から地下鉄で一つ目の駅近くに高層のマンションが建っている。近くに商店街があり、池袋にも歩いて出られるとあって、生活には便利な場所だ。しかし、部屋の主は、浮かぬ顔でソファにへたり込んでいる。

きりきりと胃が痛む。岡部義正はソファに横たわり、下っ腹をもみほぐしてみる。神経性の胃炎が再発したらしい。そう言えば、大阪から帰ってから何も口に入れていないことを思い出した。

（何か食わねば体がもたない）

立ち上がろうとするのだが、その気力がなかった。疲れていて、食事をとることすら体が拒絶している。考えてみれば、まっとうな食事をしたのは、大阪のクライアントといっしょのときで、それも仕事の打ち合わせをしながらの食事とあれば、それすら満足なものであったかどうか定かではない。翌日も徹夜の作業が続き、今夜もこれから事務所にもどり、どうやら徹夜になりそうだ。

豪華なマンションだ。リビング兼ダイニングは十五畳ほどの広さがあり、リビングを挟み、両側に寝室と仕事部屋がある。独り暮らしにしては十分な広さだ。このマンションに住むようになって三年が経つ。しかし、ゆっくり過ごせるのはわずかな時間だ。大半は寝に帰るか、シャワーを浴びただけで、会社にもどり仕事をするか、そんな生活だ。カーテンを引くと、新宿や池袋の高層ビルが遠望できる。高層ビルが夕日に照らされ、光の影を作っていた。岡部はソファに横臥したままの姿勢で暮れゆく風景に見入った。

（カップ麺でも……）

と思ったが、それも面倒で、その気力もなかった。岡部は夕日をジッと見入る、ゆっくりと雲が流れていく。明日は晴れるだろうかなどと考えている自分に気づいた。ともかく体力を回復せねばならぬ。過労は死を招く、と医学書に書いてあった。こういうときは寝るに限る。たとえ一時間でも寝れば、気力がわいてくる。目をつぶっても、いろいろな思いが浮かんでくる。

心配してくれる先輩がいることはありがたいことだ。高校の同窓ということだけで、木内は親身になり、相談にのってくれる。木内は電話をくれたらしい。近く体をあけるから食事をしようと、留守録に残っていた。木内がいうように自分はいい仕事をしてきたと思う。励ましの言葉が嬉しかった。しかし、いまや限界だと思う。会計士という仕事に絶望しかけている。

岡部は昨夜、電話をかけてきた人物のことを思いだしていた。最初に受けたのは、大阪のホテルでだった。彼は、岡部の抱える悩みを、よく知っていた。心のヒダを読み取るように彼は優しく話していた。それから幾度も電話があった。そのたびに、彼を甘美な世界へといざなってくれる。いまでは心待ちにしている。彼は見ず知らずの人間ではない、昔からよく知っていた、そう思えた。いや、きっとそうに違いない。それがいまでは確信に変わってきている。でなければ、あれほど親身になってはくれないのじゃないか。彼はつぶやくような声で言った。

「いやなら仕事を放り出せばいい、誰も責めやしませんよ。責める人間など、この世にいますか。楽になりたいでしょう。そりゃそうですよ……。私も、そう思います。無理して生きている価値などないですからね。わかりますよ、あなたの気持ちは……」

その男の声を聞いているうちに、岡部は泣けてきた。泣けば泣くほど、男に魅了されていく……。

岡部は今年三十八になる。公認会計士としては輝かしい経歴を持っている。学生時代に難関の一次試験に合格し、会計士補として監査法人に就職したのは、大学卒業と同時だった。実務経験を積み正式に会計士として登録したのは二年後のことだ。まずは順調なスタートといえたし、公認会計士としては最短の距離を歩んできた。岡部は当時の大蔵省に出向したこともある。大蔵省に出向したとき、彼が手がけたのは金融検査マニュアルだった。検査部門が大蔵省から分離され、新しく金融庁が発足したのちも、検査官を相手に検査実務の講師を務めたこともある。

その後、銀行会計や金融検査に関わる専門書も何冊か上梓している。その意味で岡部は自他ともに認める銀行会計のエキスパートなのである。実務上でも、ゆうかＨＤのほか十指に上る銀行や製造業など、いずれも上場企業の監査業務など現場のマネージャーを任されている。この時期、猛烈に忙しいのは、そのためだった。

「君を上の方が、代表社員に、と考えているようだ。そのつもりで……」

上司が言ったのは、正月明けの新年会のときだった。田辺理事長から内示を受けたのはつい先だってのことだ。率直に考えれば嬉しい内示といえた。しかし、彼の心を複雑にしたのは、ゆうかＨＤ問題があったからだ。青木部長の顔を思い出すたび良心の呵責に耐えられなくなっている。

代表社員とは一般企業でいえば、取締役に相当する役職だ。岡部が所属する監査法人は公認会計士の有資格者だけで八百人を超えていて、従業員総数では一千人近くに達する巨大な組織だ。その巨大監査法人の代表社員に就任するのだから、彼の輝かしい経歴にまた新たな一ページが書き加えられることになるわけだ。しかし、正直、いまは迷いが生じている。

（これでいいのだろうか……）

もう一度自分の人生を見つめ直してみようと思うようになっている。どうしてか、と問われれば、あまりうまい説明はできない。他人からみれば、順風満帆な人生なのだから。このところ激務が続き、疲れが極限に達して、弱気になっているだけなのかもしれないとも思う。冷静に考えれば前途は洋々たるものがある、それなのに会計士を辞めて、田舎に帰ろうなどというのは、どう考えても理解のできないことである。それは彼自身にもよくわかっていた。

岡部は気力を振り絞り立ち上がった。今夜七時から会議がある。時計をみると、六時近くになっている。こうしてもいられまい、寝室に入り整理ダンスから下着を取り出しシャワールームに向かった。温度を調節し、コックをひねる。熱いお湯が勢いよく吹き出した。シャワーが心地よく全身を包む。

（彼女わかってくれたかな……）

不意に思い出した。

タカシで会ったゆうかＨＤの女性秘書課長のことだった。どう考えても、理解を超えていたようにも思う。くつろぎのとき、いきなりあんな話をするなんて無神経だった。相手を選び話をすべきだった。なんといっても専門的なことなのだから。しかし、青木部長とこじれてしまったいま、伝えるすべがなかった。彼は恩を仇で返したと思っているに違いない。そう考えると、電話をする勇気さえ出てこなかった。

考えてみれば、青木とは長い。首都銀時代からだから十年を超える。いっしょに仕事をするようになって、二人は仕事を超えてつき合うようになった。会計学の美学についても青木から教えられた。

信頼する相手から裏切られたとき、人間はどういう行動をとるか、岡部にはわかる。視線を避けるほどなのだから。

一ヵ月ほど前までは、双方の間に大きな認識の相違はなかった。それなのに、債務超過を疑う発言をしてしまったのだ。彼には青天の霹靂《へきれき》であったに相違ない。共同作業を通じて得た共通認識。それをいっぺんにひっくり返してしまったのだ。青木は温厚な紳士である。怒りの感情を直接言葉にするほどがさつな人間ではなかった。だから激しい言葉をはいたわけではなかったが、激憤に耐えられないという色が目の奥に宿り、その目を正視することができなかった。

しかし、そうしたのは岡部の本心からではなかった。純粋に論理的な議論をいえば、確かに債務超過の疑いはある。それはあくまで仮説上のことであり、現実にゆうかＨＤがそうした状態にあるかどうかとは、別問題なのである。仮説上の問題を現実の問題であるかのごとくすり替えたのは岡部自身だ。

できれば、太陽の四方田や青木部長がいっている線でとりまとめたいと思った。誰よりもゆうかＨＤの内情に精通しているつもりの岡部としては、それは無理のない決算の方向でもあった。とはいえ、現場のマネージャーには限られた権限しか与えられていないのである。監査法人は結果責任を負う。だから東洋監査法人の上層部は、決算後の株主代表訴訟を恐れるのだ。

「引き金を引くのは東洋ではない。いずれにせよ、事情を知れば、太陽だって同じ結論を出すことになる。それでも君が、良心がとがめるというのならば、監査契約を辞退すればいいじゃないか……」

上司は、そう言って諭《さと》した。

明日、ゆうかＨＤとの監査契約につき本部審査会議が開かれる。これは事実上、ゆうかＨＤの決算につき、その適合を審査する会議となる。会議を開くのは形式だけのことだ。最初から結論が決まっている。なぜ、そんな結論を出さねばならぬのか、現場に対する説明はいっさいなかった。それとなくわかったことは、現場の人間には手の届かぬところで重大な決定がなされたことだ。

そうやって、仮説上の問題を現実化してしまった。銀行に限らず企業会計というのは与えられたデータからいくとおりも結論を導き出すことができる。すなわち、ここでは仮説や推論が多用され、過小資本というのも推論なのだ。同様に銀行会計もまた予測的要素が多く、パラメータの設定の仕方次第で、正反対の結論が出てくることもある。しかしパラメータの設定は、あらかじめ決められていた。

つまり結論が最初にありきで、その結果を正当化するため、あれこれ理屈をこねただけのことなのである。

収益目標をどのように立てるか、あるべき企業の将来像をどのように描くか、それらすべて予測的要素とされている。通常、予測的要素の判断は、当該企業経営者の判断に委ねる。もちろん、嘘やごまかしあるいは詐術的方法で予測値を出すようなことをやれば、会計士は黙っていない。つまり粉飾は許さないのである。しかし、経営者が立案する経営計画、すなわち経営予測に関し、会計士が口出しするのはあり得ないことだ。それは経営者の専権と理解されるからだ。ゆうかＨＤについていうなら、金融庁も認めている経営再建計画にもとづき組み上げられたものを予測値とした。しかし、現実はそれを否認してしまったのである。

それは同業の太陽にしても、当事者であるゆうかＨＤにしても、予想外のことであったであろう。いや、三月に入るまで、岡部自身が考えてもみなかったことなのである。理由はひとつ。予測的要素を含めて、監査法人の裁量となったからだ。

浴室を出ると、少し元気になった。岡部はノートパソコンを開き、数字をみてみる。

エクセルで整理されたバランスシートは、やはりアンバランスだ。それも仕方がないことだと思う。なんといっても、企業文化の異なる企業のデータを持ち寄り、作り上げたバランスシートなのである。

「美しいバランスシートを——と、会計士なら願うものだよ」

青木の言葉がよみがえる。そうなのだ。バランスを欠いた貸借対照表ほどみにくいものはない。嘘やごまかし、隠しごとなど詐術的データは丹念に数字を追っていけば、たちまち馬脚を露す、それは青木部長の口癖でもあった。とばしや資産隠しは、純粋な犯罪なのであり、問題外だ。しかし、繰延税金資産をどの程度まで計上するかは、純粋な経営判断なのである。経営判断に口出しするのは、これも禁じ手だ。青木の美意識は理解できたし、その基本的な姿勢も同感できる。

もっとも岡部は岡部で青木とは異なる考え方を持っていた。岡部が考える会計士の美的イメージというのは、調査報道に似ていて、限られたデータからひとつひとつ事実を積み上げながら想像力をふくらませて、ストーリーを作り上げていくこと、それが会計士の仕事だと思っている。

「そうかね……」

青木は笑いながら首をひねった。

しかし、われわれは規則や法律に縛られており、勝手にイメージを膨らませるようなことはできない、事実はひとつ、その事実を積み上げながら、経営状態を明示化するのが会計士の仕事。そうではないか、と青木は反論を試みたものだった。あれは、あれで楽しい議論であった。

会計士の仕事をレンブラントの自画像にたとえた先輩がいた。見る人間の立場によって異なる絵柄が現れるというものである。彼がいう見る側というのは会計士のことだ。その立場というのは、光のあて方、距離の取り方、角度や高低などのことだ。どのような条件を整えるか、それは確かに見る側に裁量がある。企業会計も同じことだという。しかし、作者に作為があったらどうするか。レンブラントには作為があった。つまり、計算し尽くし、描かれたレンブラントの自画像を、美意識だけで見るのは誤りだという。

その先輩の言に従うなら、距離の取り方も光のあて具合も、マニュアルによってがんじがらめにされている。いまさら会計に美学を求めるなど、時代錯誤ということになる。美学を語るのは古き良き時代のことで、企業会計は劇的に変わったのである。いま押し寄せているのは、アングロサクソンの会計基準なのである。規制緩和の内実は、規則や新しい法律で縛り上げることだ。

それを市場原理主義者はグローバルスタンダードと呼んでいる。そのグローバルスタンダードに忠実であればあるほど、銀行は追いつめられていく。

グローバルスタンダード会計とは、不確定で予測的な要因や、市場動向など他律的な要因を会計基準のなかに組み入れることだ。簡単にいえば、株価が上がれば、経営努力とは関係なく財務内容がよくなるという仕組みの会計のことだ。

たとえば、時価会計という考え方が、そうである。土地も株価も市況で動き、銀行が持つ資産や担保物件は、経済環境の変動にともなってめまぐるしく動く。経営努力を一〇とすれば、他の要因は九〇にもなる。株価が下落すれば資本勘定は目減りする。資本勘定の劣化は国際基準の自己資本比率（総資本と貸出債権との対比）を圧迫し、それが経営上の土台を揺さぶる。

それがまた株安要因に拍車をかけて、銀行株の投げ売りとなり、悪循環を繰り返す。たとえ本業の業績が好調でも、経営努力とは無関係に経営指標はみるまに悪化していく。それが市場原理主義者が推奨する会計方式というわけだ。そこでは株価は経営内実を正しく反映していないという正論も簡単に否定されてしまう。

（しかし……）と反論もあろう。

株価は実体経済を先行的に体現する指標である——と。実体経済や経営の実態から乖離《かいり》しては、市場価格を形成することはできないとも市場原理主義者は主張する。

たとえば、繰延税金資産は将来の収益をあてにした資産。現実に資産が存在するわけではなく、銀行が破綻したとき、預金の払い戻しに使えないのだから、そのような資産をＢＩＳ（国際決済銀行）基準の自己資本に計上するのは間違いで、これは制限すべきであるとも彼らは主張する。

しかし、繰延税金資産は別の角度からいえば前払い税金の払い戻しである。つまり繰延税金資産とは、不良債権のそれぞれのランクに相応する引当金を意味し、引当金に課税されたものを、損失が確定したとき払い戻しを受けるのは当然の会計処理だ。繰延税金資産の資本勘定繰り入れを否認するのであれば、非課税にすべきだという議論も成り立つ。しかし現実は事前課税だ。

その議論の狭間《はざま》で現場の会計士たちは翻弄されている。

「しかしね……」

と、先の先輩は言った。

現実に会計士を縛るのは「会長通牒」なのである。異議申し立てができぬのが「会長通牒」であり、法律でもないのに法律以上の拘束力をもって、会計士を縛る。一部の会計士たちが反対の声を上げた。その先輩も、そのひとりだった。しかし、集中砲火を浴びせられて、沈黙させられた。いまや会長通牒は絶対なのである。

会計士は企業の実態を把握していなければ仕事はできない。そこで大事なのは、経営者の考え方だ。経営者の考え方一つで経営は良くも悪くも変わる、企業は生き物であり、常に自らを変えながら、成長を遂げていく。いいときもあれば、悪いときもある。いまは最低でもいつかオオバケすることもある。それは経営者と従業員が一体となり、努力を重ねることで可能になるオオバケなのだ。

先行投資を増やせば、資金繰りは苦しくなり、キャッシュフローは底をつく。それでも将来に向けての希望があれば、高く評価すべきであろう。しかし、グローバルスタンダード会計では、それらを無視し、一年限りの経営データで一刀両断にする。経営指標が悪化していることを理由に、ときには市場からの撤退を勧告する。まさしくゆうかＨＤのケースがそうだった。それが推奨されるのがグローバルスタンダード会計なのだ。

会長通牒に従うなら監査法人は銀行に死刑宣告ができる。法律ではなく、会長通牒によって死刑宣告をジャッジするのだ。その判事の役割を担わされるのが現場の会計士だ。

（陰謀だよ……）

と先輩は言った。

誰が計画した陰謀なのか、その正体がぼんやりとだが、岡部にはわかる。海の向こうの連中と結託し、一山あてようと目論んでいる連中だ。日本の監査法人は海の向こうの連中に牛耳られ、巨大監査法人のほとんどが彼らの傘下に入っている。主役が変わればルールも変わる。

先輩の言うとおりなのだ。もうすでにゆうかＨＤ問題は岡部の手を離れている。結論は出ているのだ。だから本部会議などというのは茶番に過ぎない。生け贄《いにえ》の品定めも終わり、本部会議では、その結論を再確認するだけである。予想されるのは長銀や日債銀の事態である。陰謀劇の渦中に巻き込まれ、抗しがたい大きな流れに翻弄されている自分を自覚せずにはいられなかった。

監査を降板すること、それ以外に選択肢はなかったのである。降板は岡部にとり、せめてもの良心であった。債務超過を口にしたのも、そのためだ。降板するには、刺激的な言葉が必要であったのだ。

(気づいてくれただろうか……)

と思う。

あえて債務超過を指摘した意味を。あれは重要なメッセージなのだ。あなたがたは狙われている、自分は監査から降板するが、用心せよ――と。

いや、ゆうかＨＤがことの真相に気づいたとしても、太陽も同じ結論を出し、結果は同じことになる。会長通牒に準じて監査を実施すれば、要するに、資本不足におちいるのは明らかだ。いずれにせよ、餌食の処理をどうするかを、連中はすでに決めているのだから……。

岡部は孤独だった。真相をうち明けたいとも思う。部下たちにも、真相は話した。

上司と話をしてみた。しかし、結論は変わらなかった。われわれは手を引く、余計なことを考えるな、と忠告を受けた。君はしゃべり過ぎだとも、叱責された。上層部もジレンマにあることがわかった。大きな圧力の前に身動きができないのだ。

「岡部さんも、わかっているはずだ」

飯田は責めた。

彼が言うのは正論だ。どうしてゆうかＨＤが債務超過の状態にあるのか、自分にはわからないと飯田は責めた。岡部にもわかっていた。いっしょに徹夜をしてシミュレーションした結果も、決して債務超過の状態にあるわけではなかった。しかし、岡部は現場の判断とはまったく異なる判断を下した。明らかに矛盾した判断だ。それで矛盾した行動がチームからも信用を失った。

彼らは現場にあって、資料を読み、事実を知るために担当者に会って、銀行のすみずみまで歩き、そうして集めたデータからゆうかＨＤが、どのような状態にあるか、熟知している。しかし、上層部はルールが変更されたという。それが会長通牒なのだ。公認会計士協会の役員を務める田辺理事長としては、会長通牒には逆らえないというわけだ。

「私には、最後通告はできません」

と報告したとき、田辺理事長は代案があるのか、と訊いた。それが監査降板であったのである。しばらく考えたあと、田辺理事長はそうだろうな、それ以外にないだろうな、と答えただけだった。

しかし、監査降板は「不適格」の烙印を押したも同然である。不適格とは、つまり決算の否認を意味し、不適格の烙印を押された企業は上場廃止の処分となる。まだ繰延税金資産の計上の仕方に議論の余地が残されているというのに、不適格の烙印を押すのは、クライアントに対する裏切りだ。それは岡部には耐え難いことである。

（しゃべり過ぎ……）

そうかもしれない。しかし、自分の胸の内におさめておくには、あまりにも、負担が大き過ぎた。すべてをぶちまけたいという誘惑を抑えられなくなっている。

電話が鳴っている。岡部はパソコンをオフにして、電話に出た。ああ、懐かしい声が聞こえてきた。そう待っていたのだ。岡部は心待ちにしていたのだ。

「もう東京は暮れましたかな……」

あくまで優しい声で言う。

「ええ、陽が沈みかけています」

「そうですか……。美しいでしょうね、夕暮れは。一歩踏み出す勇気があれば楽になれるのですよ」

2

津村佳代子はパソコンをみつめながら、ためらいを覚えた。自宅で書いた長めの文章が表示されている。表題には「ご参考まで」と書いてある。出過ぎたまねを、あるいは、余計なことを――と、叱責されはすまいか、この合併銀行の保守的な体質からすれば、その恐れは十分にあった。

岡部が言った「会長通牒」なるものの存在を確かめてから幾度か岡部に連絡をとってみた。あれ以来疑問は膨らむばかりだった。会って真相を、確かめてみたいという衝動に駆られての電話だった。しかし、出張中であるとか、休暇をとっているとか、そんな理由で連絡がとれずにいた。

「ほう。津村君、今朝も早いね……」

人の気配で振り向くと、秋本室長が笑顔をみせていた。

「春だね、柳が色づいている」

堀端の柳が風に揺れ、枝先が緑色に光っている。このところ、役員室には穏やかな空気が流れている。東洋降板で、太陽一本に絞った決算作業が順調に進んでいるからだ。三月の取締役会議で海江田社長が提起した増資問題も、六月株主総会のあと、正式に発表する段取りになっている。

「あらっ、本当……」

津村は立ち上がって窓外をみた。

「まもなく連休だね、連休の予定は立っているのかね、旅行するとか」

秋本には珍しく世間話をしたい風だ。

「いいえ、特別には。室長はどうされるんですか」

「ははあ、これさ」

秋本はゴルフクラブをスイングするまねをした。短いやり取りを終えると、秋本は自室に入った。彼も連休を前にやっておかなければならないことが山ほどあるのだ。

表情は嬉々としていた。

津村は再びパソコンの画面をみる。秋本の顔をみて、再び迷いが出てきた。自分は職分以外の余計なことをやっている。降板した監査法人のマネージャーに電話をしたり、銀行の危機を訴える文章を起草してみたり、峰川次長が聞けば、あなたの仕事じゃないでしょうと説教を食らうのが落ちだ。

（しかし……）

三日三晩考え抜いてのことだ。いまさらとも思う。

上層部の人たち、とくに海江田社長は気づいているだろうか。会長通牒なるものと東洋の降板が関係していることを。迷いはあったが、やはり文書を、海江田社長、青木部長に送付することにした。

秘書室がにぎわっている。時計を見ると八時半になっている。人材派遣会社から来ている受付嬢たちも、すでに定席につき、次々と出勤してくる取締役に、おはようございますと朝の挨拶をしている。峰川次長も席につき書類を読み始めている。秘書室には華やいだいつもの光景があった。

「おはよう」

戸口から秘書課員に声をかけたのは海江田社長だ。海江田もいつもより十分ほど早く出勤してきた。新しく入った派遣の女性が給湯室に行き、お茶を淹れている。

五分後、津村は社長室のドアをノックした。これも一日の始まりの儀式のようなもので、スケジュールを確認するのが目的だ。ドアが開く物音で、海江田は錠剤を口にしながら「おはよう」と必要以上に元気な声を上げた。

「おはようございます」

津村は社長の執務机の前に立ち、スケジュールを説明した。

「九時から雲野会長との打ち合わせ。十時には経済誌のインタビューが入っています」

「一時間だったね」

海江田はスケジュール表を見ながら確認した。

「はい、取材のあとは、三十分ほど時間をいただき、財務部長が報告したいことがあるということです」

「昼食は銀行協会だったね……」

丸の内の銀行協会に出向く前に、アフガン難民支援のＮＧＯ代表との面談など、ほぼ十分区切りの予定が入っている。

「銀行協会の会合には、室長がごいっしょさせていただきます」

「わかった。それで……。雲野会長との打ち合わせは、この部屋でやると伝えてくれないかね……」

「かしこまりました。で、社長……」

津村はペーパーを机の上においた。

「うん？」

怪訝な顔で海江田はペーパーを手に秘書課長の顔を見た。

海江田は「ご参考まで」と題するペーパーに目を通し始めた。Ａ４横書きの四枚紙に簡潔にまとめたもので、そこには東洋監査法人が監査を降板した、その背景につき、会長通牒なる文書を援用しながら、決算環境の変化について詳述したものだ。

「ああ、津村君が書いたのか」

津村は恐縮した。

一見海江田は大雑把な人間にみえる。しかし、他人が考える以上に彼は神経細やかなのだ。さっと目を通し簡単な感想を言った。

「銀行課長も同じことを言っていたな」

「………」

「心配はいらないと思う」

そう言うと海江田は次の書類に目を通し始めた。津村は一礼して社長室を出た。秘書室にもどると峰川次長が待ち受けていた。今朝の峰川は明るいグリーンのワンピースに胸元にはゴールドネックレスが光っている。峰川とともにパーティションで仕切られた小会議室に入った。

「これだけど……」

席に着くなり、峰川は数枚のペーパーを示した。表題に『今期決算見通しについて』とある。津村はザッと目を通してみる。それは企画部門が作成した資料で、投資家やアナリスト、新聞記者などジャーナリストを対象とした説明資料だ。資料の目的は今期決算の見通しを示し、企業の健全性を喧伝することにある。いわば、ゴーイングコンサーン（企業継続）の証しでもある。連休前のこの時期に発表するのは、やはり東洋監査法人の降板など、あらぬ風評が立つのを、事前に予防しておこうという狙いからだ。

「もう日程は決まりましたんですか」

「連休前にと、そう上原副社長はおっしゃっておられた」

上場企業の多くは、決算発表に先立ち、経営の子細につき、関係者に説明するのが近ごろのやり方だ。広報部が主催するこのイベントは企画部が原案を作成し、秘書室が招待者のリストや、会場の手配などを担当することになっている。

銀行がどう評価されるか、決算見通しに関する説明会は、重要な儀式だ。社長自身が説明にあたるのが恒例で、説明会が終わったあとに懇親会が催される。そこがいわば本番。社長以下、財務担当副社長、企画担当副社長などが総出で、口うるさいジャーナリストやあれこれ問題をほじくり出しては注文をつけるアナリストたちに、銀行をPRし、彼らを味方に引き入れる、このパーティは大事な催しなのだ。

とりわけ今期は合併がなってはじめての決算である。連中の発言如何で株価は大きく動く。どんなことがあっても、このイベントは成功させねばならぬ、という強い思いが重役たちの胸の内にあるのを、秘書課員ならば誰でも知っている。

その儀式全般を取り仕切るのが峰川次長なのだ。もちろん、彼女にははじめての経験であり、峰川次長が秋本室長からこの大役を命じられたときの、その張り切りようは傍目にも滑稽なほどだった。いま彼女はイベントのことで頭がいっぱいなのである。

「これなんだけど……」

峰川次長が示したのは、すでに発送済みの招待者リストだった。そこには百人を超える名前が記してある。津村はリストに目を通してみる。そのほとんどは、少しは世間で名の知れたアナリスト、投資顧問、ジャーナリストたちだ。

氏名の頭に○×△がついている。○が出席で×が欠席の返事。△が返事が届いていないことを示している。出席者の返事は約七割。この手のイベントとしては、まあまあの返答といえた。しかし、完璧を目指す峰川はそれでも不満なのだ。

つまり打ち合わせというのは、返事が返っていない招待客にいまいちど出欠確認の電話をする必要がある、それを秘書課員が手分けをしてやろうというのである。いや、それだけではなさそうなのだ。

「それなら派遣の人たちにお願いすればいいじゃないですか」

峰川はムッとして言った。

「そうもいきませんよ。取締役のやるべき仕事です、これは。なんといっても、はじめての決算なんですから」

啞然として峰川の顔をみた。連休の差し迫った、この時期、その重要性がわかっていても、滞積する事務処理に忙殺されている取締役たちのことだ。第一、そんな雑用は彼らの仕事ではない。その彼らに電話をかけさせるというのだ。本気なのか……。

「それが一番確実だと思うわ。きっと出席してくださるわ」

峰川は続けた。彼女は本気なのだ。ペーパーには役員たちの割り振りまで書き込んであって、用意はできている。峰川はてきぱきと話を進める。津村は峰川の顔をみた。胸元にゴールドのネックレスが揺れている。強引なのはいつものことだが、峰川はショートカットの髪にちょっと手をあて、議論の余地などないという顔をしてだめ押しをする。

「そういうことなので、たのんだわよ……」

しかし、それは自分でやるのではなく部下の津村にやらせる魂胆なのだ。いつものことなのである。峰川は言いたいことだけ言うとさっさと部屋を出ていった。津村は改めて広報資料を読んでみる。

「不良債権の八割方は処理済み」「三年内に正常化」「来期にかけての黒字転換の期待」などの文字が躍っている。あとは、決算見通しを示すデータの羅列。

数字を見る限りゆうか金融グループは順風満帆というわけだ。何の問題もない。今期は思い切って不良債権を処理したため、確かに利益率は減少した。しかし、これによって来期は黒字決算の見通しが立った――と、この広報資料は胸を張っている。大型の不良債権処理を終え、どうにか不良債権問題は峠を越したとも。実態を語るというよりも、それは願望を語っているようにも、津村にはみえるのだった。

たぶん財務部が提供した資料に、企画部門が筆を入れ、それを広報室がとりまとめたものであろう。嘘とまでは言わないが、実態からかけ離れているのも事実だ。ため息をつき自席にもどったとたん電話が鳴った。

「津村君か……」

青木部長だった。

「読んだよ、君が書いた文書を」

メールを送ったのは、つい三十分ほど前のことだ。レスポンスの早さに驚いた。

「改描ということかね、あの文書は……」

地図屋の専門用語で、郵便局や学校など公共機関が、それぞれ実際に使用するにあたり便宜の記号を用いるのは、よく知られる通りだ。しかし、事実とは異なる記号を地図の上に掲載し、一部の関係者だけに通じる暗号を作ることを改描というのだ。

青木部長が言った「あの文書」とは「会長通牒」を指し、その文書が一部の人間しかわからないように改描されているのか、と彼は訊いたのである。

「余計なことをして、お手を煩わせてしまいました」

「いや、それはいいんだが……。誰かに頼まれたのかね」

青木の言葉が嫌みに聞こえた。まあ、考えてみれば、そう訊くのも当然だ。

「実は……」

と津村は簡単に事情を話した。

「ほう。岡部君が……」

青木は驚きの声を上げている。

「ええ、知り合いの店で、偶然にお目にかかったのです」

「へえ、そうだったの。驚いたね。なるほど女性キャリアの優等生っていうのはこういうレポートも書けるんだ」

悪意のある言い方だ。表現のし難い屈辱を感じ、津村は体の芯まで熱くなった。しばらく無言のあと、青木は続けた。

「心配はありがたいが、しかし、これはこちらの仕事だからね。周囲から雑音が入ると混乱を来す。まあ、岡部君が指摘したことはたぶん杞憂だと思う」

それだけ言うと青木は電話を切った。余計なお節介としか、青木部長は受け止めていなかったようだ。失望が胸に広がる。

また電話が鳴った。

「九時だったね、社長とは……」

今度は雲野会長からだった。

首都系の雲野会長は、出自が昭和系の海江田社長とは、そりが合わず、ときおり悶着を起こす。会長執務室は社長室の右隣。ドアをたたけばいいだけのことなのに、それを秘書を通じて確認してくるところにも、芳しくない二人の関係が露呈している。

「はい、社長室ということになっておりますが、ご案内いたします」

「そう……」

雲野会長は大儀そうだった。

時計をみると、もう九時だ。急ぎ会長室に向かい、ドアを軽くノックする。しばらく間を置き、返事が返ってきた。

「おう、いまいく」

「ご案内します」

津村は腰をこごめ、社長室に案内する。子供じゃあるまいし、隣の部屋の住人を案内するとは、ばかばかしい限りだ。しかし、合併銀行は、こうしたプロトコールが大事なのである。お茶を出し、部屋を出た。

（本当に気疲れの毎日……）

思わず出てくるのは愚痴だ。秘書室にもどると、今度は秋本室長に呼び止められた。

「青木部長に聞いたのだが……」

室長の部屋は個室である。椅子にすわるなり、秋本は渋面で言った。言っている意味がすぐに理解できた。

（やはり……）

ですぎた真似だった。思い浮かぶのは誣告《ぶこく》という言葉だ。

「説明してくれるかな……」

秋本はネクタイに手をやり、探るように津村の顔をみた。津村は先ほど、青木部長にした話と同じ話をした。

「なるほどね……」

秋本はしばらく考えていた。

そして続けた。

「事情はわかった。しかし、東洋とは契約関係は切れている。それに、君の仕事じゃないだろう。しかも事柄は非常に微妙。財務部はそういう干渉を嫌うんだよな。とくに青木さんはね……」

「しかし、室長……」

「わかっているつもりだ、君の気持ちは。悪気があってのことではないし、むしろ会社を思う気持ちからだろう。それはわかる。しかしやったことは干渉だ」

「はい……」

津村は素直にうなずいた。確かに職務を逸脱していると思ったからだ。それに秋本の人柄もある。彼は出身行を問わず、部下に対しては公平である。しかし、今朝の秋本は厳しい顔を崩さなかった。

「ところで、津村君……」

「………」

「その君が書いたレポートを読ませてもらったよ。君のストーリーでいえば、東洋がなぜあれほど頑なだったか、わかるような気がしたね……」

そう言って、秋本はにっこり笑った。津村には意外だった。

「青木さんは抗議をしてきた。しかし、彼にも思い当たるところがあるようだね。つまり監査人の裁量権のことだ。会長通牒なるものを、改描という視点から再読すれば、その裁量権なるものが、重大な意味合いを持つことになる。どういう経緯で、会長通牒は策されたか、彼は興味を持っていた」

津村は混乱した。レポートを回覧したことで叱責しておきながら、その中身に秋本は興味を抱いている。

「しかし、ああいうやり方はまずい」

「はい……」

それだけ言うと、秋本は書類に目を通しはじめた。自席の前で峰川次長は腕組みをして待っていた。

「もうやってくれたかしら」

「えっ？」

津村は聞き返した。

「先ほど打ち合わせをした件よ」

　額に縦皺がよっている。

「今日中によ、頼んだわよ……」

　まあ、仕事といえばそれまでだが、自分で発案しておきながら、すべてを部下にやらせる魂胆なのだ。改めて峰川の顔をみた。しかし、彼女はすでにそのことには関心がないという風に、部下の調査役に何ごとか、話しかけている。

（厄介ごとを押しつけてくる）

　津村はひとりごち、時計をみる。社長室でのトップ会談は終わっているはずだ。次に経済誌のインタビューが入っている。広報室が伺候することになっているが、社長の時間管理は秘書室の仕事だ。すぐに広報室に電話をした。

「もうおいでになっています」

　インタビューは役員応接室で行われることになっている。カメラマンも同行しているということだ。一般職の秘書課員にお茶の用意を頼むと、すぐに社長室に向かった。ちょうど、雲野会長が部屋から出てきて、ムッとした顔でうなずき、自室に消えていった。

「インタビューの時間です」

「そう」

海江田は背広の襟に手をかけて、鏡の前に立った。胸元から櫛を出し、頭髪を整えている。満足げにうなずき、さあ行こうか、とひときわ大きな声を上げた。

役員応接室は同じフロアにあった。海江田はせかせかと歩く。雲野会長とのやり取りが長引き、約束の時間よりも十分ほど遅れている。編集者とカメラマンが待っていた。広報室長も同席している。広報室長が二人を紹介し、名刺交換という儀式が終わり、編集者が取材の趣旨を説明したのを受け、海江田は滔々と自説を開陳しはじめた。

「地域の中核的な銀行としてですな、私どもは地銀や信金など地域金融機関と協力しながら地域に密着し、リージョナルな総合バンキングを目指すのが戦略です」

例によっての、スーパー・リージョナル・バンクの理念の発露だ。海江田社長の独演会という風である。わかったのか、わからないのか、経済誌の編集者は、メモ帳にボールペンを走らせている。インタビューを続けている間もカメラマンはフラッシュをたき続けている。

「しかし、今期も赤字脱却は無理なようですけれど……」

編集者は意地の悪い質問をした。その質問を海江田はにこやかにかわす。ゆとりの表情すら浮かべている。

「ご指摘の通りです。不良債権処理は国家的な課題。まず優先させたのが不良債権の処理です。銀行が経済の足を引っ張っているようじゃ、社会的役割を果たせません。

一気に一兆円近くの処理をやるつもりです。おかげさまで先が見えてきた。来期は大いに期待してもらっていいです」

海江田はあくまで強気だ。赤字の理由を不良債権処理を優先させたためと説明し、そして合併効果を強調するのであった。編集者は幾つかの大口融資先で不良債権化している企業の名前を上げて、再建の見通しを訊いた。

「個別の問題ですからな……」

と言いつつも楽観的な見通しを語った。それにしても変わったものだ。マスコミ嫌いでマスコミに顔を出すことなど時間の無駄だと公言してはばからなかった海江田だが、そのマスコミを相手に、いま銀行の理念について熱弁を振るっているのだった。

3

木内政雄は新潟に向かう新幹線のなかにいた。祖母が入院したとの知らせを受け、急遽新津に帰ることにしたのだった。

「大したことはないと思うけど……」

と母は言っていた。今年八十四になる。しっかり者でいつも元気な祖母だ。しかし、木内は心配だった。正月以来新津には一度も帰っていなかった。祖母の顔を見たい、連休にはまだ二日ほどあったが、早めに休暇をとることにした。新津までは約二時間四十分。

新幹線あさひは高崎駅を猛スピードで通り抜け、やがて大清水トンネルに入った。裏日本と呼ばれた越後の国の鉄道が、東京駅に直接乗り入れるようになったのは、平成の時代に入ってからのことだ。

二万二千メートルを超える世界最大級という大清水トンネルを抜けると越後湯沢だ。暖冬のせいだろう、残雪はほとんどなく山は新緑に染まっている。しかし、木内には風景を楽しむゆとりはなかった。東京駅を出てから、ずうっと書類を目にしている。急に視界が開け、気がつけば越後湯沢だった。

「会長通牒――。まさか、改描ということはないでしょうな。文字通りに読めば、厳格に査定するということのようですが……」

一昨日ゆうかHDの青木部長から電話を受けたとき、会長通牒とか、改描とか、木内には言葉の意味がわからなかった。新幹線で読み続けてきた資料は、公認会計士協会が発表している一連の文書である。

青木は銀行会計に精通した男だ。気心もよくわかっている。その青木が検査ルール改変を疑っていた。その話を聞き、木内は大いにありうることだと思った。そして新幹線のなかで会長通牒なるものを精読してみた。その疑いは濃厚だった。

市場原理主義者どもの手の内が読めてきたように思う。行政にではなく、監査人に裁量権を預け、その監査人の判断で、銀行の生き死にを決めようということだ。そして一直線に国有化に追い込み、ターゲットにされた銀行を外資に売却する魂胆なのだ。会長通牒とか、改描とか、それらを、一連の文書や彼らの主張に重ね合わせたとき、やはりみえてくるのはゆうかＨＤの国有化である。

（そうはさせない……）

新幹線あさひは長岡で停車した。ここからは信越本線に乗り換える。新幹線で新潟までいってから、信越本線で折り返し、目的地の新津に向かうか、迷うところだが、木内は長岡で乗り換えることにした。待ち時間は約十分。そう言えば、東洋監査法人に勤める岡部義正は信越本線沿線の加茂出身であることを思い出した。幾度か電話をしてみたのだが、あの夜以来、連絡を取れずにいる。

岡部は故郷に帰ると言っていた。地元の名家である彼の一族に頼れば、そこそこの仕事はとれるかもしれない。しかし、新潟の田舎町で朽ちるような男ではない、彼は最先端を走る会計士なのだ。

どうしたものか、心配になる。電車がゆっくりと動き出した。乗客はまばらだった。そういえば、岡部は信越本線加茂から新潟まで列車通学だった。木内も同じ列車を利用していた。そんなことでいろいろなことを話した思い出がある。

加茂市は信濃川支流の加茂川谷口の市場町として発生し、京都の賀茂社の分祀に因む地名であることを知ったのは、岡部の話からだった。誇るべき地元の産品は桐ダンスである。

現在でも木工、家具、金属製品、繊維、電気器具などの生産がさかんで、三条や燕と並ぶ新潟県下の工業地帯をなす土地だ。その加茂市では名門の一族に生まれたのが、岡部だ。高校教師の倅《せがれ》に過ぎない木内とは、別世界に生きる男でもあった。

携帯が鳴っている。木内は急ぎデッキに出た。相手は池田だった。時計を見ると、午後四時半になっている。異変があったとき、すぐに連絡できる態勢をつくっておいた。その定時連絡は四時半だった。

「どうも東洋の動きがおかしいんです」

「どうした？」

「いや、理由はよくわかりません。しかし幹部会議を開いたり、ともかく社員には外部との接触を禁じているようなんです。とくに銀行監査をやっている連中の動きが、ぴたりととまっているんですよ」

「銀行関係の監査？」

木内にはピンとくるものがあった。あれ以来、連絡が取れなくなっている岡部。池田との電話を終えると、すぐに東洋監査法人に電話をした。しかし、電話は交換から総務部に廻され、どちらさまですか、と執拗に身元を確認してくる。友人ですと答えると、どういう関係の友人かと聞き返す。確かに奇妙だった。折り返し、池田に電話をした。

「やはりそうですか」

池田もいぶかっていた。

「東洋をチェックしておいてくれないか」

「課長のお帰りはいつになります」

「一泊したら帰る」

そんなやり取りをしているとき、信越本線を走る特急電車は、新津の駅舎に滑り込んでいた。新幹線から切り離された新津は、いくらか寂れた街の印象だ。しかし、駅舎は昔のままで、高校に毎日通った駅舎でもあり、懐かしい思い出がよみがえる。新関付近を黒煙を上げて走る機関車を、ジッと見つづけたのは小学生のころだった。能代分流公園の桜並木も脳裡に焼き付いている。小学生のとき遠足でいった白玉の滝も、思い出のひとつとして残っている。

祖母が入院している病院は、市内から少し離れた田園の中にあった。大正時代までは石油採掘の街として知られた新津。大正中期には羽越本線、磐越西線、信越本線の交差する交通の要衝として、機関車、鉄道工場などを立地して交通の街として発展を続けてきた。木内が高校に入るころになると新潟市のベッドタウンとして宅地化が進んでいた。木内は駅前でタクシーを拾い病院の名前を告げた。

（変わったな……）と思う。

街の中央に能代川が流れている。信越本線と平行して能代川を渡るのは、国道四〇三号線だ。河川が改修されるまでは、能代川は暴れ川で、しょっちゅう水害を引き起こしたものだった。しかし、能代川の氾濫は肥沃な農地をつくり、そのおかげでこのあたりは全国でも有数の米産地になったとは、祖母の口癖でもあった。

木内の実家も三代前までは稲作農家だった。両親とも高校教師であったため自給の米を作るのみだ。祖父が亡くなってからは祖母が細々と農業を続けている。それとても農地の大半は宅地に変わり、水田も他人の手に委ねられ、祖母がやっているのは、ほんのわずかな畑作だけである。この牧歌的な新津も市町村合併で、やがて新潟市に吸収される運命が待っている。

タクシーは病院の前で止まった。受付で確かめると、三階の病棟だという。古びた病棟は昭和五十年代に建てられたことを覚えている。ドアをノックする。四人部屋の病床に横臥する祖母あゆの姿があった。

「おばあちゃん……」

正月に会ったときは、元気におせち料理などを作っていたのに、枯れ木のように痩せた姿で横たわっている。おもわず祖母の手を握った。

「まあちゃん……」

あゆは手を握り返した。

しっかりした感触が伝わってくる。

「どうしたの……」

「ちょっと胃の具合が悪いんでね。検査してもらったけど、大したことはないって。心配いらない。それよりも、まあちゃんの仕事の方はどうなの」

気遣うのは、いつも孫息子のことだ。

母の話では明朝手術だという。検査検査で疲れたのだろう。祖母はげっそりとしているが、それでも久しぶりに孫息子の顔をみて気丈に振る舞おうとしている。両親とも共働きで、留守がちな母親に代わり木内の面倒をみたのは祖母だった。

「独り暮らしは大変だろう」

と祖母は心配してくれる。正月に帰郷したとき、離婚話をしたのを覚えていた。三人兄弟の末っ子の木内は、祖母にとっては自分の子供みたいなものなのだ。彼女には幾つになっても可愛い孫息子なのである。とりとめもない世間話をしているうちに、祖母は寝息を立てていた。

「あらっ。まあちゃん」

声をひそめて木内を呼んだのは、母雅代だった。母は大きな荷物を持って、肩で息をしている。仕事の途中で立ち寄ったという風である。教師を退職したあと、彼女はカンボジアに学校を作るボランティアの仕事をしていた。父もまた、市の教育委員会の嘱託をしていて、二人とも、退職後も忙しく飛び回っているのだった。

母に誘われ、病室を出た。ナースセンターの向こうに見舞客や患者のための長椅子がおかれていた。木内は母と並んで、長椅子に座った。母雅代は訊いた。

「さよ子さん、もう帰ってこないの」

さよ子とは元妻の名だ。

「ああ、離婚届を送ってきたので、ハンコをついて送り返した。もう終わったことだから……」

「本当にそれでいいの」

「決めたことだからな。それよりおばあちゃんの方はどうなんだ」

「開いてみないとわからないって。たぶん四期に入っているみたい。でも、おばあちゃんには教えないことにしているの。まあちゃんもそのつもりで、わかっていると思うけど言葉には気をつけて」

そう言って雅代は深いため息をついた。彼女にも義母は恩人なのだ。夫婦して高校教師を無事勤め上げることができたのも、義母が家を守ってくれたからだ。しかし、嫁と姑の関係は微妙だった。たぶん、耐えたのは祖母の方だったと思う。

「そうか……。長くないかもしれないね」

木内はつぶやくように言った。

「今夜はどうするの？」

「おばあちゃんの傍で寝るつもりだ」

「でも大丈夫？」

「そのつもりで来たのだから……」

「そう。それじゃ、夕食を終えたら、またくるといいわ。何もないけど、あとで食事を作るから……」

「オヤジは？」

「今日は教育委員会なの」

病室にもどると、祖母は眠っていた。額に手をあててみる。微熱があるようだ。病状を確かめてみる必要があると思い、木内はナースセンターに立ち寄った。

「先生にお会いしたい」

すぐに若い担当医師が現れた。お世話になっていますと挨拶し、祖母の病状を訊いた。若い主治医は立ち話ですまそうとしている。木内は改めて名刺を出した。その名刺をみて、若い主治医は、態度を急変させて、応接室に案内する。財務省の威光は大したもので、こんな片田舎の病院にまでいきわたっていると思うと、内心おかしかった。

応接室には続いて副院長が姿をみせた。医者という人種は尊大だが、権威によわい。東京の有名大学の名をあげ、財務省とは大したものですな、など世辞をいう。訊いてみれば同じ高校の同窓という。ただし地元の医大ですがと付け加えた。しかし、母雅代の話と同じことで、副院長からもたいした話は聞けなかった。

「明日はよろしくお願いします」

木内は低頭して応接室を出た。

家まではタクシーを飛ばせば二十分ほどの距離だ。病院の周辺にはまだ田圃が多く残っている。耕作主を失ったのか、それとも、減反で休耕地になっているためか、もう五月に入ろうとしているのにまだ、田植えの準備は始まっていなかった。

深い鎮守の森があって、その手前を左に曲がった突き当たりが木内の実家だ。その少し手前でタクシーを止めさせた。板塀に囲まれた実家は昔のままだ。門をくぐると、門のすぐ近くにあるのが作業小屋で、正面の母屋から離れて建つ漆喰壁の建物は倉だ。戦前は十町歩ほどの田畑を持っていた農家の庭先は広い。作業小屋は作男たちの宿舎だった。

「ただいま」

父は教育委員会というから、返事がないのも当然で、それがわかっていながら声をかけるのは、昔からの習慣だ。家の中は昔のままだ。祖母が寝起きしていた部屋は、中庭に面した廊下の突き当たりにある。祖母の部屋はきちんと整理してあった。何か、覚悟のようなものを感じさせられる。

木内は仏間に入った。軍服の姿の怜悧な表情の青年、紋付き姿で威儀を正す八字髭の老人など、幾人も写真が飾ってある。八字髭はひい爺さんで、軍服姿の人物は中国大陸で戦死した伯父と聞いている。いずれもこの家に生まれ育ち、一生を終えた先祖たちだ。

仏壇の扉を開き、合掌する。祈ったのは祖母の手術の無事だった。

居間に入り、障子を開け放つ。廊下の向こうに中庭がある。中庭も昔のままだ。廊下に出て中庭をみる。たぶん、祖母が植えたのであろう。春の庭草が芽を膨らませていた。ツツジも三分咲きというところでポツンポツンと赤い花びらが開いている。

祖母と父母の三人暮らしでは、広すぎる家だ。北海道の大学に入った兄は、そのまま北海道に残り、転勤族と結婚した姉は九州の博多だ。二人とも新津の家には帰ってくるつもりはない。藩政時代から続いたこの家も、父母の代で終わりになるかと思うと、庭先から吹き上げる風がいやに冷たく感じられる。

携帯が呼んでいる。

定時の連絡にしては早い。いぶかりながら電話に出ると、やはり池田だった。

「公認会計士が行方不明になっているという話が流れています」

池田は突拍子もないことを言っている。

「誰だね、その会計士は……」

いやな予感がした。

「さあ、名前までは特定できませんが」

「もしかすると、岡部という男じゃないか」

「課長、ご存じで……」

「ああ、同郷の後輩でね」

「そうですか、しかし、氏名不詳です」

「わかった……」

「課長、もうひとつあります。例の件を調べていてわかったのですが、竹村に転職の話が出ているようなんです」

「本当か……」

木内はわが耳を疑った。事実とすれば、金融庁随一の情報通は、ビッグニュースをつかんできたことになる。竹村の転職とは、大臣辞任を意味する。つまり失脚だ。

「まさか……」

木内には信じられなかった。彼らにすれば総仕上げの段階だ。木内はそう事態をみている。大臣を辞任するとは、尻尾を巻いて逃げ出すようなものだ。しかし、彼らは周囲を固めつつある。考えられるのは仲間割れだ。

「アメリカの大学のようです」

池田は具体名を上げて、その教授に就任することが決まっているといった。池田が集めてくる情報には真憑性《しんぴょう》がある。これまでも間違ったことはなかった。

「どこだ、出所は？」

「外銀です」

池田の言い方は断固としていた。その言葉を聞き、木内は別な感想を持った。

「豊宮君を頼む……」

豊宮はすぐに電話に出た。

「銀行法を調べてくれないか。そう、公的資金投入の条件についてだ……」

4

津村佳代子は時計をみる。打ち合わせやら事務連絡などで連休前日の最後の金曜は、働きづめの一日でようやく体が自由になったのは、海江田社長を送り出してからのことだった。

「連休はゆっくり休ませてもらう」

子供たちが独立し、夫婦二人だけの海江田家の連休は、長野のリゾートでゆっくりと過ごすと聞かされている。海江田はいつになく上機嫌だった。それには理由があった。海江田の耳に驚喜すべき重大ニュースが飛び込んできたからだった。

「竹村が転職活動を始めているらしい」

午前十時のことだった。海江田のもとに自民党の金融族から電話が入ってきたとき、津村はちょうど社長室に居合わせた。金融族の長老は、言ったものだ。

「ヤツは墓穴を掘ったんだよ、やりすぎをとがめられたんだ」

確かに竹村はやりすぎた。そしてやりすぎをとがめられた。竹村は集中砲火を浴びていた。株価は泥沼。実体経済は一向によくならない。企業倒産が相次ぎ、ものは売れず、失業者は増えるばかりだ。追及の手は、むしろ野党よりも自民党から上がっていた。

閣僚懇談会でも、竹村は孤立し、ほとんど発言の機会を与えられないという。金融・経済問題を丸投げしていた高山首相も、最後の腹を固めていた。もう、竹村は用無し。そして政局はイラク特措法に移っていた。さらに午後になると、各方面から次々と情報が入っていた。いずれも竹村辞任に関する情報だった。本人自身が辞意を漏らしたという確定的な話も入ってきた。

「学者のままでいればよかったのになぁ」

公の席でつぶやいたというのだ。さらに情報は具体的になる。竹村は更迭を見越してアメリカの大学に就職を打診しているという情報だ。いや、竹村はすでにアメリカの大学と契約を交わしている。期間は五年。年俸は三十万ドル。その契約書のコピーまで出回っているという話だ。

海江田が歓喜の声を上げるのも当然だ。金融業界を引っ張り、竹村包囲網を敷いたのは自分だという自負があるからだ。確かに海江田は激しく動いていた。自民党金融族はもとより、野党民主党まで含め、金融業界の窮状を訴え、金融保守派の結束にかけずり回ったのが彼自身である。

「ゆっくり休ませてもらう」

二度も繰り返した。

社内的に見れば、太陽監査法人との打ち合わせも順調に進んでいるとの、報告を受けている。東洋監査法人との間にいざこざがあったものだから、決算作業は若干の遅れはあるけれど、連休返上での作業で遅れは取り戻せる。国内営業に必要なＢＩＳ基準四パーセントを軽くクリヤーし、六パーセントの水準で堂々たる決算発表ができる。

社長室に上原副社長、青木部長を呼び込み、決算の見通しにつき最後の確認をしたのは午後四時だ。

社長室で祝杯でも上げたい気分であったであろう。それにしても、あんな上機嫌の海江田社長をみるのははじめてのことだった。

「ご苦労をかける」

海江田はわざわざ財務部門の部屋に足を伸ばし、決算作業にあたっている部員たちをねぎらったものだ。そして海江田が社長室を出たのは午後六時のことだった。

それにしても慌ただしい一日であった。もう秋本室長も、峰川次長も帰宅した。金融過激派の頭目とでもいうべき竹村伍市失脚のニュースでわきかえっていた秘書室も、いつものような静けさを取り戻していた。財務部門を除けば、ほとんどの部門は明日からカレンダー通りの連休に入る。

津村はとくに連休の予定は入れていなかった。ミナは連休の前半を、浩志と過ごすことになっている。ミナは今夜から浩志といっしょだ。人出で混雑する観光地に出かけるのも億劫だし、こういうときは、ひとり読書にふけるのも、悪くないと思う。

帰り支度をしながら、久しぶりにホッとした気分になった。フッと思い出したのは、岡部のことであった。しかし、彼が言っていたことも杞憂に終わりそうだ。仮に、そのような陰謀が企まれていたとしても、金融過激派の頭目が失脚すれば企みは空中分解に追い込まれるように思えるからだった。

　しかし、いまにして思えば、あれは奇妙なやり取りというべきだった。もう数日前になる。東洋監査法人の岡部に電話をかけたときのことだ。電話はたらい回しにされたあげくに出てきたのは牟田という総務部長だった。

「岡部さんはいらっしゃいますか」

「どちらさまでしょう……」

　牟田という総務部長は、警戒心もあらわに同じ質問を三度も繰り返し、要領の得ないことを言っている。

「ですから岡部さんをお願いしたいのです」

「どんなご用件で……」

「個人的なことですけれど」

「実は彼、休暇をとっていましてね」

　総務部長は言った。にわかには信じられなかった。というのも、上場企業の決算を抱える監査法人は、この時期、各企業の決算が集中していて、もっとも忙しい時期であるからだ。連休返上はあたりまえのことで、事実、ゆうかＨＤの監査にあたる太陽監査法人も、連休返上の態勢をとっている。

「よろしければ、あなたさまの連絡先とご用件を教えていただきたいのです」

　あれも奇妙な質問だった。というよりも失敬な話だ。あれやこれやと言いながら岡部との接触を妨害しているようにも思える。

「もう結構です」

津村はあのとき怒って電話を切った。

もう岡部と会う必要もなくなった。津村の家路に向かう足取りは自然に弾む。ちょっとタカシに寄ってみようかとも思ったが、連休用にと買い求めた小説や随筆などが、机の上に置いてある。今夜は小説にでも没頭しようかとも考える。

大手町から千駄木までは千代田線で十分ほどだ。地下鉄は空いていた。突風が通り抜けた。千駄木駅の階段は、風洞のようになっていて、明らかな設計ミスというほかなく、電車が通り抜けるたびに突風が吹く。雨が降り出したようだ。いつも持ち歩いている折りたたみの小さな傘を広げようとしたが、風で飛ばされそうになった。

マンション前の街灯のしたで初老の男が、所在なく立っている。足下には大きなボストンバッグを置いている。

「お父さんじゃないの」

津村は驚いた。

「おお、佳代子。お帰り……」

「どうしたの」

「追い出されてしまったんじゃよ」

「ええっ」

津村はまじまじと貞正の顔をみた。出《い》で立ちをみるに、追い出されたというのはどうやら本当のようだ。こんなことを冗談のタネにする父親でもなかった。

「まあ、ともかく上がってよ」

部屋に入るなり、貞正はビールないかなあなどと呑気なことを言う。家から追い出されるというのは、人生の重大事。しかし貞正はあくまでも鷹揚に構えている。冷蔵庫から缶ビールを二つ持ち出してきて訊いた。

「追い出されたって、お母さんに？」

「彼女も愛想をつかしている」

「どういうことなの、説明してよ」

貞正はうまそうにビールを飲んでいる。津村は怒った声を出し訊いた。

「家が担保で取られたんだよ」

また合点のいかぬことを言っている。

貞正はぼつぼつと話し始めた。

発端は貞正が主宰する俳句結社の大事なスポンサーだった老舗の旦那に頼まれ、借金の保証人になり、自宅を担保にいれたことだった。これまでの長いつき合いである、頼まれれば断るわけにいかぬ。しかも開業六代目という老舗の旦那は信義に厚く、まさか不義理をする人間にはみえなかった。保証人といっても形だけのことであり、銀行に申し込んでいた借り入れが実現するまでのことだともその老舗の旦那は言った。

「いったい、どうしてつぶれたの」

貞正は続けた。

二百年も続く老舗というのは、ノリなど海産物を扱う専門商社で、小さいながらも五十億円の商いをやっていた。津村も聞いたことのある商社だった。つまずきはバブル期に銀行に薦められるままに、本社ビルを建てたことだ。本社ビルの半分をビジネスビルとして貸せば、賃料で建設費を十五年ほどで回収できるという結構な話だった。つまり家賃収入を担保にいれれば建設費用は融資しましょうという商売を銀行は薦めた。

本店の土地を提供するだけで懐を痛めることもなく、本社ビルを新装できる。この結構な話に老舗の旦那が乗ったのは、ちょうど十年前のことだ。最初は順調にいっていたかにみえた。ところが事態が急変する。都心部に次々と新しいビジネスビルが建ち、店子が集まらなくなったのだ。十二階建てのビルは、三割ほどが空き室になっている。家賃を下げても店子はなかった。

銀行から融資を受けたのは約二十億円。何しろ家賃収入をあてにしたビジネスだ。家賃収入がなければ、銀行からの融資は返済できない。それに経済が不調であるため、本業の方もパッとしない。その上に銀行から担保不足を指摘された。地価の急落で担保不足になったというのが理由だ。店子も集まらずビジネスビルは空き室状態。さらにその上に新しい担保設定を銀行は要求してきた。資金繰りが忙しくなるのも当然だった。

「当座の金として六千万円ほど必要。お金を貸して欲しいというのじゃありません。信用金庫から借り入れを起こすのに、担保が必要となりましてな。ご承知の通り、本店ビルは銀行に押さえられているものですから、こうしてお願いするのです」

老舗の旦那は頭を下げた。

「絶対にご迷惑はかけません」

もう三十年に及ぶつきあいだ。俳句結社を作って以降、老舗の旦那は気前よくスポンサーを買って出てくれた。三十年もの間結社がもちこたえることができたのも、老舗の旦那の陰に日向にの協力のおかげだ。

「わかりました」

と応えたのは、貞正の性格からすれば当然のことだった。まあ、現金を用立てるわけじゃない、ちょっと自宅を担保に貸すだけのことだ。それで助かるというのなら結構なことじゃないか。そうして貞正は老舗の旦那が差し出した書類にハンコを押してしまったというわけだ。

「白山の家は約六十坪ぐらいかな。それで六千万もカネが用立てられるというんだから大したもんじゃないか」

長く高校教師を務め、俳句などをたしなむ貞正の感覚はどこか浮世離れしている。まるで事態を他人事のように受け止めている。

「お母さんに相談もなく」

「まあ。大したことじゃない、相談するほどのこともないと思ったからな。しかし、やっぱり相談すべきだった」

差し押さえ執行の通知書が裁判所から届いたのは一週間前だった。驚いたのは、母親の方だった。怒るのも当然である。そんな大事なことを相談もせずに決めたのだから。

「そういうわけなんだ」

「あきれた……。それでその老舗の旦那というのはどうしているの。つかまえて責任をとってもらわなくちゃ」

「それがね、連絡が途絶えちまってな」

「そんなバカな」

「人生、ときには、そういうこともある」

「お母さんは？」

「いま慶一のところだ。すごい剣幕で怒っていたものだから、ついていくわけにもいかないしな。まあ、少しの間だ。厄介になりたいと思ってな。おまえがダメだというなら、浩志君にでも厄介になる……」

娘の元夫の厄介になるとは、どういう神経なのか、貞正は勝手をいっている。しかし本気なのである。浩志とは、気の合う飲み友達だったからだ。

電話が鳴っている。兄の慶一だった。

「オヤジはそっちか……」

「いま話聞いたよ。大変なことになっているんじゃないの。白山の家が銀行から差し押さえられたというのは、本当なの」

「ああ、本当らしい」

「本当に困ったお父さん。兄さんどうしたらいい？」

「まあ、相談はあとだ。今夜、そっちでオヤジを頼む。オフクロは大丈夫だから」

さっぱりお客がこない弁護士事務所を開いている二つ違いの兄慶一は、夫婦して四谷に住んでいる。しかし、弁護士事務所がさっぱりなのは、父親に似ていて、仕事を趣味と心得ているようなところがあるからだ。頼りにならない弁護士だが、こういうとき身内に弁護士がいるのは心強い。

しかし、別な心配もある。子供のいない兄夫婦は自分たちの生活を優先させる。そんな二人の生活に入り込むのだから、母は大丈夫なのか、心配なのは兄嫁との関係だ。

「白山の家はどうなるの？」

「よく調べてみなければわからない。あとで対抗策を考える」

「この電話、お義姉さんに代わって」

兄嫁の好子が出た。

「迷惑をおかけしています」

「いいえ、そちらこそ大変でしょう」

「まあ、なんとか……。ワガママな母ですけれど、よろしくお願いします」

「ええ、ご心配なく」

素っ気なく電話が終わるのはいつものことだった。兄嫁とは数分話しただけで、すぐに慶一に代わった。

「明日にでも、そちらにいくから」

そう言うと、慶一の電話は切れた。

「露の世は露の世ながらさりながら――」

「何、それ、お父さんの句？」

「一茶の句だよ、小林一茶の」

「そうなの……」

貞正は二缶目のビールをあけながら、解説の口調で言った。

「一茶が娘を亡くしたあとに詠んだ句なんだがね。生死を含め世の中はなるようにしかならない、そんな意味だ」

世の中は露のようにはかないものであるのは誰でも知っている。ましてや、我が子があっけない死に方をすれば、なおさらというものであろう、などと解説をする貞正なのである。

「私、まだ死なないよ」

「わかっているさ。しかし、おまえが生まれ育った家は他人の手にわたる。無情といえば感傷的に過ぎるが、どうかね、はかなさを露にたとえれば文学的じゃないか」

大まじめで、そう言い放ち、貞正はとてもうまそうにビールを飲み干すのだった。

（ああ……）

津村はため息を漏らした。

せっかくの連休。どうやら父親に振り回される連休になりそうだった。

5

新潟の新津から帰った、その日の午後、木内政雄はまっすぐ役所に出た。新津には結局、二泊することになった。八時間にも及ぶ手術にも耐えて、術後の経過も順調で、その回復ぶりには驚いた。

病室の床は冷たく堅かったが、祖母を見舞ってよかったと思う。病床にありながら、それでも孫息子を気遣う祖母。祖母の一生は木内の家を守ることに捧げられた。そして家族のために捧げた一生でもあった。

そうすることが彼女には、生き甲斐であったに違いない。しかし、寂しげな表情を浮かべていたのが悲しかった。彼女は年老い、体力を使い果たし、気力も萎《な》えている。もう畑に出ることもなくなるだろう。ましてや、家族の面倒をみるなど、それができない相談であるのも彼女にはわかっていた。

「幸せな一生だった」

彼女は言った。

「何を言っているんだよ。これからも野菜を送ってよ。楽しみなんだから」

「ああ、そうしたいね」

祖母は力無く笑っていた。

術後の経過が順調とはいえ、胃のほとんどを切除した体で抗ガン剤に耐えられるか、それが心配だと、執刀医は悲観的な見通しを語っていた。苦しむばかりの抗ガン剤治療などできればやめて欲しかった。

しかし、医療には手順があり、すでに治療方針も決まっているようで、その希望も叶《かな》えられそうになかった。抗ガン剤は患者を苦しめる。抗ガン剤の副作用だ。それをみるのは忍びないことだ。

それも祖母は、悠揚と受け入れるだろう。自分のことよりも、周囲に対する気遣いを先に考える祖母。抗ガン剤を拒絶することで発生する周囲や医師たちとの摩擦を考えれば祖母は自分の置かれた立場を素直に受け入れるタイプの女だ。家族に迷惑や心配をかけまいという気持ちが痛いほどよくわかる。いい意味でも悪い意味でも、祖母は昭和を生きた典型の日本的な女なのだ。

「それじゃ、また来るから……」

そう言って病室を出たとき、大事な国の仕事をしている、忙しいとき、わざわざすまなかった、私はこのとおり大丈夫だから心配しないでね――と祖母の声を背中で受けたとき思わず涙がこぼれた。

庁内はひっそりとしている。木内は書類を広げた。銀行法および政令・通達類を精読し、最悪の事態に備えるためだった。午後三時から始めた作業を三時間ほど続けた。運用事例や国会での審議過程を調べるだけで一苦労だ。人の気配を感じて振り向くと、豊宮の姿があった。

「課長、お帰りでしたか」

豊宮はカジュアルな格好をしている。家族持ちなのに、連休返上で出勤してきたのは新しい法案準備のためだ。彼も難しい立場にあるのだ。普段は会議会議に追われ、本来の仕事ができず、その上に新法をめぐっては金融庁の内部調整をはじめ、さらに財務省や経産省など、関与する官庁が多く、その調節に手間取っているのだった。

「ちょっと一休みしようと思っていた。ビールでも飲もうか……」

豊宮は課内奥の冷蔵庫から缶ビールを持ってきて、応接用のテーブルに置いた。二人は向かい合って座った。二人でゆっくり話すのは久しぶりだ。缶ビールを目線まで上げ、乾杯の仕草をしながら訊いた。

「どうかね、大臣室の方は……」

「それがさっぱりしたものでして、淡々と決済書類にハンコを押す毎日です」

豊宮も大臣更迭の噂は耳にしているようだった。豊宮の言葉の端から役人たちは、そのことをめぐり何時間も議論したことがわかった。役人たちの間だけではなく、噂は業界にも広がっていることは容易に想像できる。やがてマスコミが噂をかぎつけ、紙面をにぎわすようになるのも時間の問題であろう。

「あの竹村大臣がね……」

木内は軽く相づちを打った。

「いつも強気な大臣の元気のない姿を見ていると、信じてもよさそうな気がしてきます」

「そうかな……」

「課長は疑っているんですね」

ビールをうまそうに喉に流し込み、豊宮は口元を拭きながら訊いた。

「ああ、信じられないね、彼が辞任し、アメリカに移住するなんて」

情報通の池田から、その話を聞かされてからも、木内は信じる気にはなれなかった。むしろ陽動作戦ではないかと疑っている。竹村のバックについているアメリカが、そんな簡単に諦めるはずもないし、竹村自身もここで辞任すれば、自らの経済理論が間違っていたことを認めるようなものだ。

「彼のことだ、陽動作戦ということも考えられないわけでもない」

「陽動作戦――。なるほど、そういう考え方もあるんですね。ところで課長。六月いっぱいですか」

豊宮が訊いたのは財務省帰任のことだ。

「内示はもらった」

「いつです？　お帰りになるのは」

「政治日程もあろうけど、まあ、六月末か七月初め。いずれにせよ、金融庁にいられるのも二ヵ月弱ということになる」

「ちょうど、二年ですね。金融庁に出向してどんな感想を持ちました？」

木内は考えた。難しい質問であると思ったからだ。存在中、中小金融機関の破綻は相次いだが、全体としてみれば波乱の少なかった二年とも言えた。

「まあ、思い出に残るのは、昭和銀と首都銀の合併かな。長い役人人生でも、こんな仕事はあまりできないかもしれない」

「そうでしたね。両行の頭取経験者など大物ＯＢを口説き、雲野・海江田体制を作るまでの苦労を考えると、あれをもういっぺんやれと言われたら腰が引けます」

「しかし、川本審議官は次の合併を考えているようだ。どういう組み合わせになるかはわからんが、最終的に三グループに集約するのが彼の腹づもりのようだ」

「そのようですな」

豊宮は肩を揺らせた。

「合併……。課長のやった仕事にケチをつけるつもりはありませんが、金融業界の再建という視点からみたとき、どういう評価になるんでしょうか」

豊宮は、そう言って木内の顔をみた。

「さあな、僕にもわからん」

それが正直な感想だった。

国際競争力の確保――を、大義名分に掲げた金融業界の大合併で、日本の金融業界は四グループに集約された。それでも、まだ足りずに三グループに再編するというのが、金融庁主流派の考えだ。正直言って、木内は否定的になっている。

「この十年――。改革改革と大騒ぎをしてきたけれど、少しもよくなっていない。改革のバカ騒ぎで、逆に事態を悪くしている。考えてみれば、日本の金融機関が敗退を来したのはバーゼルにおける新国際金融条約を受け入れてからだね」

「僕も、そう思います」

バーゼル条約。木内は、この理不尽な条約を受け入れたのが、最初の敗北であると思っている。木内が財務省に採用されて、まだ六年目のことだ。

日本の銀行は、その戦後の歴史からみて資本力は弱体だった。というのも、国民から預金を幅広く集め、重要産業部門に集中投資をするパターンで発展を続けてきたからだ。産業部門に資金を優先的に廻すには、これ以外の方法はなかった。高度経済成長期にこのビジネスモデルは成功をおさめ、称賛を受けた。

資本不足が産業界のいたるところで発生している状況では、分散投資をする余力はない。他方、産業界が直接金融で巨額な設備投資資金を調達するには、証券市場が未成熟であったからである。

このビジネスモデルは、しかし銀行の資本力を弱体化させた。その弱点をついたのがバーゼル条約であり、いわゆるＢＩＳ規制だった。ＢＩＳ規制では、資産を分母として自己資本で除した比率を、例えば、国際業務を続けるには、八パーセント以上に維持するよう規制された。

問題は分母となる資産の計算の仕方だ。資産は、その危険《リスク》の度合いに応じてウェート付けされる。すなわち、国債は〇パーセント、民間部門向けの貸出債権については、それぞれの債権区分の危険の度合いが大きくなるにつれ、掛け目が高くなる。一九八八年に先進国蔵相中央銀行総裁会議で決議され、日本で実施に移されたのは、九三年のことであった。

ＢＩＳ規制導入を決めたのは、二つの理由からだった。ひとつは、銀行経営の健全性を客観的な指標（ＢＩＳ）を使って確保すること、二つには銀行のグローバル化に対応した国際的な競争条件の同一化――などと説明されていた。しかし、内実はアングロサクソンルールの適用であり、その狙いは、世界市場を股にかけ、国際的に力をつけ、覇を競う日本の銀行を弱体化、排除することにあったのは明らかである。日本の銀行は融資比でみたとき、自己資本は弱小であり、他方、債権についても産業育成の政策的視点からの融資であるため、その分だけ債権区分の掛け目が高く評価されることになるからである。

日本を狙いうちにした、その事実は、八パーセント基準に根拠はない、と欧米当局が言明していることからみても明らかだ。しかし当時の大蔵省はバーゼル条約を抵抗らしい抵抗もせずに受け入れた。ジャパン・アズ・ナンバーワンなどとおだてられ、慢心したというほかない失態だ。

以後、バーゼル条約は幾度か改変されてきた。例えば、デリバティブ取引の規模拡大を反映し、価格変動リスクに耐えられるような自己資本の保有を求める市場リスク規制が検討され、これまた米英に押し切られる格好で九八年に実施を余儀なくされた。

慢心していたのは、官僚たちだけではなかった。金融業界も慢心していた。そこにバブルが弾け、バブルにまつわるスキャンダルが次々と露呈する。大蔵省もスキャンダルに巻き込まれ、業界との癒着の実態が暴露され、ついには財政・金融が分離され、大蔵省は解体されたのだった。

スキャンダルは住専問題で火がつき、さらに証券・銀行へと移っていった。この時期声高に叫ばれたのが金融制度改革だった。銀行も大蔵省も抵抗力を失い、スキャンダルで逮捕者が相次ぎ、多くの自殺者を出した。その背後で暗躍していたのは、MBA（経営学修士）などの資格を持つCIAのメンバーだった。スキャンダルの多くはCIAの意図的なリークによるものであったことはいまでは定説だ。

彼らは二千人もの要員を東京に派遣し、政治家、高級官僚、銀行幹部など一万人を超えるファイルを作成した。そのファイルはときに脅しの材料に使われ、ときに暴露され、週刊誌をにぎわした。最高権力者である総理大臣とても例外ではなかった。本橋首相が金融ビッグバンをあっさり認めたのは、中国安全部の女性と同衾中の証拠写真を突きつけられたからであった。

いまでは、CIA要員の大半がイラク問題にシフトしている。しかしその残党が東京でうごめいているのは公然たる事実だ。池田補佐のいう米国金融マフィアだ。シンプソン全権公使、ファフマン・シチズン&バウムス駐日代表などもCIAの残党だ。その仲間に加わっているのが大村祐一などタスクフォースのメンバーであるのは容易に想像がつく。外銀やコンサルタント企業に潜り込んでいる仲間をくわえれば、その数は千名を超す。

山一から始まり日債銀までの一連の金融不祥事の経過を見てみると、問題の根は深いように思える。山一では飛ばしが批判され、長銀では情実による過剰融資が問題となり、日債銀では帳簿改竄が犯罪とされた。確かにそれぞれの企業には問題があり、批判を受けるべき理由はあった。経営者は経営責任をとってしかるべきだ。血税を使っての救済なのだから。しかし、その背後には明瞭な意図を持つ連中がいる。GDPの三割近くを食い荒らしたあげく、長銀や日債銀処分では、三兆円を超える荒稼ぎをした連中だ。しかし、それを国会議員もマスコミも、問題にすることはなかった。銀行や官僚どもの味方をするのは国賊とみなされたからだ。時代は金融過激派が幅をきかせたのである。

不良債権の圧力が日増しに強まるなか、金融過激派が要求したのは、引当金の積み増しであった。引当金の積み増しは、資本を毀損する。他方では、債務基準を厳格に査定せよと要求した。一見正論だ。

しかし、バーゼル基準で、厳格に査定すればするほど、資産内容は劣化する。いや、そういう要求をすること自体が謀略であった。もとより、護送船団批判、官業癒着の暴露に血道を上げた金融左派は、背後でこのような陰謀が企まれていたとは考えてもみなかったに違いない。しかし、事実は金融左派の主張が金融システムを破滅に追い込んだのだ。少なくとも、木内はそう思っている。

いま再びＢＩＳ基準を、連中は改悪しようと企んでいる。それは「会長通牒」に連動した動きだ。会長通牒の中に忍び込ませた改描である。改悪ＢＩＳ基準では、自己資本比率の分母を構成するリスク資産の中に、事務事故や不正行為によるリスクがくわえられるほか、信用リスクの算定方法に関しては、さらにリスクウェートが精密化される。精緻化されればされるほど、計算者の裁量の幅が大きくなる。他方では、独自の内部格付け手法も導入されるが、これは付け足しみたいなもので、実際には、自己資本比率を正確に把握するのはほとんど不可能なのである。

例えば、九八年十月に破綻した長銀の場合では、同年三月末で一〇・三六パーセントの自己資本比率を維持していた。ところが十月には、突如、マイナスに転じた。そんなバカなことがあるか、と誰も思った。早とちりの評論家は帳簿を改竄したからだと断定したものだ。しかし、それは間違いだ。強大な裁量権を与えられた監査法人が、繰延税金資産などの算定を変えたからだ。

自己資本には「Ｔｉｅｒ１」と呼ばれる基本項目がある。資本金、法定準備金、利益剰余金などだ。これとは別途に自由に算入できる補助項目として「Ｔｉｅｒ２」がある。これには貸倒引当金のほか、有価証券含み益を四五パーセント計上できる。しかし、株価や地価が下落し、含み益が減少すると、ＢＩＳ規制のもとでの自己資本比率の計算は、本来の理論的自己資本比率の概念から大きくかけ離れてしまう結果になる。

ＢＩＳ規制が実施されて十年。この間の経緯をみるならば、ＢＩＳ規制は、本来の目的とされた銀行の健全性を維持するどころか逆に銀行本来の業務を阻害することになっている。すなわち、貸し渋りや貸し剝がしなどの事態が発生するのは、各行とも自己資本比率の維持を優先させたからだ。

ＢＩＳ規制の最大の欠陥は、個別企業の経営努力と、経営者に対応不可能なマクロ指標とが区別されずに、例えば、マクロ指標が急激に悪化する不況期など、経営者にとっては苛酷な規制になっていることだ。

金融庁は厳格査定を明言する。他方では監査法人は繰延税金資産を、経営判断とは異なった立場から算定する。外部の判断によって自己資本比率は大きく左右されてしまう。これでは経営者の自己決定権は、ないも同然である。つまり、リスク負担が主たる業務であるはずの銀行は自らの判断でリスクテークができない状態にある。

監督官庁も監査法人も、銀行の健全性を強調すればするほど、自らの責務を果たそうと懸命になるほど、銀行は自らの経営判断を制約され、本来の銀行機能を発揮することができなくなり、貸し渋り・貸し剝がしに走らざるをえなくなるという悪循環におちいる。

その監査法人の裁量を、繰延税金資産の算定にことよせ、無限大に拡大したのが、いわゆる会長通牒だ。帳簿のごまかしを許さない、見逃さない、ということでは、これはまさしく正論なのだが、問題なのは、銀行経営者の判断領域にまで監査人が踏み込むことを許していることだ。それが市場原理主義者がいう規制緩和・金融改革なのである。

銀行経営者の多くは、自分の判断領域が侵されていることは気づいている。反対の声はか細い。がなり声を上げているのは、ゆうかＨＤの海江田ぐらいなものだ。あとは、体制順応で、聞き分けよく、市場原理主義者のいいなりになっている。

木内政雄の長い長い現状分析は終わった。

「会長通牒を、そのような観点から読んでみませんでした。確かにその通りですね。

もともと自己資本比率は経営指標のひとつに過ぎなかった。それが銀行を身動きできなくなるようにした。公然とかみついたのは海江田社長だけ……。ゆうかが狙われたのは、そのためですかね」

木内の話に得心したのか、豊宮は肩を揺すらせ、そう言った。

「さあ、それはわからない。そういう意識からかみついたかどうかも……。しかし、われわれ行政の罪は大きい。現在の混乱の責任をすべて銀行に負わせてきた。罪に報いるにはＢＩＳ規制の再検討が必要だとは思わないかね。銀行行政を二年近くやってきて、思うのはそのことだよ」

木内は役人にあるまじき、過激な言葉を口にしている。二人が話しているところに池田補佐が血相を変えて入ってきた。何か情報をつかんできたようだ。

「課長！　課長のおっしゃる通りでした」

池田は両手を机の上においた。額に大粒の汗が浮かび、息が大きく弾んでいた。

「どうした？」

と筆頭補佐が訊く。

「太陽が、繰延税金資産を、二年しか認めないと言い出しているそうです」

「二年？　――」

木内は思わず池田の顔をみた。

「次は公的資金注入で、ゆうかHDを解体に追い込む魂胆です」

「わかった。手分けをして、これをやってもらいたい」

そう言って、木内が二人の課長補佐に示したのは、先ほどから読み続けていた資料の束だった。二人は顔を見合わせた。その二人に木内は二つのことを命じた。頬が紅潮しているのは、ビールのせいではない。戦いの火ぶたが切られた、その緊張からだった。

第六章　ルール事後改変

1

　五月三日午後四時。文京区千駄木の根津神社を歩く津村親子の姿があった。境内は根津神社の名物催し「ツツジ祭り」の見物客でにぎわっていた。屋台も出ている。大道芸人も出ている。能舞台では同好会による江戸囃子が演じられていた。

　貞正は一冊の本を小わきに抱えていた。津村のマンションに来てから、熱心に読んでいる本だ。それは歌集か句集のようだ。

「何なの、その本？」

「ああ、同人の句集なんだ。新潟の新津の人でね。長年、俳句を詠んできた人だが、はじめての句集なんだ。いい句集だ。気取りがないのがいい。素直だ。昭和を生き抜いてきた女性には筋がある。選句を頼まれたものだから、ついでにあとがきみたいなものを書いた」

　珍しく貞正は同人の句集をほめた。

今年は江戸開幕四百年という。上野・千駄木あたりには、江戸開府を記念する名所旧跡がいたるところにある。記念行事も行われていて、それが観光客を惹きつけている。根津神社も徳川家ゆかりの神社だ。例年になく参拝客であふれているのはこのためだ。

「見頃は過ぎたなあ……」

娘といっしょに歩くのが、面はゆいようである。しかし、ツツジ見物にいってみようと言い出したのは貞正の方だ。いつもなら即座に断るのだが、いっしょにでかけることにしたのは、昨夜、慶一からこっぴどく叱られ、堪えているのをみて、少し同情の気持ちがわいたからだ。津村は貞正が指さす方をみた。

淡いピンクのツツジが、境内の斜面いっぱいに咲いている。言われてみれば、確かに盛りは過ぎているようで、それは暖冬のせいであったように思う。

親族会議は（とはいっても、兄妹二人と両親だけだが……）深夜までおよんだ。やはり一家の一大事なのだ。住む家を失い、身ひとつで追い出されるのだから。

「なぜ、相談しなかったのだ」

と、最初に怒ったのは慶一だった。それは家族の怒りでもあった。母加代は怒る元気も失せているようだった。それでも貞正は別に命を失うわけじゃない、失うのはたかだか家屋敷じゃないかなどと言ったものだから、怒りに油を注ぐ結果となった。

家族会議ではっきりしたことがひとつだけある。意外にも貞正は高所得であることだった。講演会や雑文を書いた収入の他にも新聞や雑誌の撰者としての収入だ。

「だから生活は心配ない」

「そういう問題じゃないでしょう、お父さんたら……」

「そうかね、そうだろうか」

と、貞正は言った。確かに生活の心配がないのはわかる。しかし、高校教師を勤め上げてようやく手に入れた家屋敷だ。慶一の計算では土地だけで総額七千万円。サラリーマンには一生に一度の買い物だ。それをハンコひとつ押しただけで失うのだ。

「日本人はいつから、こうもモノにこだわるようになったのかね。確かに、あそこはおまえたちが育った家だ。思い出もあろう。だから大事にしたいという気持ちもわかる。しかし、モノはいつか無くなる」

貞正はモノのはかなさを、静かな口調で言った。人間を含めてモノはいつか消滅する。それなのに何をあくせくするのだ――と。その言葉に怒り心頭だった母加代が意外にも、そうよね、お父さん、と同調するのだった。夫婦になって四十余年。互いに理解し合えるところがあるのだろう。

「しかし、お母さん、それはないよ」

怒りが静まらないのは慶一だ。モノのやり取りを、法律の条文に置き換えて考える慶一には、父の態度は理解を超えていたのだ。

「それに……」

貞正は付け加えた。

築二十年。いまから建て直すには、もう体力がない。さりとて、築二十年の家を維持するのも、これまた難儀な話だ。あっちこっちが傷み出し、修繕費がかかり、庭の手入れだって、いまはできるが、あと何年できるか心もとない。それよりは、佳代子のようなマンション暮らしも悪くないと思う。家屋敷が人手にわたるのを、ひとつのきっかけとして老人らしい生活を考えてみるのも、悪くはないじゃないか——と。

「カギひとつでの生活だからな……。垣根がどうした、雨樋が壊れている、そろそろ植木屋を入れなければなどという心配のない便利で結構な生活じゃないか」

他人事のような言い方が、また慶一の怒りを誘った。しかし、怒りはしたが、一流半の弁護士を自認する慶一にも、どこかで父親の考え方を理解しているところがある。そういう父親なのだといいうあきらめもあるのだろう。五時間近くにおよんだ親族会議で、慶一は最後にしめくくった。

「まあ、法律上できる限りのことはやってみる。しかし、見通しは明るくない。期待しないで欲しい」

「ありがたいな……」

貞正は家族の前に頭を下げた。その姿に不思議な威厳があった。

裏門から入った二人は正門に出た。ツツジの花畑の中を、参拝客が列をなして動いている。つや消しだな、こういうものは遠くからみるものなのに——と、貞正がつぶやく。

「ここにあるはずだが……」

貞正は手洗いの前に立ち、石に刻まれた文字を読み、何かを探している。

「何なの、お父さん……」

「いやね、鷗外が日露戦争に出征するとき戦勝と無事の帰還を祈願して、奉納した石碑があるはずなんだが……」

鷗外の旧居観潮楼は、団子坂を登り切った武蔵野台地の突端にある。根津神社は観潮楼から歩いても十分にもみたない距離だ。なるほど、近くの神社で戦勝祈願するのもわかる。貞正はうしろに回り込み、探したが、ついに見つけることができなかった。

「そろそろ、行こうか……」

時計をみながら、貞正が行こうかと言ったのはタカシだった。あとから母も兄夫婦も合流し今夜はタカシで食事をすることになっていた。久しぶりの家族での会食だ。みんなで会食か、嬉しいね、家を失ったおかげで家族の絆が強まったなどと言って、また貞正は慶一に怒られた。しかし、津村にはミナがいないのが寂しかった。本来ならミナは帰っているはずだった。

一昨日、浩志から電話があって、あと二日ほどこちらに泊まりたいと言っているのだが、どうするかと訊いてきた。電話を代わったミナも、いいでしょう、お母さん、と言っていた。本人の希望なら、許すも許さないもない。一応、学校の道具は持たせたが、連休の間は休ませるつもりらしい。しかし、それもかまわないと思う。

境内から出ようとしたとき、バッグの中で携帯が鳴った。携帯など家に置いてくるべきだったと後悔しながら、表示をみると、秘書室長の秋本からだった。

「津村君か……」

秋本は緊迫した声を上げた。

「すまない、休日だというのに。僕もいまゴルフの帰りなんだ。青木さんから急な連絡を受けてね。それで至急、社長と連絡を取りたいんだ」

「別荘の方においでだと思いますが」

「それがね、連絡が取れないんだ」

「携帯は？」

「留守電になっていて……。もちろん、メッセージはいれておいたが」

「わかりました。社長の関係先のリストは秘書室にありますので、これから本社の方にまいります」

「すまないが、そうしてくれるか」

しかし、自分の姿に気がついた。ジーパンに薄手のセーターのラフな出で立ちだ。少し迷った。秋本の緊迫した声からして、社長の判断をあおがなければならぬ、重大な何かが出来《しゅったい》しているのだろう。

「お父さん、これから会社にいかなければならなくなったの。好子さんには、よろしく伝えておいて……」

「何ごとだ、休日だというのに」

「いってみないとわからない」

「そうか。しかし、おまえ、銀行なんかにこき使われ、殺されるなよ」

貞正は人混みの背後から声をかけた。

津村は急ぎ足で不忍通りに出て、タクシーを拾った。休日の都心部は空いていた。バッグを調べてみる。ＩＤカードはあった。通用門からエレベータホールに出て、秘書室に向かう。上原副社長室のドアが開け放されていて、財務部員が忙しく出入りをしている。

「ああ、津村くん……」

青木財務部長が津村の姿を認めて、呼び止めた。オシャレな青木にしては、珍しくネクタイもつけず無精髭は伸び放題で、疲労困憊という風だった。

「いま、秋本室長から連絡を受けまして」

「そう。それで海江田社長にすぐに連絡を取りたいんだ。緊急事態が出来してね。すぐにでも取締役会議を開かないと」

「何が起きたのです？」

「詳しくはいえない。ひとつだけいっておくと、太陽が繰延税金資産の計上を否認し始めているんだ……」

その意味は、津村にもすぐにわかった。

秘書室に入るなり、津村は金庫を開け、一冊のファイルを取り出した。それは海江田社長の関係先をリスト化したファイルで、緊急事態が発生したとき、つまり危機管理用に作られたリストだ。もちろん、社外持ち出しは厳禁されている。

津村はまず立ち寄りそうなところに電話をかけた。携帯にも伝言を残した。もちろん自宅にも休暇を過ごすといっていたリゾートにも電話をした。やはりつかまらなかった。海江田社長には三人の子供がいる。それぞれ独立し、長男はアメリカに、ひとり娘は結婚して神戸にいる。三人目の末息子は、東京のマンションで独り暮らしという。つかまったのは、神戸にいる長女だけだった。

「どうかされましたか……」

自分の父親の所在を訊かれ、長女は不審な声を出した。適当な言い訳をしたあと、

「連絡がとれましたら、至急、会社の方においでいただくようお伝え下さい」

とだけ言い残し、電話を切った。

子供たちも所在を知らない。予定していたリゾートは二泊してチェックアウトしているという話だ。関係先リストにある海江田の友人たちに所在を訊ねるのもためらわれた。いらぬ詮索をされる恐れがあるからだ。残るのはひとつ。海江田がときおり利用している都心のホテルだ。リゾート地の人出にウンザリして、もしかすると、都心のホテルに居を移したのかもしれない。そこは渋谷の近くにある小さなホテルで、閑静な住宅地のなかにあるため、考えごとをするときなど、海江田は好んで利用していた。

「いつもお世話になっています」

海江田の秘書であることを名乗ると、電話口に出たホテルマンは、丁重に本日はご利用いただいておりませんと答えた。

「どこにいるのかしら……」

一通り電話をかけ終え、考えあぐねた。これじゃ危機管理もなにもあったものじゃないか。背中に人の気配がした。ゴルフウェアーのまま、秋本室長が立っていた。

「つかまったかね……」

津村は首を振った。

そこに秘書室の電話がなった。

「ああ、社長……」

津村は安堵の声を上げた。

「携帯に留守電が入っていたもので、何ごとかね、緊急事態というのは……」

海江田は怒った声を出している。海江田社長の携帯には、上原副社長、青木部長、秋本室長、津村など幾人もが伝言を残した。緊急事態が発生してから二時間が経過していた。

「いまどちらでしょうか。すぐに本社においでいただきたいのです」

「わかった。いま横浜だ。あと一時間ほどでそちらに着く。緊急事態と聞いているが、どういうことか……」

受話器を耳にあてながら、津村はメモを書き、秋本に渡した。秋本は上原副社長の部屋へ飛んでいった。

「電話を、上原副社長とかわります」

そう言って、津村は電話を切った。

午後七時二十分。海江田社長が本社に姿を見せた。続いて在京取締役たちが、続々と出社してきて、役員会議室に集まった。招集をかけられた財務部門や企画部門の幹部たちも顔をそろえていた。同期の出世頭杉山太郎の顔もあった。視線が合うと、わずかにうなずいた。総勢二十三人。ゆうかHDに起こった異変を識る数少ない人間たちだ。

やや遅れて海江田社長が着席した。その姿をみて、上原副社長が太陽監査法人とのやり取りの経過を説明し始めた。末席に座り議事録を取る津村にも、上原の声がうわずり、興奮で打ち震えているのがわかる。上原副社長は青木部長をうながす。監査法人とやり取りした技術的な問題を説明するためだ。海江田社長はメガネを外し、こめかみを親指で押さえながら話を聞いている。

「全額否認ですか」

出席者のひとりが訊いた。全額否認となれば、資本比率が急落し、ＢＩＳ規制の水準四パーセントを維持できなくなるのは、明らかだった。総額で八千億円近くが否認されるのだから。ため息が会議室を覆った。

「しかし……」

別な出席者が質問を始めた。

東洋監査法人が降板するにあたり、太陽監査法人は降板の理由とされた資本不足の指摘にまっこうから反論していたではないか、その太陽監査法人が繰延税金資産を全額否認するとは合点のいかぬことだ——というのが質問のあらましだった。

「監査の経過はどうだったんです?」

と、先の質問に答えがないまま、また別な出席者から新しい質問が出た。

「少なくとも、連休直前までは、友好的な関係にあり、必要な資料の提出を終え、あとは最終的な数字のツメを残すだけの段階にありました。それが、です。昨日の夕刻に電話連絡で繰延税金資産の計上は認めることができないと通告してきたのです」

答えたのは財務部門の首席部員だった。

「そんなバカな……」

「その理由は何なのです？」

次々と質問が出る。

本来ならば対策を議論すべき会議であるはずなのに出てくるのは質問ばかりだ。この会議室にいる人間なら、誰もがことの経過を含め事実関係を掌握しているはずなのに。しかし、組織というものはそういうもので、質問を重ねることで、責任の所在が他者に移っていくかのような錯覚におちいるのだ。

今度は誰かが、監査の手続き上の問題について質問をした。さすがに海江田社長は苛立ちを隠せずにいる。

「見解の相違ということだろう！」

外したメガネをかけ直し、海江田がはきすてるように言った。この議論の正邪を問うとするなら、そこには正義はない。ただあるのは力関係だけだ。見解の相違が生じているというのなら、力で押し返し、監査法人を沈黙させる以外にない。海江田社長が言いたかったのは、そういうことだ。

監査法人に「不適格」の判断を下されてしまえば、決算が不能になり、決算が不能になれば、上場廃止に追い込まれる。つまり株券は無価値となり、ゆうかＨＤは、その傘下の金融機関を含め、倒壊に追い込まれるのである。その最悪の事態を回避するには、監査法人の主張にことごとく反駁《はんばく》し、自らの言い分を認めさせなければならないのだ。しかも、太陽監査法人の主張は、ルール上の違約である。というよりも、これはルールの事後改変である、海江田は報告を受けたときからそう思っている。そして思い出した。木内銀行一課長の忠告の言葉を。忠告されたその最悪の事態が出来したのである。

「押し返し、たたき潰すのだ！」

海江田は怒気を含ませ、言った。しかし会議室は粛として声がなかった。どうでもいいようなやり取りが延々と続き、会議は一時間半ほどで終わった。

遅れて出席した雲野会長は最後まで一言も発言しなかった。海江田は雲野会長に黙礼しただけで自室に引き上げた。こういうとき社長・会長はよく話し合うべきだと誰もが思った。海江田社長は、席につくなり、受話器を握った。電話をかけた相手は、太陽監査法人の理事長だった。休日にもかかわらず、相手の理事長は出社していた。

海江田は挨拶もそこそこに本題を切り出した。

「不適格の判断をされたそうですな。例の繰延税金資産の評価ですな。私どもは、五年通期で約八千億円と計算した。その根拠は金融庁に提出し認められた経営健全化計画です。ご承知のように経営健全化計画には、収益計画が示されている。収益計画に沿って計算すれば、繰延税金資産は約八千億円となります。正確にいえば、七千九百三十億。これはおたくの現場統括者、確か四方田さんとおっしゃいましたか、彼も私どもといっしょにやらせていただいたデータ精査作業をやるなかで確認をいただいています。にもかかわらず否認をなすった、どういうわけです」

「………」

相手は言葉を選ぶのに時をかけて考えている。

「説明を願います」

「ご承知かと思いますが、現場統括者の判断と本部審査会議の判断とに相違が生じることはままあることです。いや、逆に言えば、現場統括者の判断の当否を審査する必要から本部審査会議を設置している次第でして、現場統括者の判断は絶対ではないのです」

相手の理事長は建前を言っている。この世界を識るものなら、現場統括者の判断が最優先されるのであり、監査法人の本部審査会議は儀式みたいなものだ。それを平然と建前で答えている。

海江田社長の受話器には録音機が仕掛けられている。大企業の社長ともなれば、それだけ用心深くなり、脅しや恐喝など犯罪の誘発に備えるという意味と、自らの潔白を立証するために設置しているのだ。相手の理事長は大場松夫といったか、それを承知しているようで言葉使いは慎重だ。

海江田はたたみかけた。

「あなた方は、私どもの経営判断にまで踏み込んでいる」

「と、おっしゃる――と」

「経営判断は利益計画に示されます。それは努力目標であると同時に、経営の根幹でもあるのですよ。それを否認し、その上で繰延税金資産の計上は認められないという。これはルールの事後変更だとは思いませんか、そうでしょう」

電話の最中に青木部長が執務室に入ってきた。海江田は片手を上げ、目の前の椅子を指し示しながら続けた。

「収益計画を前提にして、これまで繰延税金資産を計上してきた。ところが、そのルールを無視し、あなた方は収益計画を否認する。いったい、そんな権限はあるのですか。もう一度申し上げましょう。収益計画は経営判断であり、これは経営者の専権なのです。しかもです、大場理事長。経営計画の策定にはあなた方も関与しているのですよ。それを否認するとは……」

「海江田社長のご主張は理解できます。しかし、経営の実態から演繹《えんえき》するに、残念ながら収益計画を否認せざるをえないのです。といいますのも、首都銀と昭和銀の二つが単純に合併するのなら、おっしゃるように従来の考え方を踏襲できたかもしれません。しかし一部を信託の方に分割しているので、それができない。このため従来の繰延税金資産を、そのまま受け継がれていいのかどうか、そういう問題もございます。いただいた資料を精査しますに、資産と負債と繰延税金資産とを分けて考えて、三月末の段階では非常に資産が少のうございました。自己資本比率が繰延税金資産を外したところで、二パーセント以下になるということは、これは問題です。計算してみますに、二パーセント以下になる可能性が非常に高いと判断されます。そういうわけで、過小資本と表現したわけです」

「私がうかがっているのは、そういうことではないのですよ。なぜ、繰延税金資産を資本勘定から除外するか、その根拠をうかがっているのですよ。そりゃあ、繰延税金資産を外せば過小資本になるのは当然。しかし、繰延税金資産の計上は、当局も認める処理の仕方なんですよ……」

執務机の前に座る青木部長が、電話でのやり取りに耳をすませている。そこに上原副社長とコンプライアンス担当の取締役が入ってきた。二人を見て、青木は唇に指を立ててみせた。海江田の電話は長々と続いている。強引さにかけては業界でも評判の海江田はねばりにねばっている。押し返せ、たたきつぶせと部下に命じたことを、自ら体現しているのだった。しかし相手も強者《つわもの》。二人の姿を認めて海江田は電話の話を聞けるように、受話器をスピーカーに切り替えた。電話の向こうの相手の声が社長室に広がる。

「わかっています。ご承知と思いますが、利益計画をどのように判断するか、それは私どもの裁量の範囲にありまして……」

「裁量の範囲です、と」

海江田は一瞬言葉をつまらせた。

「あなた方は経営の部外者。経営責任が生じる問題にあなた方は、首を突っ込み、その結果生じる問題にどう責任をとるのです。責任などとれないでしょう。責任というのは二万人の従業員、五十万社を超える取引先、そして株主に対してです」

「そういう意味で申し上げたつもりはありません……。私が申し上げているのは、監査人としての裁量のことです」

そこまで言われ、海江田ははたと気づかされるものがあった。一ヵ月ほど前のことになるか、秘書課長が書いたレポートだ。そこには会長通牒とか、監査人の裁量とか、改描とかいう言葉があった。大場理事長が言っているのは、秘書課長のレポートでいう監査人の裁量のことなのだ。

「どうでしょうか、海江田社長。専門的な細かな話は、担当者同士に任せたら。いや、決して私は逃げるつもりはありません。ご納得いただけるまで、話をさせていただきたいと思っています」

海江田はちらりと時計をみた。電話でのやり取りはすでに二時間を超えている。海江田は少し考え、上原副社長に視線を流した。上原副社長がうなずき返した。

「わかりました。そうしましょうか」

「ありがとうございます。それでは、連休明け早々にも、そちらさまの方に参上させていただきます。よろしゅうございますか」

そういうと、大場理事長の電話は切れた。耳障りなツーンという機械音が残響している。海江田社長は一呼吸ついてから、社長室の奥に設えられている会議用のテーブルを指さした。そこにいまひとり藪内政則副社長が姿をみせた。その態度は様子をみにきたということふうだ。

「社長、申しわけございません。私がやるべきことを、社長の手を煩わせてしまうことになりまして……」

青木部長はテーブルに両手をつき、頭を下げた。繰延税金資産を太陽監査法人が否認したことを、彼は自分の責任という風に考えているのだろうか。それにしては、そのさまはいささか芝居がかっている。

「それはいいんだ。いずれにせよ、この問題は社長である僕の責任なんだから。それよりも、みんな、何だね、そのなりは」

海江田はにやりと笑った。

副社長以下、全員がカジュアルだ。とくに青木のワイシャツはよれよれで、無精髭は伸び放題。その姿にみんなはどっと笑った。

「しかし……」

海江田は表情を引き締めていった。

「このことは社員に気づかれてはならぬ。いいね、平常心平常心。何ごともなかったように振る舞わなければならない」

「………」

社長のいわんとしていることは、みんながわかっている。情報がもれれば、週明けにゆうかＨＤの株価は激落するからだ。

2

娘ミナとの休日も、いよいよ明日で終わりになるかと思うと、西岡浩志は湿った気分になってくるのだった。それを悟られないように、ミナに笑顔を振りまき、毎日外食じゃあきもくる、たまには、料理を作ってみようかと、近くのスーパーから買ってきた食材をテーブルの上に広げた。挽肉、マグロ、インゲン、トマト、シメジ、パスタ、粉チーズ、オリーブ油、牛ヒレなどが並ぶ。牛ヒレは百グラム八百円もする上物だ。正直いえば料理はあまり得意ではない。しかし、手料理をミナに振る舞ってみたいと思う。美味しいというミナの顔がみたいのだ。

ミナもミナで、久しぶりの父親との少し長い休日を、それなりに気を遣い、いたわりの態度すらみせた。友人の別荘での二泊、お台場のホテルでの一泊。今夜は浩志のマンションでもう一泊する。ずいぶん、引っ張りまわした。ちょっと元気がないのは、疲れているためだろう。

「何を作るつもり？」

「うーん。主食はステーキ。パスタも作るつもりだ。ソースと具は手作りだぞ。それにサラダも……」

「すごいや、お父さん」

ミナは声援を送る。

なれない手つきで、まずパスタの具を作る準備を始めた。主食のステーキは、オーブンを温めておき、食べる直前に焼くこと、そう料理ブックには書いてある。その前にサラダを作っておかなければ……。サラダはサシミ用マグロを使う。

ミナはインゲンをゆでながら、ジャガイモの皮を剝いている。彼女はわかっている。それを主食のステーキに添えることを。ごま油と醬油で少し風味をつけたマグロを、トマトといっしょにレタスではさみ、これをごまだれで食べるサラダだ。これがうまい。飲み屋で覚えた献立のひとつだ。

食事の準備は一時間ほどで終わった。サラダを皿に盛り分け、ゆでたてのパスタを、オリーブ油でほぐしたあと、具をまぜながらフライパンでいためる。サラダとパスタを食べているうちに主食ができ上がる。ミナはテーブルの上をかたづけている。その仕草が佳代子のそれに似ていて、ハッとさせられた。

「お父さん、準備ＯＫよ……」

エプロンで手を拭きながら言った。

「ロウソクを……」

照明を落とし、ロウソクに点火する。炎が揺れて、幸福感を醸し出す。

「お母さんといっしょね……。別れても夫婦って似た者同士なのね」

「何が……」

「お母さんも、ロウソクが大好きなの」

「そうか」

ワインを抜き、ほんのちょっぴり娘のグラスに注ぎ、乾杯する。

「連休ごくろうさまでした」

「お父さんこそ、ごくろうさま」

「どうかな」

「美味しいよ、本当なんだから……」

デザートはミナが選んだケーキだ。ケーキを食べながら、二人でビデオショップで買ってきた映画をみることにした。それはミナが選んだ中国映画で『あの子を探して』というタイトルだった。中国の寒村の風景が映し出される。西岡は焼酎の水割りを作り、半身をソファに預け、テレビに見入った。

黄土色の乾いた大地。貧しい農村の風景が広がる。場面は寒村の小学校。小学校といっても、土で作られた校舎に、使い古した椅子と机が置いてあるだけ、子供の数もわずか数十人。おとなも子供も、アカにまみれたよれよれの人民服の格好。

物語は臨時教員として中学程度の学力しかない少女がやってくるところから始まる。しかし、少女はカネカネの一点張り――。そのエゴイストぶりにウンザリとさせられる。最初は退屈と思われた。しかし、いつしか引き込まれていく。エゴイストの少女が、生徒たちと一体感を増していく。

ミナはジッと画面に見入っている。映画とはいえ彼女には異質な世界だ。しかし、彼女にも通じるものがあるらしい。物語はいよいよクライマックスを迎える。西岡は思わず涙してしまった。西岡はそっとミナの横顔をみた。視線が絡み合い、照れた。最後はハッピーエンドだ。しかし、人間の可変の可能性を感じさせて、勇気づけられる映画だった。

「よかったな……」

西岡は娘に感想を言った。

「私も……」

心地よい、虚脱感みたいなものが残った。

「私、寝る……」

コーヒーカップを台所に運んでいくと、ミナはベッドが用意してある別室に入った。

「お休み……」

ミナの背中に声をかける。

ひとり居間に残った西岡は、もう少し飲みたい気分になった。焼酎をつぎ足す。イモの臭いが立ちこめる。西岡は一口飲み、別荘で友人が言っていたことを思い出した。それがずっと気になっていた。

「東洋のね、会計士が行方不明になっているという話だ」

「東洋監査法人のことか……」

「ああ」

と答えただけで、友人は黙った。学生時代からのつき合いだが、彼は同業他社の現役の記者だ。それ以上しゃべらせるのは、ルール違反だ。それに西岡自身の記者としての矜持《きょうじ》が許さなかった。そのヒントだけで十分だった。そして考えたのは、空振りに終わった例の取材のことだ。

行方不明になったという会計士。それはゆうかＨＤの監査から東洋監査法人が降板したことと関係があるだろうか――と考えたのだ。もとより西岡は経済部の記者だ。社会部的な取材の手法も知らない。しかし、ひとりの人間が行方不明とは、いかなる理由があるにせよ、それは事件だ。そしていまひとつ思い出したのが、ある意図を持つ特定集団と言った井坂部長の言葉だ。

西岡は五杯目のオンザロックを飲みながら考えた。拉致――。まさか、と思う。ヤクザ社会じゃあるまいし、それは考えられないことである。いや、すでに彼は、殺されているのかもしれない。妙なことを考えている自分に気づく。気が緩んだのか、すこし飲み過ぎたようだ。酒のせいなのだろう、妄想は膨らむ。酔いの回った頭で考える。しかし、大きな何か――。それが確実に動き出しているようにも思える。

妄想から逃れるように立ち上がった。そして受話器を握った。いや、電話が鳴っているのに西岡は気づいたのだ。

「あっ、浩志……」

佳代子からだった。

「ミナはどうしている、もう寝た？」

「引っ張り廻され、疲れていたようで先ほどベッドに入った」

「そう。起こさない方がいいかしら？　明日帰るんでしょう」

「その予定だ。午前中、田町の駅まで迎えにきてくれるか、それとも、千駄木の方に連れて行く……」

「あなた飲んでいるの？」

「まあな……」

「飲み過ぎないようにね……」

「わかったよ」

時間と場所を決めると、元女房は電話を切ろうとした。それを引きとめ、

「ちょっと訊きたいことがある」

「なによ」

いつもの構えた口調になったのが、西岡にはおかしかった。しかし、結婚していたころに比べると、いくぶん優しくなっているように思えるのは気のせいなのか。

「ゆうかＨＤの監査を担当していた東洋監査法人の現場統括者を知っているか」

「知っているけど、それがどうしたの？」

「行方不明になっているというんだ。その会計士が……」

「えっ岡部さんが、本当？」

元女房は驚きの声を上げている。現場統括者と言ったのはあてずっぽうだった。そこから名前が割れた。岡部――。

「佳代子、君は知っていたのか」

「岡部さんがウチを担当する現場統括者であるのは知っていたわよ。もっとも現場統括者なんて言い方ではなく、チームリーダーと呼ばれていたけど……」

「で、行方不明になっているのを、知っていたのか、君は……」

元女房は返事に困っているようだ。しばらく考えていた。残念なことに元女房は完璧なゆうかＨＤの優等生社員としての答えを用意できなかったようだ。

「さあ、どうでしょう。ただ、連絡が取れなくなっているのは確かみたい」

「そういうのを、行方不明っていうんだ」

「そうなの……」

少し無駄話をしてから、元女房の方から電話を切った。電話を切ると、また受話器を握った。今日は休日、憲法記念日。しかし、電話をかけてみるつもりになった。東京本社社会部を呼んだ。社会部には同期入社で、同じ釜のメシを食いながら、いっしょに社員研修を受けた男がいる。小平信太という熊本出身の豪快な男だ。

「小平君は出ているかな、経済部の西岡ともうしますが……」

電話に出た当番の記者が、デスク！　と大声で叫んでいる。新聞社もハイテク装備されているはずなのに、大声で呼び合うのは、昔のまんまだ。しばらくして小平が出た。

「おうー。西岡、どうした？」

「ちょっと調べてもらいたいことがある」

「ほう、どんなことや」

「監査法人ってわかるか……」

「バカにするんか、そんな程度のことはわかっている。で、調べるっていうんは、その監査法人のことか」

「ああ、そうだ。実は監査法人の社員が行方不明になっているんだ」

「行方不明？　いまは連休。連休で長期休暇を取っているんと違うか」

「監査法人はいまがかきいれどきなんだ。のんびり休暇なんて取っている暇なんかないんだよ、監査法人は……」

西岡は、上場企業のほとんどは三月決算六月発表であるため、上場企業の監査をやる大手の監査法人は猛烈に忙しくなることなど、簡単に事情を話した。

「なるほど、わかった。それで行方不明者の名前は特定できるのかね。年齢とか、出身地とか……」

「わかっているのは東洋監査法人に勤務していて、ゆうかＨＤグループの監査を、現場統括していたこと、そんなところだ」

「サツ廻りの連中にあたらせてみる。しかし、期待するなよ、年間数万人も行方不明者が出ているんだから……」

家族か知人か、捜索願を出さない限り、警察は動かない、たとえ捜索願がでていたとしてもなにしろ数万規模の行方不明者。せいぜいデータベースに書き加えられる程度の処理のされ方だ。小平は、そんな事情を話し、あとで連絡をするからと電話を切った。

西岡はミナが寝ている部屋のドアをそっと開けてみた。ぐっすり寝ている。明日からはまた単調な独り暮らしが始まる、それを思うと耐えられないような寂しさがこみ上げてくるのを感じないわけにはいかなかった。

3

木内政雄は郵便受けをのぞいた。官舎のむき出しのコンクリートの廊下につけられた蛍光灯が切れかかっていて、点《つ》いたり消えたりしている。郵便受けは、広告チラシやらダイレクトメールなどで、いっぱいになっている。そこに一冊の書籍小包があった。部屋に入り、確かめてみる。

　送り主は木内あゆとある。祖母の名前だ。急ぎ封を開け、取り出した。句集だった。祖母が俳句をやっていたのは、知っていた。各地に分散居住する結社の仲間が集まって年に一度、夏の全国大会に出席するのを楽しみにしていた祖母のことを、覚えている。中庭に面した廊下に端座し、句想を練る祖母の姿が思い出される。

　句集を開いてみる。自然詠歌が多い。しかし、よく読んでみると、鋭い社会批評の目が光っている。この時期になぜなのだろうか、と考えた。死期を悟った祖母は覚悟を決め、この句集を遺言のつもりで作ったのであろうか。いかにも、祖母らしい、この句集が家族・親族・友人・知人へのお別れのメッセージなのだろう。

　作品は年代順に並んでいる。八十余年を生きて、祖母は膨大な作品を作った。まえがきを読んでみると、津村貞正先生に選句をお願いし、その上にあとがきまでいただき、感謝の言葉もないという意味のことが書いてある。故郷新津の情景がふつふつと脳裡に浮かぶ、好きな句がいくつかあった。

　翌朝、木内は祖母の句集をカバンに忍ばせて出勤した。通勤の途中で、句集を楽しもうと思ったからだ。役所についたのは、午前十時二十分。連休明けとあって、庁内にはけだるい気分が充満している。

　しかし、隣室の銀行第二課だけは、朝からいやに騒々しい。今日は、やることがいっぱいある。木内は隣室の銀行第二課から回ってきた書類にサインを書き込んだあと立ち上がって窓の外を見た。

　先ほどの書類は関西の地銀が債務超過に陥り、公的資金の注入を決めるため、金融対策会議が開かれる、その日程を通知してきたものだ。第二課でドタバタ騒ぎが起こっているのは、そのためだ。ばたばたとつぶれる地銀や信金。またか――というのが正直な感想である。地方銀行の倒産など、いまや新聞記事にもならないのだ。

「仮に……」

　と木内は昨夜以来考えてきている。いや、それは東洋監査法人がゆうかHDの監査から降板するという報告を受けたときからずうっと考え続けてきたことだ。しかも事態は急展開をみせはじめている。

　今度は太陽監査法人がゆうかHDの決算に対し、不適格のハンコを押そうとしている。その結果、どういう事態が引き起こされるか、容易に想像がつく。資本注入→国有化というコースは避けられない事態となっている。

　木内は、その「仮に――」をシミュレーションしてみた。異常なまでに高濃度に蓄積された負のエネルギーは、爆発寸前まで膨らみを増してきている。すなわち、金融・

経済危機の顕在化だ。ゆうかＨＤを震源地とする金融・経済危機は、たちまち関連企業に波及していき、悲惨な状況となるのは必定だ。

難しい手法を使わなくても、シミュレーション結果はよく見えてくる。浮かび上がってくるのは、まさしく地獄絵図だ。

金融業界は謀略が渦巻く世界だ。その正体は、おおよそわかっている。金融庁の無策をなじり、方々から怒声や悲鳴が上がる。陰謀を企む連中は、物陰に隠れて、ターゲットに照準をあわせる。あとはシナリオ通りにことが運ぶという寸法だ。連中にすればターゲットはどこでもよかったのだ。ゆうかＨＤが不運なだけなのだ。真相を知っている東洋監査法人は、後難を恐れ早々と逃げた。

窓外に広がる霞が関。いつもの光景が繰り広げられている。一陣の疾風が柳の街路樹を大きく揺らせた。雨が降る気配だ。雨の気配を感じてひとびとは流れるように地下鉄やビルのなかへと避難していく。見た目には、のどかで平和な光景だ。

しかし、この東京で総資産百兆円規模の資産を持つ銀行を食い物にせんと、陰謀が企まれている事実を知るのは、ごく一握りの人間であろう。今朝の新聞各紙は、三月決算と関連づけ、銀行の信用不安をあおるような記事をいっせいに掲載している。しかし、ひとびとは慣れっこになっている。いや、危機感を喪失しているのは、金融行政を預かっている金融庁も同じであった。木内はフッとため息を漏らし、自席に腰をおろし、隣の席の課長補佐の顔をみた。

「豊宮君……」

木内はさっそく筆頭補佐を呼んだ。

「どうかね……」

木内が訊いたのは、連休前に命じておいた問題解決の対応策ができたかどうかだ。

豊宮は最後の三日間を休んだだけで、連休中はほとんど役所に出ていた。木内に命じられた課題を解決するための出勤だった。

「メドはつきました」

「そうか……」

木内は会議室に誘った。通常、預金保険法の解釈では、銀行が破綻認定されたとき、長銀や日債銀がそうであったように、資本投入と同時に一時国有化の措置が取られ、上場は廃止され、株券は紙くずとなってしまう。要するに、それを避けるための方策を、木内は探っていたのだ。金融法の解釈と運用にかけては豊宮は天才肌の才能を持つ男で、庁内でも彼の右に出るものはいない。

「なぜ、そんなことを調べるんです」

あのとき、豊宮は訊いた。

「たぶん、ゆうかＨＤは、資本不足を指摘される。つまり、監査法人は、繰延税金資産を否認し、その結果、自己資本比率がＢＩＳ基準を割り込んでいると判定し、破綻を宣告するのが連中のシナリオ。まあ、資本注入は避けられないと思う。そこで問題になるのが、預金保険法の解釈——」

その木内の説明に納得したかどうか、ともかく豊宮は調べに入った。その結果を、今朝報告することになっている。豊宮の顔はいくぶん紅潮している。こういうとき、いい結果を聞くことができるのだ。

「預金保険法一〇二条一号ですね。相当無理筋ですが、要するに、国有化を避けるだけでいいのであれば、どうにかセーフの解釈ができる条文があります、課長。しかしこれは無理筋ですよ……」

豊宮は用意した資料を手に、上司に説明を始めた。その資料には条文のほか、いくとおりもある解釈の仕方や、それぞれの解釈によってどのような問題が生じるかを、簡潔にまとめている。豊宮は資料の説明を終え、だめ押し的な口調で言った。

「課長、無理でしょうな……」

風采はいまひとつだが、ずば抜けた記憶力の持ち主だ。彼は預金保険法一〇二条一号を諳《そら》んじてみせた。しかし、豊宮は財務省から出向してきた傍流の銀行課長がなぜ、預金保険法一〇二条に関心を持っているのか、その本当の理由を、まだ理解していない。木内が要求したのは、危機の事前認定にもとづく一〇二条一号の発動であり、法律の拡大解釈の可否であった。

「課長……。課長のおっしゃるケースに、つまり、危ないという認定だけで銀行に一〇二条一号を適用し、個別銀行に資金を注入するのは、この法律の趣旨からすると、無理かと思います」

　豊宮は、この法律が成立した事情と経緯を詳しく述べ、トーンの高いアルトで一〇二条を適用することが妥当かどうか、賛否が分かれるとも説明した。そして、やはり無理があるかもしれませんな、といま一度言って、書類を閉じ、木内の顔をみた。

「なるほど、わかった」

　木内は一〇二条一号の条文を、改めて読み直し、つぶやいた。しかし、この法律がどのような経緯で作られたかも、その適用に異論が出てこようとも、いまの木内は、この手でいくしかないと思うようになっている。つまり、一〇二条一号の適用だ。たぶん異論反論がでよう、しかし、かまうことはないと覚悟は決めている。役人は法律によって動きは縛られるが、実は、その法律の解釈権を行使できるのは役人だけであると、木内は信じているのだった。

「解釈に無理があるのはわかっている。しかし、長銀や日債銀の二の舞だけは絶対に避けたい。預金保険法を広く解釈して、危機を未然に防ぐという趣旨で、一〇二条一号を適用する以外にない。豊宮君、補強を頼む、理論的な補強を……」

「長銀や日債銀の二の舞は避けたいと」

豊宮は木内の顔をみた。

「そうだ……」

「わかりました。それでいきましょう」

豊宮が頷いた。

「あとは庁内の説得だ……。そして大臣に有無を言わせず認めさせる方策」

木内はつぶやくように言った。

敵陣に出撃する前の、内部調整。その儀式の善し悪しで、勝敗の半ばが決まる。豊宮の顔が紅潮している。木内課長の企みを、ようやく上司の意図を理解したのだ。そして豊宮自身も、その気になっている。

「庁内の説得の方は？」

「池田君が、手を考えているはずだ」

木内は有能な二人の部下を持ったことが幸せだと感じたのは、金融庁に出向してきてはじめてのことだ。二時間を超えた二人だけの会議。要求を満たす回答を、豊宮は用意していた。

木内は豊宮の顔をみる。豊宮がうなずき返す。次に何をやるべきかを、彼はわかっている。もう少し研究の必要があるという豊宮を会議室に残し、木内は銀行第一課にもどった。腰をおろすなり、机の上の電話が鳴り出した。

　交換台を通じての電話ではなく関係者にだけ教えている直通電話だった。木内は上着を脱ぎ、受話器をにぎり、相手に応えた。

「はい、一課長です」

「木内課長、お世話になっております。ゆうかＨＤの青木でございます、いまよろしゅうございますか」

　木内はすぐにピンときた。そしてまずいと思った。しかし、電話に出た以上は、対応せざるをえない。まして昭和銀・首都銀合併に際しては苦労を分かち合った仲の相手だ。

「こちらこそ……」

「お目にかかりたいのです。できるだけ早急に。お願いします。場所はこちらで用意させていただきます」

　青木貞夫は、せっぱつまった声を上げている。役所では目立つ。新聞記者の目も光っている。さりとて、飲食をともにしながらの談合は国家公務員倫理法が禁止している。それは彼にもわかっているはずだ。しかし、それを承知で会いたいといっているのだ。

「それはできません。おわかりでしょう。諸般の事情がありまして」

「わかっていますが……」

緊急事態が発生した、太陽監査法人による不適格認定は、金融庁の考え方なのか、そもそも監査法人が役所の承諾も得ず、不適格認定などできようはずもない、役所の真意を知りたい、そのことを青木は幾度も繰り返し、執拗に訊いてきた。

しかし、木内は黙った。息苦しい沈黙だった。沈黙はなかなか破られなかった。

(なんとバカげた陳情を……)

木内はそう思った。沈黙の意味を、青木は理解していなかった。役所を通じて圧力をかければ、監査法人を翻意させることができると考える時代遅れの野暮さ加減、バカさ加減に腹を立てた。

もとより金融庁の立場は、はっきりしている。すなわち事後責任の追及であり、旧大蔵省時代には行政指導の名による金融業界への過剰介入が批判され、いまは事前介入は戒められている。しかし、それはあくまで建前。銀行の幹部たちは、依然として自分たちの命綱を握っているのは、金融庁の役人だと思っている。だから些細なことでも彼らは報告と称して、金融庁に足繁く通ってくるのだった。その延長のうちに、今度の問題があると、青木は考え、金融庁の考え方を変えることができれば、自分たちは救済されると信じているのだ。

金融庁が態度を変えたのなら、その理由を知りたいと、青木は迫ってくる。つまり太陽監査法人が繰延税金資産の計上を否認し、決算を不適格認定したのは、金融庁の意向をくんでのことであり、金融庁が監査法人の主張を容認したのであれば、それはいかなる理由からなのか、まさか、破綻に追い込むようなことはありますまいな——と、彼は語気を強めて迫ってくるのである。

青木は言った。

「大臣の考えはわかっています」

その意味は明瞭だ。竹村大臣が仕掛けの張本人であるが、しかし、官僚たちは大臣に抵抗する仲間であるという認識だ。

しかし、木内はコメントを控えた。ゆうかHDが抱える問題は、そんな単純なことではない。背後で糸を操るのは、もっと大きな勢力なのである。小太りで、口だけ達者な大臣は陰謀劇のシナリオからすれば、彼もまた端役に過ぎない。国民の金融資産千四百兆円の処分をめぐる攻防なのだ。竹村は自らのイデオロギー・市場原理主義を信じ、太平洋の向こう側から発せられる指令を、忠実に実行しているだけだ。池田補佐が警察庁の同期から入手した情報——米側と頻繁に接触している事実が、それを裏付ける。

時代は変わった。官僚の手の内にある権力などごくわずかなものだ。銀行を破綻に追い込む論理も、その手法も、山一・長銀・日債銀とはまるで違っている。ゆうかH

Dの連中はそれがわかっていない。

青木ほどの男にして、この程度の認識。木内は心底腹を立てた。だから日本の銀行は敗北を喫したのだ——と。しかし、それは金融行政の投影であり、明鏡の裏が、業界であるとするなら、行政と業界は表裏をなす。そう考えると、やりきれなさを通り越して、自己嫌悪におちいる。木内の沈黙は、そういう沈黙だった。しかし、耐えきれずに沈黙を破ったのは青木の方だった。それは内容をなさぬ言葉であった。木内はひとつだけ意味のあることを言った。

「青木部長がおっしゃるのは監査法人の判断でしょう。監査法人がどういう判断をするかは、行政が関与できる問題ではない。行政は行政として独自の判断を持つ、そういう私どもの立場をご理解いただけるでしょうか。私どもはゆうかHDが債務超過による破綻状態にあるとは、認識していないということです」

4

物わかりのいいはずの木内政雄課長がいつになく融通のきかない態度をとっていたことに、青木貞夫部長は頭を抱え、しばし呆然とした。金融庁との信頼関係が、音を立てて崩れていくように思える。絶望の淵に立たされた思いだった。はっきりしていることは金融庁も木内課長も、決して自分たちの味方ではないということだ。

これで銀行員としての生活もお終いになるかもしれぬ、取締役からさらに昇進をかさね常務、副社長への夢は潰《つい》える。しかし、とも考える。仮に不適格認定が下されたとき、上層部の人事はどうなるか、会長・社長以下は引責辞任は免れまい。そうすると、権力に空白が生じる。

（あるいは、これは絶好のチャンスと言えなくもない）

少なくとも上原副社長の首も吹っ飛ぶ。財務部門の幹部全員が辞職という事態になれば、業務に支障を来すことになる。自分は残れるかどうか、いや、チャンスはめぐってくるはずだ。もっとも銀行会計に精通している男としての評価である。他人を蹴落すわけじゃない。それは必然なのである。自分が残留することがこの合併銀行を救う。青木はそう考えるようになっていた。

しかし、また別な考えが浮かぶ。みえてくるゆうかＨＤの運命は、ズダズダに解体され、細切れにされ、売り飛ばされる姿だ。退職後も銀行から得られるはずの既得権もすべてを失うことになる。それが債務超過におちいり、市場から退場を余儀なくされた銀行の運命だ。

その悲劇を目にしたのは、つい数年前のことだ。容赦ないマスコミの攻撃、犯罪者として告発を受ける経営者たち。そして請求された巨額な株主代表訴訟。しかし、長銀や日債銀がつぶれたとき青木は他人事で、連中はヘマをやらかしたのだから当然のツケであると思っていた。しかし、いま青木はその立場に立たされているのである。救いのない地獄図。そこに追い込まれていく。決算業務を現場の責任者として指揮した青木も、無傷でいられるはずもなかろう。

（しかし……）

銀行一課長は最後に言った。

「私どもはゆうかＨＤが破綻状態にあるとは認識していないということです」

微妙な言い回しだ。しかし、破綻状態とは認識していないと言ったことが、いまの青木には重要なことだ。役所が破綻認定をしたわけじゃないのだ。青木は、その言葉をもう一度繰り返し、安堵のため息を漏らした。

「部長……」

部下の呼ぶ声でわれに返った。

三十分ほどだったのか、それとも一時間近く、そうやって考え続けていたのか、いや、たったの数分、そうやって考え続けていたのかもしれない。青木がわれに返ったとき、海江田社長からの呼び出しがかかった。

青木は少し元気になった。社長室に向かう足取りも軽くなった。専門店で仕立てた背広をきっちりと着こなし、頭髪にしっかりと櫛を入れていて、寸分の隙もみせぬ態度はいつものダンディな青木だった。呼吸を整え社長室をノックする。

「入れ！」

例によっての大声が室内から聞こえた。

海江田社長はワイシャツ姿で上原副社長と要談中だった。連休明けの本日午後から太陽監査法人との間で協議が再開される。その打ち合わせで呼ばれたのはわかっている。海江田社長は元気そうだ。監査人が何を言おうとも絶対に引かぬ構え。あの元気さは、どういうことなのだろう。不思議な生き物のように思えてくる。それにしても上原副社長はひどく憔悴していた。

「どうだった、木内課長は？」

訊いたのは上原だ。

青木は木内課長とのやり取りを、手短に報告した。そして青木は、木内課長が最後に言った言葉を二度繰り返した。海江田の顔に安堵の色が浮かぶ。

「要するに、金融庁は破綻状態にあるとは認識していないということだな」

海江田はそう言っただけで、何も訊かなかった。たぶん、海江田には金融庁に通じる独自なルートがあり、そのルートを通じて工作を続けているのだろう。自信に満ちた態度から、青木はそう判断した。

「正確に言いますと、監査人の判断に行政は介入できないということです」

「そりゃあ、そうでしょうな。行政の判断は別。監査人にそんな判断はできない。そんな権限などないはずだから」

そう言って上原がうなずく。二人の上司は青木の報告を楽観的に受け止めた。ただ電話の途中で木内課長が長いこと沈黙したことや、その意味については話さなかった。しかし、二人が青木の報告をいいように解釈したことにあえて訂正はしなかった。

（黙らせてみせる……）

海江田の監査人に対する態度は居丈高だった。海江田は太陽監査法人を、押さえ込む自信を持っているようだ。しかし、青木にはその根拠がよくわからなかった。ただわかるのは人一倍の思い込みの強さ、何が何でも相手を組み伏せてみせるという強引さ。彼はそれで押し通せると思っている。それだけでいいのかという疑問はある。しかし、銀行会計に精通した能吏にも、立場上、それ以上の詮索は許されなかった。

「さあ、そろそろ始めよう」

海江田が上着に腕を通しながら、青木を促した。青木は受話器を取り、待機している財務部員を社長室に呼んだ。

会議は上原副社長が主催する格好で始まった。席を会議テーブルに移したとき、財務部門の幹部たちが社長室に入ってきた。監査人に対する恨み辛み、それが彼らのエネルギーになっている。監査人をノックアウトすれば、ゆうかＨＤの決算は資本比率六パーセントで決着をみる。

財務部の首席部員が、対太陽戦略を報告する。つまり、ゆうかHDとしての対処方針である。太陽側の主張のひとつひとつに個別撃破をくわえて、粉砕してしまおうという勇ましい作戦である。

報告に海江田が同意した。

「まあ、そんなところだろう」

「そうでしょうな」

と、上原がうなずく。上原もこの段になると、海江田に従わざるを得ないのである。しかし、雲野会長の意向が少しも聞こえてこないのが奇妙だった。いうまでもないことだが、社長室で交わされている議論については、一般社員には知らされていない。すべて内密に処理すること、それが海江田社長が下した指示であり、その指示にもとづき午後の協議が行われる。

翌日、太陽側から四方田現場統括責任者以下六名が、ゆうかHD側からは上原副社長・青木部長以下の財務部門の幹部社員十二名が出席して、白熱したやり取りが続いている。議論は積み上げ方式で、太陽側が問題とするすべての問題について、ひとつひとつ再検討がくわえられていく。

二日目の今日。やはり会議は午後から始まった。午前中を休会とするのは、昨日からのやり取りを、双方が論点を整理し、調整するための時間だ。しかし、決算の日程が迫っている。いずれにせよ、一両日中にも決着させねば決算に間に合わず最悪の事態となる。

それにしても、海江田の自信はどこからくるのであろう。考えてみたが、やはり青木にはわからぬことだった。

社員たちは社内で何が起こっているか、薄々は気づいている。しかし、企業組織という上意下達の軍隊組織にも似た権力組織は、情報公開やコンプライアンスと呼ばれる制度がからみあい複雑でわかりにくい権力構造に変わり、経営の実態はますますみえにくくなっている。

5

連休明け二日目の午後――。昨日から断続的に続けられている第六大会議室で行われている太陽監査法人との協議の内容は、秘書室員たちにも知らされていなかった。通常通りの勤務を――というのが、秋本室長が出した指示であり、財務担当役員をのぞけば、他の役員たちも通常の勤務についている。極秘の会議は一階下の第六大会議室で行われている。海江田社長は執務室にこもり協議のなりゆきを見守っている。しかし、海江田は終日上機嫌だった。意識してそうしているのだろう。海江田はそういう男だ。

「用事がなければ帰宅するように……」

秋本室長が言った。

時計をみると午後七時。通常なら社長が在社中は社長付き秘書課長は待機する。しかし午後七時で帰宅を許された。津村佳代子は不謹慎にも、ありがたいと思った。役員室はぴりぴりしていて、世話をする津村は神経がはち切れそうだった。

上層部は極端に情報流出を恐れていた。東洋監査法人が降板し、決算作業を継続した太陽監査法人までが、決算に不適格の判断を下したなどという情報がもれれば、たちまち株価は暴落する。それは津村にもわかる。しかしどうにも割り切れないものが心に残る。隠すという体質が気になるのだ。

夕刻、不意な来客があった。多忙を極めているときである。大銀行の社長ともなれば不意の来客というのはよくあることで、たとえ約束がなくても無難にこなすのは秘書室の役割だ。海江田を訪ねてきたのは井坂という毎朝新聞の経済部長だった。海江田に取り次ぐと、あっさり会おうと言った。浩志の上司であることに気づくのは、迂闊にも井坂を社長室に案内したときだ。

「取材ではございません。ほんの二十分ほど時間をいただければ……」

新聞記者というのは厚かましい人種だ。つかつかと社長室に入っていく。それを当然のように受け入れた海江田社長。二人だけの話があるようで、お茶を出すと、下がるように言われた。二人の会談は井坂が言っていたようにきっちり二十分で終わった。もちろん何が話し合われたのかは、わからない。海江田は上機嫌で井坂をエレベータホールまで送った。普段ならあり得ない気の使い方だ。海江田はいったん自室にもどり、秋本室長を帯同しすぐに社長室を出た。

今夜、海江田社長は、ホテルに待機し、第六大会議室でのやり取りを見守ることにすると聞かされている。たぶん、要路筋に連絡をとりながら、社長室ではできない政治工作をするのであろう。それは下っ端の課長には知らされないことだ。

車の手配をし、海江田社長と秋本室長を送り出したあと、津村は銀行を出た。外はいまにも雨が降り出しそうな気配だ。地下鉄に向かう足は自然とはやくなる。その夜、津村には約束があった。約束の時間は、とうに過ぎていた。津村は大手町から地下鉄千代田線に乗り、湯島駅で降りた。急ぎ足で階段を駆け上り時計をみる。

今夜は同期の集まりだ。同期というのは合併の共同作業部会事務局で働いた仲間だ。呼びかけたのは企画部にいる杉山太郎だった。送られてきた地図を広げてみる。急いでいたため、反対側の出口・池之端に出てしまった。杉山が予約した割烹は、湯島天神前を右に折れた、裏路地にあった。久々の池之端は驚きだった。街の様相を一変させたのはバブル以後のことだが、目を見張る変貌ぶりだ。

けばけばしい風俗の店が軒を並べて、中国からやってきたミニスカートの女たちが大勢して客引きする姿はいまやミニ新宿だ。歓楽街を避け、不忍通りに通じる道路を横断し切通坂の方向に出た。このあたりを天神下という。湯島天神一帯は昭和の半ばごろまでは数寄屋風の造りの割烹や料亭が軒を並べ、三味線をつま弾く音が聞こえてきたりして、粋人には隠れた遊び場として知られた。風情のある町並みも消えて、いまはマンションや小さなビジネスビルに姿を変え、目立つのはラブホテルの看板だ。昔、神社仏閣の周囲にはあいまい宿が軒を並べたものだ。

根津権現には半公認の岡場所と呼ばれる遊郭があり、湯島天神には「かげま」を相手のあいまい宿があった。かげまとは「陰間」と書き、男色を売る少年のことだ。江戸から明治初期にかけ湯島のかげまは有名だった。そのかげま茶屋の名残が、いまラブホテルというわけである。

そんな裏路地に入り、少し歩くと、石垣の上に立つ城郭のような湯島天神が現れる。幾つかの踊り場を抱く手前の坂は女坂と呼ばれその先にある垂直に延びる急勾配の石段が天神男坂だ。子供のころ、男坂の石段を数えてみた。たしか三十八段であったと記憶しているが、定かではない。

女坂の石段を登り、境内に出た。息が切れた。帳《とばり》がおろされた社殿はライトアップされている。梅花の季節は終わっている。梅園には数組の男女が、いるだけだ。

ガス灯に妖しく揺れて寒の梅

父貞正が作った句を不意に思い出した。どうかね、と訊かれたが、幼子の津村にはよくわからなかった。ガス灯があったかどうかは覚えていないが、ただ覚えているのは、この湯島天神で貞正が俳句仲間とよく句会を開いていたことだけだ。

約束の割烹はすぐに見つかった。落ち着いた雰囲気の店だ。趣味もいい。引き戸をあけると、衝立の向こうに二十人ほども座れる白木のカウンターがあり、その奥が座敷になっている。はやっている店のようで、カウンターは七割方埋まっている。

案内を請うと三十半ばの肥満体の女将が出てきて小座敷に案内した。部屋に煙が立ちこめている。タバコとすき焼きの煙だ。座敷には、杉山太郎のほかに、池見和宣と望月優子がいた。池見はゆうか首都銀行の営業三部にいて、望月はつい一年前まで昭和総研で同じエコノミストとして机を並べていた。いまはゆうか総研に移籍し、専門職として望月は企業分析の仕事をしている。

「秘書室じゃな、時間があてにならないと思ったものだから、悪いけど、先にやらしてもらっていた」

席につくなり、杉山がビールを勧めながら言った。ハンドバッグの中で携帯が呼んでいる。津村は秘書室からかしら？　と首を傾げながら廊下に出て携帯を受けた。電話はミナからだった。

「お母さん……。ミナ」

やや甲高い声でミナが呼んでいる。

「ごめんごめん」

津村は娘に謝りぐせがついている。いつも実家に預けっぱなし。すまないという気持ちが謝りぐせになっている。

「まだ、仕事……」

娘は訊いている。仕事の延長のようなものだが、仲間内での宴会なのだから、うしろめたい気持ちとなる。

「そうなんだけど、でも、そんなに遅くならないと思うわ。今夜は早く帰れるから」

もう八時近くになっている。あと一時間としても帰るのは九時。それでも早く帰れるという母親……。

「そうなんだ」

それっきりミナは口をつぐんだ。

「なんか用事だったの？」

「用事がなければ電話しちゃいけないっていうこと。わかったわ、これから絶対しないからね」

ミナは電話を切ろうとしている。

「ちょっと待ってよ、そういうことじゃないんだから……。もうすぐ仕事が終わるからすぐ帰るから」

「仕事って言えば、何でも許されるって思っているんだから。バカみたい。仕事以外に興味なんてないんでしょう。家族なんか捨てているんだから。捨てられたお父さんがかわいそう。お母さん、だいっ嫌い」

津村は娘の言葉に言葉を失った。どちらかといえば母親想いで、親には従順な娘だと思っていたのに。懸命に仕事をしている母親の姿をみて、ミナは理解してくれているものと思っていた。どうしたというの、それは独りよがりのようだった。津村はすっかり動揺してしまった。しかし、いわれてみれば、娘との生活などないに等しい、津村は小さなため息をもらし、また弁解をした。

「だからさ、九時には帰れるから」

「いいのよ、お仕事をすれば」

ミナは突き放している。

「おじいちゃんもいるんでしょう。それにおばあちゃんも……」

「おばあちゃんはお出かけ。おじいちゃんにはお客さま……。自分勝手。津村の人間はみんな自分勝手。それじゃ」

そう言うと、ミナは電話を切った。ちょっと待ってよ、ミナ。津村はあわてて電話の向こうを呼んだ。しかし、ツーンという機械音がするだけだった。

（どういうことかしら？　また浩志のところかしら）

ミナにリダイヤルしてみたが、ツーンという音がしたあと、オフになっていることを告げるメッセージが流れてきた。また、浩志のところに泊まりにいくのか、浩志の携帯に電話をしようとしたとき、手洗いに立ったのか望月が姿をみせた。

「どうしたの、佳代子……。仕事でも入ったの？」

「いえ、ちょっと、ちょっとね」

望月は小首を傾げて、トイレに消えていった。彼女は他人の領域に踏み込むようなタイプの女ではない、良くも悪くも。座敷にもどると、男たちはホットな議論を交わしているところだった。

「あろうことか、ゆうか銀行は債務超過の状態にあるなどという噂もある。われわれは本当のところは何も知らされていない」

つめよっているのは池見の方だ。杉山は当惑の色を浮かべている。東洋監査法人が指摘し、今度は太陽監査法人が決算に不適格の判断を下そうとしている事実。そして上層部は必死の巻き返しを図ろうとしている事実。それは経営陣のなかでもごく一部しか知らない機密ということになっている。しかし、ゆうか首都銀行第三営業の審査役は知っていた。池見は向きを変えて、津村に訊いた。いきなりの、核心をつく質問に津村はとまどった。

「どうなんだ、真実は……。秘書室にいる君なら知っているだろう。債務超過かどうかその真偽を……」

池見は吠えている。火をつけたのは、なぜか杉山ではないかと思った。池見はこの席にいるもののうち、唯一の家族持ち。仕事も順調、家庭も円満——。債務超過という事態になれば、両方とも崩れる。銀行の実態を知りたいと思うのも当然だ。それにしても、うらやましいこと。家庭の雑事のいっさいをめんどうみてくれる専任の女がいるなんて。津村は池見の顔をみながら、まったく別なことを考えている自分に気づいた。

津村はおしぼりで手を拭きながら、微妙な質問にどう答えれば、満足してもらえるかを考えた。同僚行員とはいえども、秘書室勤務を通じて得たことは、いっさい話すことを社務規定によって禁止されている。

「やめましょうよ、そんな話……」

津村は言った。

「しかし、大勢の仲間が職場を失い路頭に迷うかどうかの重大事なんだぞ。情報は従業員に公開すべきだ。なあ、杉山。俺たちは女房子供がいるんだから」

合併事務局のときも同じだった。池見が口にするのは思慮の浅い正論ばかりだ。正論に過ぎて子供のようだ。秘書室勤務の立場では言いたいことも言えない。言いたい放題を口にできる池見がうらやましい。

「俺は聞いていないよ、債務超過なんていう話は……。ただ監査法人との間に若干の齟齬が生じているということだ。それも技術的な話であると聞いている。しかし、ゆうか銀行自体、確かに多くの不良債権を抱え、その処理のため今期も赤字を覚悟しなければならない状態にあるのは確かだ。そのことと債務超過にあるかどうかとは別問題。少なくとも企画では、そんな話は聞いていない」

杉山はオトナの答え方をした。杉山は企画部にいる関係から、行内事情を知りうる立場にある。杉山は苦労人でもある。話し方も物静かだ。しかし、池見は納得ができないという顔で突っ込みをかける。

「監査人の指摘を受け、海江田社長は大慌てだったそうじゃないか、津村君……」

「さあ、どうかしら」

「池見、無茶を言うなよ。まあ、知っていても津村の立場じゃ、言えないじゃないか。そうだろう」

杉山が救いの手をさしのべた。今夜の宴席はすき焼きである。鍋奉行を務めるのは杉山だ。上質の牛肉は煮えている。杉山の鍋奉行ぶりは手慣れたものだ。

「しかし、な。行内には箝口令が敷かれ、上層部はばたばたしている。これじゃ、仕事が手に付かない。行内じゃ、あっちこっちで噂話だ。ほっておいていいのか」

まだ一部のひとしか知らないと思っていたのは間違いで、池見は秘書室にいてはわからない話をしている。上層部は必死で隠し通そうとしている。しかし、隠すことなどできないのだ。現に池見はかなりの程度正確な情報をつかんでいるのだから。

「やめよう、その話は……。そろそろ食えるぞ、さあ、どうぞ」

「そうはいかん。何が問題なのか、はっきりさせなくちゃ。問題を隠し、曖昧にしちゃならないいんだよ、杉山」

「わかっているよ、池見。しかし、今夜は別だ。飲んで食って、楽しむのが、今夜の趣旨じゃないか」

「話は逆だろう、杉山。同じ本部にいても滅多に顔を合わせることがない。せっかくの機会じゃないか……」

池見は津村の顔をみた。相手をねじ伏せようと決意を固めた目だ。本心を探ろうとする無遠慮な目つきだ。津村はたじろいだ。池見が事態を深刻に受け止めているのは、その目の色からもわかる。

池見は上層部をまったく信用していないのである。とくに昭和系に対しては。合併してわかったのは、昭和銀行が持っていた想像を超えた不良債権の山だ。それが不信感を募らせていた。金融庁のいいなりになり、唯々諾々と合併を受け入れた海江田社長の姿勢に対しても不満を持っている。それは首都系の共通した不満でもあった。

そして今度は債務超過の噂だ。経営陣はまた隠し事をしていると疑っている。債務超過の疑惑だ。子供のような正論をはく男を怒らせるには十分な事態だ。池見が何を考えているか、津村には透けてみえる。

ゆうかHDの足を引っ張るのは、いつもゆうか銀行だ。首都系の人間なら誰でも、そう思っている。しかし、俺は違うと池見はいうのだった。経営実態を社員に情報公開しない怠慢を怒っているだけなのだと。それがときおり憤激となり、抑えられずに憤懣を口にする池見。

（しかし……）

津村は思った。池見の真意に潜むのは善意の一種なのだ――と。経営陣に対する不信と怒りからであるにせよ、池見は合併銀行に対する愛情はある。その意味でも彼は平均的な銀行員なのである。

「池見クンにはもうしわけないけど、たとえ知っていたとしても、私の立場ではいえないわ。ひとつだけはっきりさせておきましょうか、池見クン、それを知ってどうするつもりなの？」

「そりゃあ、決まっているじゃないか」

池見は語気を強めた。

彼はチェーンスモーカーで、それで五本目となるマイルドセブンライトに火をつけ、深々と吸いこんだ。

「決まっているって、何が？」

「われわれは知る権利がある。この重大な情報について知る権利があるということだ」

「それはわかるわよ。だからどうするか、何かやるつもりかを、聞いているの」

「…………」

池見は言葉をつまらせた。そこに割って入ったのが杉山だった。

「池見が言っていることには根拠がある。債務超過、監査人が指摘したのは事実だ。具体的にいえば、繰延税金資産の計上に監査人が疑義を差し挟んでいる」

解説の口調で言った。

「繰延税金資産――。なるほど」

池見がうなずく。

杉山が続けた。

「繰延税金資産の計上問題は、収益計画に連動する。つまり、先払いの税金である税金資産が還付されるのは、収益計画が達成されたときのみというのが監査人の主張。その要件が満たされていないから、計上を否認するというわけだ。計上否認は結局のところ、不適格の判断に結びつく。そのことは決算が不能になり、上場廃止を意味する。つまり一般企業で言う倒産。預金保険法および銀行法では、国有化だ。しかし問題は収益計画だ。収益計画とは経営者の判断によって決まる。その判断を否認したところから、今度の問題が起こったというわけだ」

優等生の杉山は憎らしいほど冷静だ。説明は一部の隙もなく理路整然としていて疑問の余地を残さない。そして続けた。

「しかし、他方では株価の動きだ。仮に株価が六千円台に落ち込めば手持ち資産は目減りし融資先の担保資産は劣化する。担保の積み増しができなければ融資は不良債権化し、資本比率は落ち込む。つまり、資本不足が発生するメカニズムが悪循環で働き、さらに収益計画は悪化する」

「しかし、営業収益は黒字と聞いているけどな……」

「確かに営業収益は黒字。キャッシュフローも悪化しているわけじゃない。まあ、経営健全化計画も達成可能の状況にある。しかし足を引っ張っているのが株式市況と不良債権の処理。いまの銀行会計の仕組みだと、不良債権はエンドレスで増える……。ここに経営ガバナンスをはるかに超えてしまう問題が発生するんだ」

ほとんど発言をしない望月は感心したという風な顔で、杉山の話に聞き入っている。聞き入りながら、男たちにビールの酌をするのも忘れないところなど、さすがだ。もとよりアナリストである望月にはとうに承知の理屈だ。それをはじめてのように聞けるところが彼女のかわいらしさだ。そこがキャリア一期生の峰川とは違うところで、自分でも、そうありたいと津村は思う。そこで望月がすっと席を立った。携帯に電話が入ったようだ。廊下に出て携帯を受けている。

「おかしな話だな、繰延税金資産とは不良債権の引当に対応した資産だろう。引当金は無税とすべきところを、国税が税金を先取りしたところから問題が発生した。それを還付するのは当然だろう。まあ、その点は百歩譲って考えてみても、還付される資産を、資本勘定に計上することに、なぜ監査人は異論を挟むのかな……。結局、それを認めるかどうかは銀行の生き死にを決定する。そんな権限を監査人は本当に持っているのか。そんなことを法律に書いているのか」

「そんなことは法律には書いていないよ、どこにも……」

杉山はきっぱり言った。

そこに望月がもどってきた。あらっ、すごい煙ね、といいながら障子を開けた。すき焼きとタバコで部屋はけぶっている。あけた障子の向こうに部屋の灯りに照らし出された庭が浮かんだ。黄色い茎肌のマダケが植えられていて、沈んだ深緑の苔や、険峻な山を思わせる人工の小山が造られている、その庭は水墨画を思わせる風景を造り出していた。男たちは議論に夢中だ。

望月はかいがいしく、ダメじゃないのと煮えたぎるすき焼きに水を差した。知的な顔立ち、上品な身のこなし、津村には自分にないものを感じさせる。それを望月は自分でも意識しているようで、彼女はかわいい女を演じることができるのだ。望月は自分の席につくなり、訊いた。

「たとえ杉山君のいう通りだとしても、私たちに何ができるのかしら？」

望月はかわいく小首を傾げた。

確かに深刻な事態。しかし、それは経営者が考えることであり、自分たちにできることは限られている。望月は、そんな意味のことを言って、にっこり笑った。

「何ができる、俺たちには？　そう俺たちに何ができるかだ」

杉山はつぶやくように言った。

「…………」

池見は黙っている。

「できないかもしれない。しかし、やってみる価値のあることがひとつある」

「なんだ、それは？」

池見が訊いた。

「監査人とのやり取りがどう決着するかは俺にもわからん。しかし、はっきりしていることがひとつある。いずれにしても、今期決算は誰がみても赤字だ。そうであるならば、必要なのは経営の刷新。そう思わないか。経営陣を思いっきり若返らせる。例えば、藪内副社長を昇格させるとか、青木部長を副社長に抜擢するとか……」

津村は唖然として杉山の顔をみた。具体名を挙げたことに驚いた。そして、その言葉の端から、すでに責任問題が浮上していて、次のトップ人事までが語られていることを知った。杉山もトップ人事にからみ動き回っているのであろうか。なぜだか釈然としないものが残る。

「私、悪いけど、お先に失礼します」

津村は立ち上がった。

「そうよね、私も、そろそろ……」

と望月も腰を上げた。

男二人を残し、女二人は割烹を出た。

「きな臭いな、今夜の集まり」

そう言って、望月はくすりと笑った。彼女も同じことを感じとっていたようだ。しかしそれ以上は何も言わず、

「それじゃあ……」

湯島天神の前で望月とは別れた。津村は時計をみた。秘書室に移ってから時計をみるのがくせになっている。九時を回っている。津村はタクシーに手を上げ、千駄木に向かわせた。近距離が不満なのか、運転手は不機嫌に返事をした。ミナのことが心配だった。携帯に電話をいれたが、留守電になっている。焦りながら、ドアを開いた。

「ただいま……」

返ってきたのは貞正の声だった。あの日以来、兄夫婦の家から移ってきた母といっしょに父貞正は津村のマンションに住み着いている。まあ、移り先を決めるまでのしばらくの間だからと言って……。

玄関に見慣れない靴がある。お客さんかしらと思いつつ、リビングに入ると、貞正が客の相手をしているところだった。客は六十代半ばか、老人は盛んに恐縮している様子だった。服装は乱れ、ひどく憔悴し、疲れた顔をしている。しかし、よく見ると、品のいい老人であった。老人は津村の顔をみるなり、床に両手をつき、

「ご迷惑をおかけしております。まことに申しわけない……」

深々と頭を下げるのであった。

津村は事態をのみ込めず、呆然と立ちつくした。

「井村さん……」

貞正が肩を抱き、立ち上がらせる。

「娘の佳代子です。こちらは、例の老舗のご主人。心配していたが、元気でもどってこられた。これから息子さんといっしょに再建に取り組む、そう決意を披瀝されたんだ。嬉しいじゃないか、死なずにいてくれて……」

自分が被害者であることなど忘れ、貞正はひとのいいことを言っている。津村はようやく事態が理解できた。貞正の態度に心の温もりを感じた。どう挨拶を返せばよいか、正直困った。年商五十億の商売をしていた老舗の旦那が詫びている。井村は促されるまま、ソファに座り、両膝をそろえて、もう一度先ほどと同じ言葉を口にした。

「信義を損なった」

と老人は言った。この人物の中に生きている言葉だ。その言葉を聞き、津村は銀行の内実を考えないわけにはいかなかった。善良な人たちをいかに苦しめているかを。津村は自らの立場を恥じた。

二人は先ほどの話を始めた。どうやら借金の返済方法を話し合っているようだ。いい進展がありそうな話しぶりだった。いたわりの言葉をかけながら、古武士のようにしゃきっと背筋を伸ばし、老人の話に聞き入る父の姿をみて親ながらいい男だと思った。

「ミナは?」

津村は父に小声で訊いた。

貞正はミナの部屋の方に顎をしゃくり、うなずいてみせた。ドアを開けてみる。もうミナは寝ていた。

「本当にごめんなさい……。あなたを放っておくつもりはないの、大事な大事な私の娘なのだから」

津村は娘の手を握った。ミナが握り返してきた。津村は思わず落涙した。

ひとの気配がする。

振り向くと、母が立っていた。加代はうなずき返し、にっこりと微笑んだ。

第七章　霞が関に乱舞する怪文書

1

津村佳代子は気後れしてしまった。幾度か訪ねたことはあるが、やはり役所の敷居は高いのである。警備が厳重なのは、日本政府がイラク派遣を決め、その是非をめぐり、内外から激しい議論が起きているからだ。少数ではあるけれど、デモ隊の姿がある。左翼たちのデモンストレーションというよりは普通の市民の、イラク派兵に反対の意志を表す請願行動のようにもみえた。

合同庁舎に入ろうとしたとき、守衛に身分証明書の提出を求められた。まるでバリケードで封鎖されたような合同庁舎。そのものものしさは、厳戒態勢のようだ。ハンドバッグの中身まで調べられたことに、屈辱を感じないわけにはいかなかった。

その日、金融庁を訪ねることにしたのは海江田社長直々の下命によるものだった。津村はいわば社長の名代というわけだ。本来なら幹部社員か取締役が参上して説明にあたるべきところだが、時節柄気になるのはマスコミの目だ。女性社員ならば誰も気にすまい、そんなわけで急遽、津村が出向き、説明にあたることになったのだ。

事前にレクチャーしたのは、青木部長だった。まず経緯を説明すること。第二は繰延税金資産の論点である。

「繰延税金資産の計上が認められないとき、今期決算でゆうかは破綻する。公的資金の投入のあと国有化され、外資に売り飛ばされ、行員の多くは職を失う。それだけは絶対に避けたい。強調すべきことは、繰延税金資産を計上するに十分な要件を備えていること、それを木内課長に理解していただくことだ」

最後に青木部長は言った。

「わかりました」

と答えたが、あまり自信がなかった。

できれば、彼自身が金融庁に出向き、説明したかったであろう。しかし、それができない事情があった。木内課長が直接陳情を受けることに慎重であったからだと聞かされている。理由は説明されなかった。その理由はわかるような気がした。ともかく津村は大きな荷物を背負うことになった。

「運命は君の肩にかかっている」

冗談ではあろうけれど、秋本室長がそんなことを言うものだから余計に気が重くなる。津村は茶封筒に入れた分厚い書類を手にしている。ゆうかＨＤおよびゆうか金融グループの財務内容をとりまとめた資料だ。そこには社運を決める重要な機密が入っている。緊張しているのは、そのためだ。エレベータホールの掲示板で所在を確かめてみる。

監督局銀行第一課は合同庁舎の八階にあるのを確かめると、エレベータに乗った。津村は静かだった。照明を落とした廊下を歩いていくと、銀行第一課があった。津村はノックをして部屋に入る。大きな雑然とした部屋で来客があるというのに誰も振り向かない。津村は入り口近くでパソコンを打ち込んでいる若い職員に声をかけた。職員は露骨に面倒くさいという顔をしている。

「木内課長にお目にかかりたいのですが」

「課長、お客さん……」

若い職員は座ったままで呼んだ。窓を背にして座るのが木内課長らしい。木内は隣の席の男と用談中だった。不意に顔を上げ、津村の顔をみて立ち上がり、自らの席を指し示した。こちらにこいという意味らしい。津村は名刺を差し出す。

「さあ、どうぞ……」

机の前の椅子をすすめた。気さくな印象にホッとして椅子に座った。その途端、机の電話が鳴り出した。

「すみません、局長からの呼び出しで。すぐにもどりますから……」

そう言うと木内は部屋を出ていった。課内は静かだ。ときおり鳴る電話の音。電話に対応する職員の小声。書類をめくる音。あとは職員たちがパソコンを操作する物音だけだ。改めて課内をみてみる。ここが都市銀行の運命を差配する牙城なのか、そう考えると不思議な気分になる。待たされている間、何もすることがない。何気なく机の上を見ると見覚えのある一冊本があった。

思い出した。父貞正が編纂に協力したという句集だ。なぜ、こんなところに――。いぶかりながら、手にしてみる。作者名は、木内あゆとある。課長の名も木内。縁故の方かしらと思いながらページをめくる。俳句には生憎馴染みがなかったが、読み出してみると、意外にもおもしろい。自然詠歌だが、鋭い社会批評の目もある。

「お待たせしてしまいました……」

顔を上げると、木内課長がいた。

「すみません、勝手に……」

津村は恐縮して、句集を机に戻した。

「いいですよ……。祖母の句集なんです。一冊しかないものですから、差し上げるわけにはいかないんです」

木内課長は微笑んでいる。

「おばあさまの？」

「ええ、新潟に住んでいますが、いまは入院しておりましてね。何か思うところがあったのでしょうか、入院する前に同人の方の協力を得ましてまとめたようです」

やはり間違いない。そこには父貞正の名前がある。

「そういえば、あなたは津村さん。津村貞正先生のご関係の方ですか」

木内は名刺を見ながら言った。

「ええ、父です」

「驚いた。本当ですか、偶然というにしてはあまりにも偶然。あなたにはお礼を言わなければなりませんね。先生のご尽力で出版できたのですから。あなたも俳句をおやりですか」

「いいえ、私は全然です」

「そうですか、私も俳句のことはわかりません。しかし、祖母の句集のおかげで、故郷の別な一面を発見できました。いや、世の中をこんな風に見る視点があったのか、それを知ったことの方が大きいかもしれません。いや身内の自慢話になってしまいました。すみません」

木内は照れ笑いをした。津村は役所というところは好きではなかった。権威主義的で、高く構え、民間の人間を見下したような態度。仕事柄役人とのつき合いはあったが、しかし、あまり芳しい記憶はなかった。木内という人物は違っていた。句集のおかげで少し距離が縮まったように思える。

「しかし、やはり驚きです。世の中狭いというのか、祖母の句集を編んでいただいた方が津村さんのお父さんとは。一度お目にかかりお礼を申し上げねば……」

「いいえ、そんな」

津村は恐縮した。

「僕の田舎は新潟の新津でしてね」

心地よいやり取りだ。役所の課長を相手にこんな話をするなんて、考えてもいなかったことだ。うち解けた気分だ。うち解けた気分になったのはいい。しかし木内課長は一向に本題に入ろうとしない。話したのは故郷の思い出だった。汽車通学のこと、河川の改修がされるまでは、水害に悩まされたこと、堤防に咲く桜のこと、そんな話をしている。

「実は……」

と津村が切り出した。

「そうでしたね、書類をお持ちですね。お預かりしましょう」

「説明させていただきたいのですが」

木内は考え込む風をつくった。

「銀行は社会に対しどうあるべきかを、お考えですか、いや、あなたのご意見をうかがいたいと思うのです」

木内は突然質問をした。

難しい質問だ。津村はとまどった。銀行のありようの一般を、訊いているのではないのはわかる。それだけに難しい質問である。しかし、津村には考えがあった。いまのままの状態の銀行ではダメであるというのもわかっているつもりだった。

「そうですね……。あなたのような考え方ならいいのですが、どうでしょうか、幹部のみなさんの考え方は……。いまは戦時下なのですよ。おわかりですか」

「戦時下？」

思わぬ言葉に津村は木内の顔をみた。

「そうです。戦時下なのです。戦時下でひとりの会計士が行方不明になった。私の故郷の後輩です。大変心配です」

木内の顔がゆがんでいた。

津村はすぐにわかった。連絡が取れなくなった岡部義正のことだと――。失踪の事実を隠しとおそうとする東洋監査法人。なぜ隠すのか、岡部のことは、新聞記者である浩志も疑っていた。事件性が濃厚な失踪と木内は受け止めているようだ。

「確か岡部さん、と言いましたかしら。彼が失踪した、戦争の犠牲で？」

「それはわかりません。しかし、いま戦われているのは、千四百兆円の国民の金融資産をめぐる攻防なのです。しかし、銀行は世論を味方につける努力をしていない。世間はすべて敵。これじゃ戦争に勝てるわけがない。行政に頼るようじゃダメなのです。いや、行政にも責任があるのですから、偉そうなことは言えませんが……」

戦時下――。その言葉に衝撃を受けた。銀行の内実は世間を味方につける努力をするどころか、責任問題が浮上してきて、内輪もめである。若い人たちまでが派閥抗争に引きずりこまれて、危機感を喪失している銀行。政治力に頼れば、何とかなると思いこんでいる首脳たち。木内はそのことを指摘しているのだと思った。木内は封筒の中身についてはひとつも質問しなかった。

「せっかくおいでいただいたのに、これからまた会議なんです。まあ、あなたも手ぶらでは帰れないでしょう。海江田社長にお伝え下さい。決して日債銀や長銀の二の舞にはならないよう頑張るから――と。ああ、大事なことを忘れていた。お父様にはくれぐれもよろしくお伝え下さい」

そう言うと、木内は立ち上がった。

2

今夜は朝刊の当番デスクの日だ。原稿の入稿が始まるまでは時間がある。西岡浩志は夕刊を手に地下の喫茶室に向かった。コーヒーを注文し、新聞を広げた。紙面はサダムの軍隊を駆逐し、ほとんど何の抵抗もなくバグダッドに侵攻した米軍の動静を伝えている。

「おい、西岡じゃないか……」

社会部デスクの小平信太がいた。コーヒーを手に席を移ってきて前の席に座った。

「この間の話……」

小平は声をひそめて言った。

「さっぱりなんだよ。捜索願も出ていないようだし、変死体の報告もない。ちゃんとした会社なら、社員が行方不明になれば、家族に連絡を取り、行方を捜すはずだよな。その動きもない……。もちろん、東洋にも取材を入れてみたさ。それが社員のプライバシーにかかわる質問には答えられないだとさ」

小平は顎をなでながら言った。

「警察はどうなんだ？」

「動くはずないじゃないか」

小平はにべもない。

脅迫や誘拐の手紙、血塗られた生々しい犯行現場、あるいは犯罪に結びつくような具体的な証拠。そういうものがない限り、警察は動かないものだ。まして誰かが一週間やそこら姿を消すなんて、そんなことは一日に何百件も起こっていることで、警察がいちいち対応していたら、それこそパニックだ。

「そうか、何も出てこないか」

西岡は腕組みをした。

「その岡部という公認会計士、何か事件にでもからんでいるのか。話せるなら話してくれないか……」

社会部で鍛えられた小平は、事件の臭いをかぎ取っているようだ。しかし、あれ以来日常業務に追われ、連休明けから特集担当のデスクを併任することになったため、西岡は取材らしい取材をしていなかった。いま取り組んでいるのは、六月決算発表に向けた各社の業績動向を特集することだ。

「全体としてどうも暗いな、暗いよ、明るい材料はないのかね。経済は気分。新聞は、気分を盛り上げる紙面を、たまにはつくってもいいんじゃないか」

特集を見て、そんなことを井坂部長が言うものだから、軌道修正を余儀なくされ、右往左往している。しかも通常の紙面を作りながらの特集である。そんなわけで、気にはなっていたのだが、手つかずの状態にある。

「そういう次第なんだよ」

西岡は弁解じみたことを口にした。

「どうも経済部は官僚主義だ。遊軍にやらせればいいじゃないか。こういうことは、簡単には取材はできない。辛抱強く関係者をあたっていくしかないんだ」

取材記者の「てにをは」を口にする小平をみて思わず苦笑した。まあ、言っていることはその通りなのだが、やはり経済部は融通がきかないことは確かだった。

「それで、もうちょっと詳しく話を聞かせてくれないか……」

「実は、その行方不明になっていると思われる人物、岡部義正――だが、彼は東洋監査法人に勤務する公認会計士で、担当しているのはゆうか金融グループ。立場は現場の統括責任者、まあ、チームリーダーと内部では呼称しているそうだが……」

「なるほど、ゆうかＨＤか……」

小平は冷めたコーヒーを口にうなずく。胸厚、猪首、大きな手足、ギョロリとしたメンタマ。それでいながら小平はどことなく愛嬌のある男だ。そういう風貌の小平に取材相手も油断するらしく、彼は幾つもスクープをものにしている。

「実は俺が当番していた夜、密告電話があってな……。それが始まりだ」

深夜にかかってきた一本の密告電話。ゆうかＨＤは債務超過の恐れが出ていて、担当する監査法人としては、粉飾に手を貸せば、厳しい処分を受ける可能性があり、それを恐れた監査法人がゆうかＨＤの監査から降板した――というのが密告のあらましだった。

と西岡は続けた。

巨大金融グループのひとつが債務超過の恐れがあるとは——重要なニュースだ。すぐに手分けをして、事実関係を確かめるため取材に入った。しかし、密告者の話を否定するような情報しか上がってこなかった。いずれもベテラン記者だ。関係者にすべてあたった。それでも、裏付ける材料は出てこなかった、ためにする密告ではなかったか、そういうことで取材は中断したことなどを、西岡は詳しく話した。

「ところが、偶然だが、会計士が失踪しているという話を聞いた。失踪となれば事件。それでおまえに電話したんだ」

「いやあ、あれ以来、連絡がないものだからどうしたのかと思って……」

「すまない。調べてくれって、言っておきながら連絡も取らずに……」

いや、いいんだよ、お互いデスク稼業。自由がきかないのはわかっている、と小平はぎょろ目を剝いて笑う。なんだか、借りを作ってしまったような気分だ。いや、これは十分過ぎるほどの大きな借りになる。

「ところで……」

と小平は懐から三枚の紙を出した。

「おまえに鑑定してもらいたいんだ」

と続けた。

「何だ、これは？」

「まあ、いいから読んでみなよ……」

署名もなければ、発行者も明記されていない、どうやら怪文書と呼ぶべき内容の文書だった。読み進める。電話の盗聴記録のようでもある。文書は会話体で進む。その言葉使いから、役人と民間業者とのやり取りであることがわかる。ＫＭ課長というのは役人。他方ＡＳ部長というのは、民間人であるのは容易に類推できることだ。

何かを陳情しているのだろうか、しかし、役人の方は慎重だ。容易に言質《げんち》を与えようとしない。慎重な役人に民間企業のＡＳは、幾度も迫る。債務超過などではない、ご理解いただきたい——と。

「監査法人がどういう判断をするかは、行政が関与できる問題ではない。行政は行政として独自の判断を持つ、私どもの立場をご理解いただけるでしょうか……。しかし、監査人の判断は間違っていると思う。指導が必要かもしれないですな。私どもはゆうかＨＤが破綻状態にあるとは、認識していないということです——」

民間人——という男は、その言葉を聞きたかったのであろうか、そこで丁重に礼をいって文書は終わっている。

「どうだ？」

と小平が顔をのぞき込む。

「これから何が読めるかだ……。例えば、ゆうか銀行のASという部長が、金融庁のKM課長に陳情し、監査法人——つまり太陽監査法人に圧力をかけるよう請託している、そんな読み方ができないか……」

　西岡はあり得ると思った。とくに「指導が必要かもしれない」という言葉が、この場合重要になる。金融庁の監督下にある特定企業の監査につき、圧力をかけたとしたら、これは間違いなくスキャンダルだ。いや、国家公務員法に抵触する犯罪だ。

「あり得るな、これはあり得る……」

　西岡は小平の顔をみて言った。

「そうか、で、岡部の失踪と、この怪文書は関係があるかどうか、関係があるとすればこれは事件……。このAS部長とか、KM課長というのを特定できるか?」

「ああ……」

　KM課長というのは、たぶん、監督局銀行第一課長の木内政雄のことだ。木内とは面識がある。しかし、木内はもともと慎重な男であり、電話での話であるとはいえ、こんなバカげた発言をするような男ではないのはわかっているつもりだ。

「誰だ、その課長というのは?」

「たぶん、監督局銀行第一課長の木内政雄だと思う。民間人はゆうか銀行かゆうかHDの関係者だろうな。まあ、直接銀行課長に電話をする人間は限られる。企画部門か財務部門の人間。たぶん財務部門が濃厚だ」

「そうか……」

小平は手帳を取り出しメモする。

西岡は時計をみる。入稿が始まる時間が迫っている。

「この文書のことはしばらく伏せておいてくれないか。俺の方でも調べてみる。まあ、だいたいたいの見当はつくから……。しかし、謀略の臭いがする」

そう言って、西岡は立ち上がった。

「謀略の臭い？」

「そう考えられる。一課長はこういう軽率な発言をするような男じゃない」

二人は地下の喫茶店を出て、並んでエレベータホールに向かった。二人は歩きながら、話を続けた。

「なるほど、俺も何かわかったら、すぐに連絡を入れるから。ああ、俺の方にはコピーがあるから、これはやる」

エレベータホールで小平と別れ、編集局にもどると、いつものような戦争状態が始まっていた。椅子に座り、もう一度怪文書に目を通していると、日銀キャップの西尾が、机の前に立った。

「デスク……。こういうのがあるんです」

西尾は数枚の紙を机においた。西尾の顔をみた。西尾はうなずく。

西岡は驚いた。その文書も怪文書の一種であると思われたからだ。しかし、小平がくれた怪文書とは別種のものだった。例によって文書起草者の名前も、発行者も明記されていない文書だった。

その表題には『法人内マネージャーミーティング』とある。部内会議をとりまとめたような体裁の文書だ。ゆうかHD担当の代表社員の報告のようだ。

「当監査法人は三月以来、○×ホールディング株の監査を実施してきた。具体的にいえば契約前の予備調査である。監査の結果、共同作業を進める×○監査法人とも、銀行とも意見が分かれ、結局、当監査法人としては監査業務を辞退せざるを得ない事態となった。われわれの予備調査では、○×ホールディング株は六六号五項の但し書き、すなわち、財務状態が債務超過の状態にあると認定できる。かつ短期間で当該状況の解消が見込まれないものと判断される。この結果、繰延税金資産の計上はいっさい無理との判断を下したものである」

要するに、○×――ゆうかHDはすでに三月時点で債務超過の状態にあり、予備調査にあたった監査法人は「つぶれたも同然」と判断していたというのだ。

怪文書はもうひとつあった。

発行人の名前も文書起草者の名前もないのは、先の文書といっしょだが、違うのは日付が明示してあることだ。五月九日。この文書が作られた日だ。それが左端に示してある。表題には『会議メモ』とある。先の文書と幾つかの類似点がある。例えば、フォントが同じであること、言葉遣いも、書式が同じであることも。同一人物が作った文書であることは明らかだ。この文書を先の文書とつなぎ合わせて読めば、問題点がよりクリアになる。怪文書は言う。

「〇×ホールディング株が債務超過におちいっていることは明らかだ。しかし、×〇監査法人は結局三年の（繰延税金資産……）計上を認めた。当監査法人との違いは、〇×ホールディング株が債務超過になっているかどうかの判断にある。この判断の要諦は、資産の査定にある。この違いが、決定的となり、当監査法人が監査業務契約を断念せざるを得なかった大きな理由である」

さらに怪文書は続けて言う。

「繰延税金資産計上は、つまるところ将来の収益計画が認められるかどうかにかかる。公認会計士実務指針の六六号五項は、繰延税金資産の回収可能性がないと判断する基準につき、おおむね過去三年間の赤字または債務超過であり、かつ、短期間に当該状況の解消が認められないこととある。このような状況にあるのなら、金融庁は再検査を実施すべきところだが、かたくなにこれを拒んでいる。特別検査は問題があると認められたとき、リアルタイムで経営実情を掌握すべきである。

しかし、金融庁はかかる状況にもかかわらず動かなかった。彼らは債務超過の実態が露呈することを恐れたからである。これを認めれば二月段階における特別検査を、自ら否認することになるからだ。金融庁と銀行、それに一部監査法人が共謀しての粉飾決算であるといわねばならない。もうひとつ指摘しておけば、完全国有化になる場合、○×ホールディング株の株主である投資家、とりわけ生命保険等への影響、他の銀行決算への影響、すなわち金融危機が発生することを恐れ、かかる弥縫策《びほう》を弄していることは、国民として断罪せねばならないのである」

○×ホールディング株とは、ゆうかHDを指すのであろう。×○監査法人とは、ゆうかHDの監査から降板したと伝えられる東洋監査法人であるのは容易に特定できる。怪文書の指摘するところは、銀行と金融庁が一体となり、不良債権隠しに狂奔していることを暴露することにある。これを書いた人物は内部に精通しているようだ。思い浮かぶのは深夜の密告者だ。というのも、論旨においてほとんど同じであるからだ。

「こういう文書もあるんだよ……」

そう言って、西岡は先ほど小平から受け取った文書を、西尾に見せた。

「こっちの方が、具体的ですね。課長というのは銀行一課長、木内さんでしょう。そして部長というのは、ゆうかHD財務部長の青木さんじゃないんですか……。このやり取りが本当だとすると、これは犯罪。明らかに犯罪ですよ」

さすがにベテラン記者。すぐに名前を特定してみせた。椅子を引き寄せて、机の前に座った西尾に言った。

「俺も、そう思う。事実ならな」

「うん。木内さんは財務省からの出向者ですよね。こんなリスクを引き受けるような発言をしますかな。彼は規律にやかましく、慎重な男ですからな……」

西尾も同じ評価をしている。

「もうひとつあります」

「………」

「検査局が四月になって、また特別検査を始めたようなんです。それが、連休明けに検査官を引き上げているようなんです。奇妙だと思いませんか。怪文書騒動と関係があるんでしょうかな」

「しかし、特別検査は二月に終わったばかりじゃないか。決算を控えたこの時期に、なんでまた？」

西岡は首をひねった。定例の検査とは別に特別検査を終えたばかりだ。それからまだ二ヵ月余だ。それなのに、再検査とはどういうことなのか。しかも検査の途中で検査官をいっせいに引き上げたとは……。匿名性に隠れての告発。この怪文書と関係があるのだろうか……。こりゃあ、何かが起こっていることは確かだ。

「井坂さんに報告しておきますか」

「そうしよう……」

二人は経済部長席に出向いた。井坂は原稿をチェックしているところだった。二人に気づき、何かという顔をした。

「部長、これを……」

怪文書を机においた。井坂はいぶかりの色を浮かべ、怪文書を手にした。読み終えて二人に言った。

「俺んところにも回ってきているよ。君たちのとは少し違うけどな……」

そう言ってキャビネットかちファイルを取り出し、二人に示した。ほぼ内容はいっしょだが、少し違うのは、名前を特定し、ゆうかＨＤの監査は、東洋監査法人が降板を決めたあと、継続作業を進めていた太陽監査法人との間にも齟齬が生じて、結果として太陽監査法人は今期ゆうかＨＤ決算に不適格の判断を下したと書いてあることだ。

西岡は思わず西尾の顔をみた。西尾は肩を揺すり、こりゃあどういうことだ、と嘆息した。

期せずして四つの怪文書。それが新聞社に舞い込んできた。タイミングが良すぎる。いったい誰が、何の目的で、怪文書をばらまいているのか、その意図である。

「実はな……」

と、井坂はパソコンを操作し始めた。二人は後ろに回り込みパソコンの画面をみた。そこに現れたのは、大村事務所のホームページだった。西岡は目を凝らして読む。記事のタイトルには『破綻する監査法人はどこだ』と挑発的に書いてある。

「今年三月期の決算で一年以上の繰延税金資産を計上することを認める監査法人は、そのリスクを真剣に検討すべきであろう。海外ではエンロン一社が破綻しただけで、アーサー・アンダーセンという巨大監査法人が吹っ飛んだ。我が国でもそういう事態が考えられるかもしれない」

一種の恫喝の文書だ。監査法人が甘い査定をすると、身包《みぐる》み剝がれることになると警告しているのだ。仮に現場を統括する責任者が聞いたら、身が縮むはずだ。西岡は不意に行方不明という東洋監査法人の公認会計士のことが思い浮かんだ。

「そういう次第さ。市場原理主義の教典を援用しながら、怪文書は書かれている。意図は明白。連中は銀行を破綻に追い込み、食い物にする魂胆だ。一種の陰謀。われわれは陰謀に加担し、紙面を作るわけにはいかない」

井坂は一刀両断にした。

井坂の思考は金融保守派に属していることは知っている。まあ、正論だと思った。しかし、西岡は別な判断をした。西岡は席に戻ると、西尾に命じた。

「ゆうかＨＤの周辺を探ってくれないか」

3

霞が関の金融庁も怪文書に引っかき廻されていた。怪文書の所在をつかみ、現物を持参したのは、池田補佐だった。しかし、新聞社に集まった怪文書は、四つだったが、七つの怪文書が銀行第一課長木内政雄の机に広げられていた。とくに役人たちの間で目を引いたのは、ゆうかＨＤと銀行第一課長との特殊な関係を指摘する文書だった。

「特殊といえば特殊な関係だな……」

木内は怪文書を読み笑った。

首都銀行と昭和銀行の合併劇を、海江田らと仕掛けたのは他ならぬ銀行第一課長だからだ。

「課長……」

池田の声が震えていた。池田は第一課長に心酔している。あるべき役人とは、銀行第一課長がモデルだ。その第一課長が攻撃の対象になっていることに池田は大いに怒り、怒りで打ち震えているのだった。

「作文だなこの文書は。例えば、青木さんとの電話のやり取り。監査法人との立場の違いは言った。金融庁検査局は監査法人とは異なる見解を持っている――とね」

木内は泰然と構えている。

「例えば、指導が必要だなどとは言っていない。この文書は、たぶん電話を盗聴し、盗聴の記録を再現したのだと思う。しかし、盗聴の中身まで改竄してある」

「この役所が盗聴されているんですか」

「当たり前だ。戦時下なんだ」

「………」

そうは言ったものの、木内は内心穏やかではなかった。いよいよ、連中はネガティブキャンペーンに打って出たのだ。

「池田君……」

木内は池田の顔をみた。

「はい」

「例の資料は集まったか」

池田が差し出した資料に目を通した。そして大きくうなずく。

「これで勝負は互角だ。ありがとう。あとは庁内を説得できるかどうか……」

木内政雄は上着を引っかけると、会議室に向かった。役人は一日中会議に追われる生活を送っている。大臣が出席しての庁議、局長主催の局議、庁内横断の審議官会議、課会議、関係部門を集めた会議、会議、会議――。会議が増えれば作る書類も増え、増えた分だけ下僚の仕事は増える。情報公開法などという厄介な法律ができたものだから、意味不明な議事録も作らなければならぬ。意味不明なのは役人たちに能力がないからではなく、わざとそうするのだ。そうするのは、真相を隠蔽するためで、役人の得意技のひとつというわけだ。意味不明の文書を書く人間が褒められるのが役所の世界だ。

役所に入って約二十年。しかし、会議などというのが無益であるのは、長年の経験からよくわかっている。会議で何も決まるわけではない、大事な何かを決定するのは、秘密裏に催される「根回し」というやつだ。その大嫌いな「根回し」の必要を感じ、会議室に幹部を招集したのは他ならぬ木内自身だ。

（きれいな女性……）

廊下を歩きながら木内は、津村佳代子と言ったか、彼女の顔を思い出したのだった。あのとき、肝心な用件には一言も触れずに、知りもしない俳句のことに終始した。しかし、あれは、あれでよかったと思う。彼女の説明を受けていたなら、それは請託となる。怪文書が出回る世の中だ。

女性行員と銀行第一課長が銀行の処分方を語り合う、その光景を角度を変えて照射すれば、別な物語ができる。それを考えると、あれでよかったと思う。少なくとも海江田社長には、メッセージは伝わっているはずだから。

気がつくと、会議室の前に来ていた。秘密の会議のときに使う例の小会議室だ。ドアを軽くノックする。オッ——と、川本祐治審議官の返答がきた。三宅史郎が手招きをしている。すでに例のメンバーは全員が顔をそろえていた。その雰囲気からすると連中は、事前の打ち合わせをすませているように思えた。

何かを詮索するような、探りを入れるような視線が全身を包む。銀行第一課長はいったいどんな魂胆なのかという目だ。コの字に作られた会議室テーブルの中央に座る川本審議官が、木内の姿を認め、鷹揚にうなずいた。挑発的な目つきをしている。木内は用意した資料を全員に配る。

いつものことだ。財務省と金融庁との微妙な関係。木内は、それを考えると複雑な気分になってくる。旧大蔵省では同じキャリア採用でありながら金融部局などは専門職の扱いを受けていた。木内が知っている金融庁のキャリアというのは、猜疑心だけが滅法強い被害妄想患者のかたまりのような連中だ。財務省から出向してきた男を、彼らがどう見ているか、敵意を含む川本の視線に、それを意識しないわけにはいかなかった。

主計部局に長く隷属《れいぞく》を強いられてきた、その屈辱の気分はわからないわけではない。大蔵省が解体されたとき、片道キップで金融庁に追いやられた経緯を思えばなおさらだ。木内は金融庁に出向してみて、連中が財務省に抱く尋常ならざる悪意をいまさらながらに思いしらされた。

しかし、いま内部で喧嘩をしているほどのゆとりはなかった。腹にたまるものをぐっと堪えて、木内は笑顔を作った。ここが踏ん張りどころだ。いま必要なのは庁内が一丸となってことにあたることなのである。気分を引き締め、川本審議官の顔を凝視した。

「木内君……」

そう言ってから川本は一呼吸おき、背広からマイルドセブンを取り出し百円ライターで火を点け、深々と煙を吸いこみ、視線を宙に浮かした。秘密の会議で喫煙を許されるのは川本審議官の特権でもある。その特権を楽しむように紫煙を吹き上げ、

「是正措置でいくしかないだろうな。早期是正措置を命令するんだ」

と、言った。

その言葉を聞き、木内は甘いと思った。

そのときはとっくに過ぎている。

「一〇二条の発動でしょうな。いまの段階では、それ以外にありません……」

「一〇二条だと？　すると、公的資金を投入するということか、バカを言え、それじゃ金融庁が債務超過を認めたも同然だ。そんなことはできない、絶対にできない」

川本は怒声を上げた。

予想された反応だ。金融保守派はガンコなのである。まず資料をお読み下さいと促す。川本審議官は額に縦皺をよせ、資料に目を通している。

「なるほど……」

河井勇男監督局審議官がうなずく。実をいうと、河井審議官とは事前に打ち合わせずみなのだ。彼もわかっていた。監査人が不適格の判断を下している以上は、早期是正措置などでごまかしのきかないことを。そして仮に破綻に追い込まれたとき、甘い検査をしたと国会やマスコミから、厳しい追及をうけるのは金融庁だ。そうすると、選択肢は一〇二条しかない。その説得の論理に河井審議官は納得したのだった。

しかし、直接の責を負う検査局審議官もまた、一〇二条発動にのらざるを得ないもうひとつの事情があった。実は、東洋監査法人が債務超過を理由に降板を決めたとの報告を受けた検査局は、密かに大手行に対する再度の特別検査を開始していた。二月の特別検査を、監査人が全面否認したも同然だ。それでは検査局のメンツが立たない、それが再度の特別検査を始めた理由であった。

その矢先のことだった。とんでもない情報が飛び込んできたのだった。ゆうかＨＤの監査を担当していたひとりの会計士が失踪したという情報だ。業界の仲間内では、自殺したとも謀殺されたとも、そんな噂が広がっていた。しかも、その会計士の自死の理由を聞き困惑した。金融庁が監査に圧力をかけ、その金融庁のやり方に抗議しての自死という尾ひれまでついてまわった。もちろん、そんな事実はなかった。しかし、官僚というのは生来臆病な人種だ。とくに上の方になれば。

「まずいな……」

局長は動揺した。

こうした事情から検査の継続を断念せざるを得ない状況に追い込まれていた。

資料には書いてある。一〇二条の発動とは事前の予防措置なのであり、破綻認定を下した長銀や日債銀とは、異なる対応が可能となる——と。すなわち上場を廃止することもなく、ゆうかＨＤは無傷のまま再建が可能となる。それは確かに妙案といえた。

木内の心意気にも打たれた。

木内は二つの対処方針を用意していた。しかし、現況では、ひとつに絞る以外ないことがわかった。監査法人との攻防で、ゆうかＨＤの敗北がみえてきた。

海江田社長を中心とする必死の巻き返しが挫折したことを聞かされたからだ。事態は急を告げていた。いっときは太陽との間に妥協が成立するかにみえた。ずば抜けた海江田社長の政治力によるものだ。攻防の焦点は繰延税金資産を、どの程度まで計上を認めるか、に移った。自己資本比率四パーセントを維持できる水準。それが海江田社長が示した妥協案だ。三年か五年——。それにはこだわらずとも過去の繰延税金資産の計上が可能ならば、かろうじて四パーセントを維持できるからだ。しかし、妥協案はあっさりとけられてしまった。

海江田社長はいまでも、妥協案に固執している。ともかく過去四年の計上で事態をおさめたい、ついては金融庁のご支援を願いたいというのが、津村が持参した資料の中身であった。しかし、妥協案を示したことが敗北と木内は受け止めた。

太陽も東洋も、エンロンの事例を持ち出されて、脅されていたのだ。引くに引けないのが監査法人の立場だ。監査法人に圧力をかける程度では事態は動くはずもない。監査法人は自らの運命にかかわることと、事態を受け止めているのだから。監査人が根拠としているのは公認会計士実務指針と、それを補強する会長通牒なのだ。

（逆に監査法人を脅すべきだ）

自分なら、そうする。

監査法人の行為は、民法上の契約違反になるからだ。しかも不適格認定でゆうかHDは巨額な経済的損失をこうむる。ならば巨額な損害賠償請求ができる。そうやって監査法人を脅すべきだった。戦時下にあって取るべき行動はひとつしかない。しかし、海江田社長は正面から監査法人と向き合うのではなく、周囲から監査法人を包囲する作戦をとった。政治家にしても、本件には介入のしようがない。金融庁とて同じことだ。

木内は、あの書類を読んでから、考え方を変えたのだった。川本審議官が言うように当初は早期是正措置も選択肢の中にあった。しかし、当事者は条件交渉に入っている。条件交渉とは相手の言い分を認めたに等しいのである。敗北は条件交渉を始めたときに決まったのである。

そして木内は次善の策、豊宮補佐と研究した、預金保険法一〇二条一号の読み直しをはじめたのだった。危機を回避するための予防措置である。いまは、これでいくしかないと考えるようになっている。配布した資料には法律論的な根拠が子細に論じられている。市場原理主義者の主張をことごとく粉砕し、全面突破をはかれる論理的な根拠を示した豊宮補佐の力作だ。

「なるほど、予防措置としての資本注入は考えられる。木内君、君はどの程度の資本注入を考えているのかね、四パーセントを維持するには、例えば、六千億円程度の注入が必要と思われるが……」

訊いたのは、河井審議官だ。質問は援護射撃の意味合いがあった。

「国家の意思を示すのです。最低でも二兆円は必要でしょうな」

木内は決然と言い放った。

「二兆円だと！」

川本審議官は目を剝いた。

「銀行のおかれている現況はどこもいっしょです。ゆうかＨＤが特殊ということではないのです。ゆうかＨＤで使われた市場原理主義者の論理を援用するなら、四大金融グループは壊滅する。被害規模は六百兆円。壊滅的な打撃を受け、日本経済はあと百年は立ち直れなくなる。それがわかっているなら、やるべきことはひとつ……。断固とした不退転の国家の意思を示すことです」

会議室は静まりかえっている。

川本はまたマイルドセブンを取り出し、指先で遊ばせている。しかし、彼にも早期是正措置以外、預金保険法一〇二条発動にかわる代案は持ち合わせていないようだ。しばらく考えてから言った。

「すでにゆうかＨＤに対しては、一兆六千億円の資本注入を行っている。その上に二兆円もの国家資金を投入することになれば、国民は納得すまい。国会でやり玉に上げられるのは必定。それよりも何よりも、一〇二条の発動ということになれば、金融危機対応会議を招集する必要が出てくる。まず竹村大臣が反対するだろう」

預金保険法一〇二条では、総理大臣が金融危機の恐れがあると判断したときに金融危機対応会議を開き、対応を協議することになっている。総理が金融危機の恐れがあると判断する要件は、我が国または当該金融機関が業務を行っている地域の信用秩序の維持にきわめて重大な支障が生じる恐れがあるとき――と定めている。その判断にもとづき、まず「金融危機対応会議」が招集される。メンバーは総理のほか、財務大臣、官房長官、金融担当国務大臣、金融庁長官、日銀総裁の六名。原資は預金保険機構が管理する危機対応勘定十五兆円だ。木内が示した原案では、公的資金注入により、ゆうかＨＤの資本増強を図ろうというものだ。

「しかし、一〇二条一号を、そんな風に拡大解釈ができるのかな、発動の要件は、金融危機の恐れがあるとき――とされている。金融危機の恐れとは、資本の大規模流失や当該銀行が市場性資金の調達が困難になったとき、それが一国的なあるいは地域的な規模で広がることを指している」

疑義を挟んだのは三宅参事官だ。

「どこの銀行もゆうかＨＤと同じ状況。仮にゆうかＨＤの決算を不適格としたとき、金融業界は連鎖の危機におちいる。そうじゃないかね、それこそが一〇二条でいう金融危機の恐れ――ということになる」

その点は、すでに豊宮補佐との間で幾度も議論してきたことだ。いずれにせよ、危機をどのように認識するかは、危機を管理する金融庁の判断に委ねられるというのが、豊宮との間で成立した解釈だった。

「まあ、一〇二条一号の解釈は、木内君の解釈でいいだろう。しかし、問題は竹村大臣の説得だ。彼には銀行に対する同情はない。むしろ銀行をつぶすことに情熱を燃やしているようなひとだ。原案を上げる前に、つぶされるのが落ちだ……」

川本は竹村の説得にこだわった。

「審議官、それをやるのが総務企画局の審議官としての仕事でしょう」

「俺の仕事?」

川本はタバコをもみ消し、目を剝いた。

「そうです」

木内は平然と言った。

「バカを言え!」

川本は机をたたき、にらみつけた。

「たぶん、大臣は説得に応じるはずです。説得の材料はそろえています」

木内はもうひとつの書類を示す。それは池田補佐がネガティブキャンペーンで対応する必要があるといって集めてきた材料だ。真偽不明だが、それが事実なら驚くべきスキャンダルだ。川本はうなり声を上げた。学位論文盗用疑惑、所得税法違反疑惑など、世間にもれれば辞任に追い込まれることは間違いない。

「君が集めたのか……」

「金融庁には優秀な人材がそろっていますからね……。審議官! 僭越ですが、私の提案を庁議で検討し、金融庁方針とするよう改めて具申します」

木内は立ち上がり、両手を机につき、低頭した。返事をもらうまでは、その姿勢を崩さない覚悟だった。

「取引しろというのか……」

「その通りです」

木内はようやく頭を上げた。

「しかし、大臣の主張も一部は認めたことになる、この原案は……」

河井審議官が言葉を足した。

確かに、その通りだ。その意味で勝負は引き分けということになる。つまり大臣が主張する資本注入を認める代わりに、国有化措置を取らないというのが一〇二条一号発動の趣旨であり、ゆうかHDを解体、売却から救済するという意味では、半分はこちらの主張が通ることになるわけだ。

「五分五分の引き分けか……。なるほど、それならいけるかもしれない」

川本は河井の言葉で納得した。

「わかった、長官・局長と協議をした上で庁議を招集する。しかし……」

と、川本は約束した。

「それにしても、自信たっぷりだな。その理由を聞きたいものだ」

「簡単なことです。ワシントンは今度のことを、出先の暴走とみなしている。イラク問題を抱え、ブッシュ政権は金融問題で、日米関係を損なうことを望んでいない、そういうことだと思います」

「ワシントンからも情報を取っているのか」

「そうしました。安全のために」

「抜け目がないヤツだ」

「しかし、一時休戦にすぎない。いずれ同じ問題が起こると思います。そのときが正念場でしょうな。もっとも来月、私は財務省にもどりますけれど……」

財務省から出向し、まもなく本省に帰任する男は、あくまでも強気を通している。

しかし金融庁幹部の立場にある川本には、どうしても理解の超えることであった。

「ひとつ訊きたいことがある。株価はどう動くと思う……」

川本は訊いた。

「市場は気まぐれですからな。まあ、ゆうかショックで一時は急落するでしょう。そのあと、必ず反転上昇に転じる」

「根拠は?」

「国家の意思が伝わるからです」

「………」

木内は会議室からもどると、首相官邸に電話を入れた。電話を受けたのは、財務省出身の磯谷総理秘書官だった。木内の三年先輩にあたる男だ。

「ゆうか銀行のことで、総理に伝えていただきたいことがあります」

木内は子細を説明した。磯谷はとまどっている様子だった。しかし、飲み込みの早い男で的確な質問をしてきた。

「金融危機対応会議を招集するということだな。しかし、おまえのところの大臣は同意するはずがないじゃないか。彼の思惑は銀行の国有化だから……」

「わかっています。それを含めて金融庁としての方針がまもなく決まります。大臣も同意せざるを得ない状態にあります」

「おまえ、何かやったのか」

磯谷に含み笑いが聞こえてくる。

「たいしたことは……」

「やっていないというのか。まあ、ゆうか破綻で金融危機が再び火を噴けば、竹村は総理から金融行政の失策を激しく叱責される。まあ、脈ありだな。話はわかった。高山総理はサミットで頭がいっぱいだ。いま総理は沖縄だが、金融問題など頭にないから、すんなり通ると思うよ。それからもうひとつ、ワシントンの方にも了解は取ってある。ああ、その原案なるものをファクスしてくれ」

「ありがとうございます」

木内は電話の向こうに低頭した。

電話を終えると、急ぎメモを作った。磯谷に送るメモだ。短い箇条書きのメモで、冒頭に『ポイント』と書いた。メモを点検している木内に池田補佐が声をかけた。

「課長、どうでした？」

「いよいよ動き出した。庁議だ」

「そうですか、そりゃあよかった。よかったですな……」

池田補佐は豊宮と顔を見あわせて満足げにうなずいた。二人の補佐は、別室で会議中も待機していたのだ。

「これを官邸にファクスしてくれるか」

木内は手書きのメモ紙を渡した。役人が作った文章としてはきわめて簡素な、そのメモに二人の補佐が目を通した。
一、破綻処理ではなく再生再建
二、危機対応ではなく危機予防措置
三、国有化ではなく公的支援
四、自己資本の十分な確保
五、金融システムに異常なし
とある。

「なるほど……。これなら、あの総理もわかるでしょうな」

池田が盛んに感心している。

それから二時間後、深夜の金融庁大会議室で庁議が始まった。銀行第一課長には庁議に加わる資格は与えられていなかった。木内は待った。庁議が終わったのは未明近くだった。

「原案は了承された……」

伝えてきたのは、河井審議官だった。

4

五月十八日午後六時。六本木のアートヒルズに例のメンバーが集まっていた。気前よくシャンペンが開けられ、客たちはみな楽しそうで、華やいだ雰囲気に包まれたパーティは宴たけなわというところだ。

全部で二十人ほどの客。いずれも世間では名の知れた紳士たちだ。当然ながらメンバーの話題は、前日開かれた金融危機対応会議に集まっていた。高山総理が沖縄サミットから帰るのを待って開かれた金融危機対応会議では、預金保険法一〇二条の発動が決まり、ゆうかＨＤに対する公的資金約二兆円の投入が決まった。会議終了後、内閣総理大臣談話が発表された。

「同行については、平成十五年三月期決算における自己資本比率が健全行の国内基準である四パーセントを下回ることになりますが、現時点で、預金流出や市場性資金の調達困難という問題ではありません。今回の措置は破綻処理にともなう預金全額保護や、特別危機管理のような破綻処理に対する処置とは異なり、破綻状態にない金融機関に資本増強を行い、健全性の回復を図るものです。これにより、我が国及び同行が業務を行っている地域の信用秩序の維持に極めて重大な支障が生じることを未然に防ぎます」

記者団から幾つか質問がでた。それに対する答えはいたって陳腐なもので、記者団から失笑がもれた。官房長官が話したことも、破綻処理ではなく再生であること、危機対応ではなく危機予防措置であること、国有化を目的とするものではなくゆうかHDに対する公的支援であり、ゆうか銀行は破綻していないと強調したものだ。その意味で金融庁が用意した原案はすべて通ったことになる。

相前後してゆうかHDの海江田社長は敗北を認める記者会見にのぞんだ。こちらの方はみるも無惨な記者会見だった。

「裏切られた！」

と海江田は声をつまらせた。関係者の誰もが本当のことを発言するのを控えているなか、海江田の発言こそが、唯一の肉声といえるかもしれない。しかし、誰にどのように裏切られたのかは口を閉ざした。経営責任を明確にする意味で会長・社長以下の取締役全員が辞任することを明らかにした。誰もが当然のことと受け止めた。

　気の毒なことに記者会見は経営陣を糾弾する場となった。悔しさと屈辱で、さすがの剛胆な海江田も肩を落とした。

　賓客たちは、それぞれうち解けた態度で談笑している。しかし、元気がない男がひとりだけいた。竹村伍市だ。一流ホテルの一流のコックが用意したせっかくのオードブルに手もつけず、憮然とした表情でウーロン茶を飲んでいる。事情を知る者も、知らぬ者たちも、それぞれに集まったメンバーの視線は冷たかった。

「マスコミが書き立てていますな……。困ったことだ」

　二十一年物のスコッチを水割りにしたグラスを手に、ジェム・ファフマンが皮肉な口調で、竹村をみながら言った。ゆうかＨＤの危機……。それがマスコミに流れたのは、ゆうかＨＤが今期決算の説明セミナーを、理由もなくキャンセルしたのがきっかけだった。噂は市場関係者から、政治家に広がり、口軽な政治家がもらし始めたのだ。

「決算不能らしいぞ」

「監査法人が不適格の判断をしたらしい」

「債務超過かもしれない」

各種の情報が飛び交った。金融庁は国有化に踏み切るべく、金融危機対応会議を招集する準備を始めている——といった情報だった。金融危機対応会議開催の前日から、すでに会議の内容がもれていた。新聞各紙はいっせいにゆうかＨＤに対する国家資本注入を伝えた、その内容も的確だった。

既成事実化を狙って役人どもが事前にもらした疑いが濃厚だった。各紙が伝えたのは破綻処理ではなく再生再建、危機対応ではなく危機予防措置——などの政府見解だった。解説記事は厳しくならざるをえない。十八日になると、各紙の批判の矛先は竹村伍市大臣に向けられている。

マスコミ各紙の論評とは別な意味で、秘密の会合に出席しているサンクチュアリな仲間内で竹村は評判を落としている。資本注入、国有化、売却処分という当初の目論見からすれば完全な敗北だ。確かに国家資金が投入されることになった。それで市場原理主義者竹村のメンツは立ったかもしれない。だが、その内実は、似て非なる決着だ。その不満をファフマンは竹村にぶっつけている。

学者としての道も閉ざされ、その証拠にアメリカの大学で教壇に立つ話もキャンセルされたとの噂だ。そして彼がいま模索しているのは政治家への転出だという。ねらい目は参院選への出馬だが、しかし、それも彼の妻が強く反対し、まだ決断をできずにいるということだ。

（まったく！）

ファフマンは鷲鼻を太い指でつまみ、内心毒づいた。ファフマンは今度のことでは大きなリスクを背負った。秘密工作のことだ。ヤバイ工作を実行した。もっとも、日本人たちはファフマンの秘密工作については何も知らなかった。日本人は秘密の保てない民族だと改めて思った、日本人ときたら計画的で破壊的で暴力的な方法を忌避するからだ。

ファフマンの信念は、人間の業《ごう》こそは、まさにわれわれ自身の存在そのものだと思っている。だから必要と思われることなら何でもやってのける。実際ファフマンの秘密工作は無法そのものだ。

ファフマンはペリー提督からマッカーサー元帥に至る日米関係を考えてみたとき、日本人の考えを変える有効な手段は謀略と脅迫と暴力以外にないと確信している。話し合い？　そんなものは時間の無駄だ。彼にはクソくらえなのだ。日本人に教訓を与えるのは、コストがかさむものだ。

（思えば……）

ファフマンは考える。敗戦後の日本にやってきたＧＨＱの高官たちは、孫の代まで使っても使い切れぬほどの、財貨を手にして凱旋した。日本問題を扱う専門家なら誰でも知っている有名な逸話だ。

ところが打ち負かしたはずの日本が、いつの間にか勢力を伸ばし、気がついてみると、あらゆる分野でアメリカを凌駕する勢いを持った。アメリカの象徴とでもいうべきマンハッタンが日本人の手に落ちたのは、ちょうど十年前のことだ。

アルカイダによる貿易センタービルの攻撃も衝撃的だったが、アメリカのエスタブリッシュメントにとって、日本人のマンハッタン買い占めは、負けず劣らずの衝撃であったのだ。アメリカは敗北を喫していた。八〇年代の初めころだ。そしてアメリカ人が再び経済戦争という名の戦争を仕掛けるのは、十年前のことだ。十年もの長い歳月をかけて、再び日本を打ち負かした。

最大の権力機関、散々たたかれ、恥部を暴かれ、大蔵省は解体された。バブル崩壊以後の長期不況が続くなか、わき上がった世論は構造改革だった。識者の大部分が作られた世論すなわち「構造改革が必要だ」と主張した。日本のいたるところで毎日のように構造改革が叫ばれている。諜報機関が作ったマニュアルをテキストに市場原理主義者があおり立てた。本当に日本流の資本主義を捨てる必要があるのか、その根本的な疑問を誰も考えなかった。

無造作に持ち込まれたアングロサクソンのルールにも誰も疑義を挟まなかった。うち負かされているのに、痛みを感じないほど日本人の感覚は麻痺している。それどころか、ここは我慢だ、痛みに耐えろ！　と無責任な発言を繰り返す政治家に対しても怒りの声が上がってこない。不思議な民族だ。その姿をみてファフマンは完全な勝利を確信した。

残された宝の山をみて有頂天になった。彼と仲間たちは、ＧＨＱの高官たちにならい、札束を手に凱旋することを夢見た。千四百兆円。日本の勤労者が大蔵官僚と日本銀行の薦めに応じ、何の疑いも抱かず、せっせと銀行に札束を預けてできたカネだ。名目上、金融資産千四百兆円が目減りしていないようにみえるのは勘定項目を国債に付け替えたからだ。

ぐずぐずはしていられない。底をつくのは時間の問題だ。やがて国債が火を噴く。今度こそは——とファフマンは思った。狙ったのは百兆円を超える資産を持つ巨大金融グループだ。本橋内閣の金融危機。今度は高山内閣のもとでの金融危機の演出が必要だ。しかし官僚どもの方が一枚上手だった。

とはいっても、ファフマンはあきらめているわけではなかった。次のターゲットその目算をすでにつけていたからだ。

「まあ、仕方がないさ……」

シンプソンはなだめた。日本政府にはあれこれ注文を出している。アメリカの国益からいえば、いま大事なのは、イラク特措法を通過させることだ。高山内閣に難題をつきつけつぶしてしまったのでは、元も子もない、有能な外交官であるシンプソンは日米関係でいま何が重要であるのか、その優先順位を考えているのだ。

それもある。しかし、シンプソンは必ずしも、今度のことを失敗だと思っていない。物事に完全勝利などというものはあり得ないのだ。六・四――そんなところが妥当な落としどころだ。日本の官僚たちも、そこのところをよく心得ていた。問題は次のステップにつなげていくこと。シンプソンは、その目算を考えている。

「マスコミの非難は竹村大臣に集中しているようですな」

前官房長官の武藤洋介は、同情的な口振りだ。しかし、彼は同情など少しもしていなかった。今度のことは明らかに失策であり、一気に国有化する路線は崩れた。口先だけの男なのだ。実際、この口だけ達者な男を以前から快く思っていなかった。

「ここが辛抱のしどころ……」

小森忠介はなぐさめた。武藤とは違って小森は本気で同情している。今日の夕刊にも竹村非難の記事が出ている。危機ではないと言っておきながら、なぜ銀行に血税をつぎ込むのか、それはゆうかHD救済であり、問題の先送りではないかと非難しているのだった。

株式市場も率直な反応を示している。銀行株の投げ売りが始まり、投資家たちはゆうかHDの次はどこかと物色し始めている。投資家たちの動きは正しいといえるだろう。日本の銀行の経営実態は、ゆうかHDと似たり寄ったりの状態にあるからだ。しかし、投資家たちが気づいていないことがひとつだけあった。ゆうか処分の本当の意味だ。彼らはまだ一〇二条発動を、それが国家の意思の再確認であることを認識していなかった。専門のはずの株価の動向についても恥ずかしいことに見通しを誤っていた。

しかし、秘密の会合に出席しているメンバーは、その意味をよく理解している。断固たる国家の意思。その日本政府の意思に逆らい金融問題で日米関係を損なうことを、いまワシントンは望んでいない。ワシントンの意向を十分に知り尽くした上で断固たる日本国家の意思を示したのだ。

東京での出先の暴走をワシントンは警戒しているとの情報もある。たぶん、日本の官僚たちも、十分承知しているはずだ。いや、日本の官僚組織は、ワシントンの中枢に接触して、イラク問題をとるか、金融問題をとるかを迫ったに違いない。ことの成り行きを考えれば、そう考えるのが妥当だ。

「それでは……」

武藤が声をかけたのをしおに、バニーガールにも似た仕事をする女性秘書たちは、いっせいに部屋から出ていった。今夜はバーゼル条約の改定問題について、メインゲストの話を聞くことになっている。バーゼル条約改正の意味を、すなわち、その影響を検討するのが今夜の課題だ。

今回のことから幾つかの教訓を彼らは学んだのである。国際業務八パーセント・国内業務四パーセントルールを、さらに厳格に運用するための、新たなルールでは、役人の検査権を弱め、監査人の裁量が強化される。監査人の権限の明示化は、今度のことから学んだ教訓のひとつだというわけだ。

「ご紹介にあずかりました……」

と、演壇に立ったのは、いまテレビや雑誌に売り出し中の青山政孝という企業エコノミストだ。彼がゲストとして講演するのは、今夜が最初のことだが、それは彼が、この秘密なサンクチュアリの仲間入りを意味する記念すべき行事なのだ。青山は少し緊張した面もちで話し始めた。

「なぜ、この経済不況下で大銀行がつぶれないか、国際社会でも、不思議の国ニッポンの謎とされてきたわけです」

青山もまた明義大学の人脈に列なる男であり、生保系のシンクタンクに籍をおいているが、彼もアメリカに留学しているときに洗礼を受けた純真な市場原理主義の信奉者なのである。専門とする領域は、一応、国際経済関係法ということになっている。GI風に短く刈り上げ、明義大学のロゴが入ったブレザーを平気で着られるような男だ。講演は新BIS規制の中心的課題に入っていた。青山の額にほんのり汗がにじんでいる。

「新ＢＩＳ規制では、自己資本比率の分母を構成するリスク資産の中に、事務事故や不正行為による損失のリスクが加えられることになります。注目すべき点は、信用リスクの算定方法です。銀行自身の内部格付け手法が認められる一方で、従来からの標準手法の中のリスクウェートがさらに精緻化されるのが新ＢＩＳ規制の特徴でもあります」

何やら難しいことを言っているが、リスク算定手法の精緻化とは、リスクを査定する監査人のリスク認定の任意性と、裁量範囲を拡大することであり、監査人権限の強化を意味するのだ。つまり、監査人が持つ権限の明示化である。監査人権限の明示化は、必然的に金融庁検査と競合関係をもたらす。つまり厳しい資産査定を互いに競わせるのが新ＢＩＳ規制の隠された目的でもある。

金融庁は厳しい検査を、監査人は厳しい監査を――。互いに競争的に演じる。そうなればなるほど現実の銀行活動の自由度は、大きく制限を受けることになり、リスクテークの本来の引き受け手である銀行が、自らの判断で融資を実行することも、実行された融資を自己査定することも、したがって銀行本来の業務であるリスクテークが制限され、自らの経営判断を放棄せざるを得なくなる。まばらな拍手のうちにメインゲストは演壇から降りた。

憮然とした面もちで、講演に聴き入っていたファフマンの傍らに立ったシンプソンがささやくように言った。

「ジェム。ターゲットは決まったのかね、次のヤツさ」

「ああ、今度は小振りなヤツだ……」

シンプソンはうなずいた。

「そうだ、大きなヤツは、政治的軋轢を生じさせるからな。いまはまずい。日米がギクシャクするのはね。で、どこだい？　その小振りなヤツっていうのは」

シンプソンはまた分けまえに与《あずか》ろうという魂胆なのだ。ファフマンは、鷲鼻をつまみ少し考えてから言った。彼が挙げた銀行は地方銀行だった。

「トチギか、なるほどトチギね」

シンプソンがうなずく。シンプソンはすぐに理解できた。その地方銀行の監査人は、ファフマンが駐日代表を務めるシチズン＆バウムスと業務提携契約を結ぶ有名な監査法人であったからだった。

5

早いものだ。あれから一ヵ月が過ぎた。嵐のような一ヵ月だった。ゆうかＨＤおよびゆうか銀行の首脳陣、会長・社長以下の取締役が総退任し、残務整理を終えて、新しい経営陣に会長・社長室が引き渡されたのは、一〇二条一号発動の三日目のことだった。

国家主導のもとで新体制がスタートを切って二週間目。ゆうかHDに二兆円の国家資本が投入された。しかし、株主責任が問われることもなく、一〇二条発動のかげで何が起きていたかも明らかにされることはなく、新会長には銀行業務にはまったく素人の、旧国鉄出身者が指名された。監視役の社外取締役も、民間から登用された。

引き継ぎを終えて、ゆうかHD本社を、津村佳代子が出たのは午後六時だった。振り返って、本社ビルを仰ぎみる。巨大なビル。わずか半年であったが、巨大なビルのなかで機密の仕事をやらされていたのが不思議な気がする。小雨が降っている。しぶとい雨で靴の中に雨水がしみこんできそうだ。

「きれいだこと！」

いつもは見過ごしている不忍池の池畔に咲く今年のアジサイはいまが盛りで紫色に輝いている。いつの間にか雨はやみ、西の空が明るくなってきた。流れゆく雲間から西日がもれていて、雨上がりの池之端を歩く恋人たちを、逆光のなかに浮かび上がらせている。

「これをお受け取り下さい」

秋本忠夫室長に辞表を提出したとき、彼は一言だけ言った。

「社長に殉じるつもりなのかね」

　秋本は古風なことを言った。とってもいいひとなのにあんな修羅場をくぐりぬけてきたのに少しもわかっていなかった。海江田社長に殉じて辞める理由もないし、その義理もなかった。銀行という存在と、銀行というところで働くことに、根本から疑問が生じたことが理由で、おりよく新執行部がリストラ計画の一環として退職者優遇措置を打ち出したからだった。まあ、ほんのわずかではあるが、退職金が上積みされるから退職を決めたのであった。

　津村は小さな花束を持っていた。派遣の女性たちの心づくしだ。退職の挨拶すら受け流す同僚たち。彼女たちは、小銭を出し合って買い求めたのであろう。派遣の女性たちの優しさが身にしみた。

　仕事と家庭――。その双方を守るため、この十五年もの間戦いつづけてきた。その戦いの中で夫を失い、いままた、大事な大事な娘までを失いかけている。仕事と家庭――。どっちが大事かと訊かれれば、以前なら両方とも大事だと躊躇なく答えた。しかし、いまは違っている。銀行倒壊の危機に直面し、公的資金を受け入れるドタバタ騒ぎの過程で津村は学んだことがいくつかある。

　男のように女にも、機会が均等に与えられるようになった。能力と努力次第で、取締役の地位も夢でなくなった。しかし、自らのポジションを守るためには、男以上に仕事をし、多くの犠牲を払わなければならない。その代償がいかに大きいかがわかった。

いまひとつ――。銀行というのは何ものなのか、津村にはわからなくなった。銀行の存続に執念を燃やし、海江田以下の取締役たちは必死で戦った。しかし、結果は無惨で守ろうとした銀行から追放された。

海江田との間で凄絶な権力争いを演じた雲野会長も、上原副社長も、中島取締役も、藪内副社長も、吉岡取締役も、杉山ら若手改革派が次期社長候補として担ぎ出した青木部長も。執行役員の秋本室長も子会社に転出することが決まっている。

新しい権力者が現れれば、新しい取り巻きが形成される。いま行内で力を持ち始めているのは若手改革派と称する連中だ。津村も誘われた。銀行改革をいっしょにやろうじゃないか――と。その意図はわかっていた。旧役員の機密を知る秘書から、取締役たちの旧悪を引き出し、暴露するのが目的だ。津村は断った。彼らの考え方も手法も、徒党を組み勢力を誇示する、その姿も変わらない。人事のカードをめくりながら、アイツはあそこに廻すべきだ、彼なら企画の仕事が向いているなど――と。人事刷新という名の暴力が行内を暗くさせている。

いま行内で心地よく聞こえる言葉に、情報開示、説明責任、コンプライアンス、ガバナンス、自己責任とかいうのがある。言葉が一人歩きをしていて、それが魔女狩りにも似た恐怖を呼び起こしている。先頭に立っているのは、秘書室次長の峰川だ。彼女も見事な転身を図り、旧体制に決別を宣言し新体制のもとでのポジションを確保している。

「若い人たちの力が必要です」

銀行業務にはまったくの素人の新会長は頬を弛め、若手改革派の意見に耳を傾ける姿勢をとった。それがまた彼らを増長させた。改革派の支持を取り付けた新会長が最初にやったのは、会長室の模様替えだった。

「みなさんのご意見をききたい」

というのが理由で、会長室のスペースが広げられた。執務机の配置を変え、大きな会議用のテーブルが用意された。壁に飾られた絵画も、彼好みに取り替えられた。会長室の扉はオープンです、いつでも、おいで下さいと新会長は言った。大きな会議用のテーブルはそのために用意したのだ。官僚にも似た仕事しかしてこなかった新会長は、ひとを集めて議論をすれば、この銀行の危機は乗り切れると信じているのだ。国家資金二兆円も資本勘定に組み入れられたのだから、バカでも銀行経営などできることなのに……。

銀行の危機――。

自己資本比率の帳尻あわせに翻弄され、銀行が銀行の業務を停止しているところにある。ゆうか金融グループ二万人行員がやっていることといえば、上から下まで、融資を断り、融資先から資金を回収することのみに精力を費やしてきたのがこの十年だ。自己資本比率にからめとられて、いまや銀行は銀行の本来の業務たるリスクテークを引き受けることができなくなっている。

融資の申請を吟味し、資金回収に自らの判断を示し、融資を実行するリスクテークを失っている。今度の事件を通じてはっきりしたのは、自らの経営判断すらも、監査という名において奪い取られた事実だ。二万人行員たちは、来る日も来る日も、資金回収に動かざるを得ないのは、このためだ。

〈もっと戦うべきであった……〉

と思う。

しかし、それも遠い過去の出来事のように思えてくる。津村は手すりに身を預け、池上をみた。鬱蒼と地上を覆うのは、蓮の葉である。花びらを堅く閉じ、蓮の華はまだ人目には触れないように隠れている。不忍池の蓮の華は見事である。そう言えば、蓮の華が開いているのをみたのは、いつのことであったか思い出せない。蓮は陽が昇り始めたころにポーンという音を立てて華を開く。

小学生のころであったか、蓮の華をみたのは。そんなことを考えているとき、不意に思い出したのが木内政雄のことだった。木内が約束したように、ゆうかＨＤは解体・

売却の運命からは救われた。木内から転任の挨拶状を受け取ったのは、三日前のことだ。新しい勤務先は財務省の理財局ということだ。主計畑を歩んできた人間にすれば、左遷ということなのだろうか。彼も無理を押し通した一人だ。挨拶状には添え書きがあって、祖母の退院と句集の出版記念をかねパーティを開くことになり、お父上様にも、ご臨席を賜ることになりましたと書いてあった。

「おまえを食わせるほどのカネはないぞ」

銀行を辞めることを伝えたとき、貞正は本気とも冗談ともつかぬことを言った。そういえば、新潟に用事があってな、と言って出かけたのは昨日のことだ。

津村の足は「タカシ」の方角に向かっていた。引き戸を開けると、タカシの主人健介と野球談義に興じる浩志の姿があった。

「やあ……」

浩志が手を上げる。

一年ぶりかしら？　いや、もっと経っているかもしれない。里子が手を拭きながら姿をみせた。ミナもいた。里子と何やら話し込んでいたようだった。

「まあ、すわんなさいよ……」

浩志は椅子を引き、席を作った。二人は並んで座った。懐かしいような、照れくさいような、奇妙な気分になってくる。

「辞めたんだってね？」

「ええ、今日が、その最後の日ってわけ」

「そうか……。あんなに仕事が好きだったのになあ、君が辞めるなんて、嘘みたいだ。僕の想像のうちにはなかったなあ」

毎朝がゆうかＨＤ問題では、他紙を大きく引き離す報道をしていたのは知っている。ついこの間のことなのに、それも遠い昔のことのように思える。すべてが過去へ過去へと流れて行き、陽炎《かげろう》のように揺れている。現実感があるのは、もう二度とゆうかＨＤ本社に足を踏み入れないであろうことと、タカシで浩志といっしょにいることだけだ。

「お母さん……」

ミナが隣の席に座ろうとした。

「ミナちゃん。お母さんたちは、お話があるみたい……」

里子が気を利かせた。

「いいのよ、里子。ミナにも関係のある話なんだから。ミナ、座って」

津村はひとつ席をあけ、ミナを真ん中に座らせた。

「きれい、この花どうしたの」

「退職の贈物にいただいたの。これミナにあげる」

「いいよ、ご苦労様って、お母さんいただいたのでしょう」

「そうじゃないわよ、ミナがいて、お母さんを助けてくれたお礼も、この花束には入っているのよ。半分はミナのものなの」

「どうするつもりなの？」

浩志が身の振り方を訊いた。

「まだ何にも決めていない。まずミナとの生活をとりもどさなくちゃね」

「ふん。まあ、慌てて仕事を決める必要もないね。しばらくあく抜きだ。長い人生。それもいいじゃないか」

「でも、生活費がいる。少しは仕送りをしてくれる？」

「それなら、またいっしょになろうか」

「ダメ。過ちは一度で十分よ」

「そうか……」

浩志はさびしそうな顔をして、ビールを一気に飲み干した。

「でもね……。別れてみてわかったことがあるの、こうしているときのあなたって、とても素敵よ。本当なんだから」

「それなら……」

「あなたって、わかっていないひと」

「そうかな……」

「決まっているでしょうに」

津村は含み笑いをした。

「里子おばちゃん、またお母さんがケンカを始めた！」

ミナが里子を呼んだ。ミナの顔には歓喜の色があふれていた。

（完）

この物語には後日談がある――。

ゆうかＨＤに預金保険法一〇二条一号が発動された五月十七日の二日前。新聞社系経済誌の記者が一通の電子メールを受け取った。メールは以下のような内容だった。

「銀行決算直前に公認会計士が自ら命を絶たれました。もし可能であれば、貴誌で触れていただけないでしょうか。関係者から強い哀悼の念のご依頼がありました」

その記者はすぐに動いた。この日は木曜日だった。原稿を金曜日までに入れなければ、来週送りとなり、来週では、日刊紙に情報がもれ、スクープを取り逃がしてしまう可能性があったからだ。彼は深夜のビジネス街にタクシーを飛ばし、関係者と会った。関係者の話から、自殺した会計士は東洋監査法人に勤務する現場の統括責任者であることがわかった。

岡部義正三十八歳。

岡部公認会計士が自殺したのは、ゆうかＨＤの決算数値がまとまる前日のことだという。彼は、関係者らの話を聞いた翌朝、岡部が住むマンションに出向いた。ついで所轄の警察署を訪ねた。取材に応じた副署長は、今度のことで取材を受けるのははじめてだと言った。彼は捜査書類の閲覧を求めた。捜査に当たった担当官の話も聞いた。

突発的な飛び降り死。事件性はなく、自殺と警察は断定していた。しかし、警察は監査法人とはどういう仕事をするのか、その社会的な役割についてはまるで無知だった。もちろん、身元はわかっていたから、警察はすぐに東洋監査法人に連絡を入れた。以上の経過からして当然、東洋監査法人は岡部の死については知っていたことになる。しかし、この週刊誌が発売される五月二十日まで、岡部公認会計士の死は公表しなかった。疑問のひとつは約一ヵ月近くも、岡部会計士の死をなぜ隠す必要があったのか、その理由だ。

経済誌記者は、あらゆる角度から岡部公認会計士の「死」について取材し、検討を行った。両親に会い、同僚や友人たちにも取材を試みた。その取材ノートをもとに、記者は三つの仮説を立てた。

例えば、仕事に行き詰まっての自死。あるいは責任感の強い岡部は、ゆうかHDと自分が所属する監査法人との間で板挟みになっての自死。しかし、岡部を知る誰もが、口をそろえて彼が自死するような人間ではないと語った。謀殺を疑う人間もいた。記者は彼らの証言にこだわった。状況を洞察するなかで記者は謀殺を疑った。取材を進めれば進めるほどその疑いは濃厚になっていく。彼はいまでも謀殺説を捨てきれずにいる。

物語にはもうひとつの続編がある。

五月十八日、サンクチュアリな連中がアートヒルズで開いた秘密の会合から数えて半年後。関東地方では名門として知られる地銀トチギ銀行が平成十五年度九月中間決算で債務超過におちいり、抜き打ち的に破綻認定を受け、特別危機管理行として一時国有化の措置が取られた。最後通牒を突きつけたのは、やはりシチズン＆バウムスが関与する例の監査法人であった。つぎ込まれた公的資金は一兆円を超えた。

ゆうかＨＤとの違いは破綻認定されたことで株券が紙くずとなったことである。トチギ銀行が背負った不幸は、地域の中小企業や地元自治体の協力を得て、約二千億円に近い増資をしていたことだ。詐欺と呼ばれても仕方がない、たぶん、経営者たちは株主代表訴訟で巨額賠償を請求される。新規増資分を含めるとトチギ銀行が所有する資産は約三十兆円と推定されている。

いま関係者の間で、トチギ銀行の資産処分をめぐる虚々実々の攻防が演じられている。外銀の幾つかも名乗りを上げている。そうしたなかジェム・ファフマンが東京勤務の任を解かれ、ワシントンに帰任したのは、もちろん新しい任務を帯びてのことであった。

「いつ東京に帰るか……」

その話を聞き、彼が東京にもどったとき東京の金融市場は大荒れし、新たな犠牲者が出るかもしれないと予言したのは、財務省理財局に転出した木内政雄だった。その予兆はすでに現れている。例えば、トチギ銀行の破綻に続き、四大金融グループのひとつに債務超過の噂が出ていることだ。

その年の暮れも押し迫った十二月半ばのこと、木内政雄は祖母の後を追うようにして逝った。いまひとつ謎が残された。遺体が同僚によって発見されたのは、彼が住む官舎だった。死因は心筋梗塞と診断された。心筋梗塞とはまことに便利な病名である。簡単な検死が行われただけで、彼の遺体は翌日、早々と荼毘《だび》に付されたのであった。聞くところによると、死因を特定する司法解剖が行われた形跡はない。

「あんなに丈夫な人が心筋梗塞で死ぬなんて信じられない」

木内政雄の通夜の席で、沈痛な面もちでそうもらしたのは別れた木内の妻であった。彼女は大学病院に勤務する医師で、ちなみに専門は心臓外科である。

あとがき

昭和初期、軍閥の手先を、革新官僚とか改革派と呼んだ。平成のいま、対米追従の市場原理主義者を改革派と呼ぶ。昭和の改革派は少壮の若手官僚や、少佐・中佐クラスの軍人だった。平成の改革派は、総理大臣を筆頭に当選一、二回の若い政治家や、中央官庁の課長クラス、あるいはマスコミに露出頻度の高い経済評論家や一部の学者たちだ。どちらも国を危うくする連中だ。

構造改革といい、郵政改革といい、金融制度改革といい、改革の必要性の一般論を否認するのは難儀なことだ。疲弊し、閉塞感が漂うこの日本。誰もが、改革の必要を感じているからだ。そのため、私たちは、ずいぶんと長い間、改革の幻想に惑わされてきた。けれども、私たちがはっきりと見据えておかなければならないのは、その結末だ。

改革！　改革！　と本質とは関係のないところで大騒ぎをして、人びとを情緒的に煽動するやり方。そのパフォーマンスに拍手を送り続けた私たちは、アッと言う間に、奈落に突き落とされた。

この十年を振り返ってみれば、経済苦による自殺者は日露戦争戦死者の三倍に達し、他方では富の一極集中が加速し、所得格差は広がるばかりで、例えば、行政改革の重要施策のひとつ、知る権利を保障するとされた情報公開で現出したのは、実は情報操作に翻弄される社会だ。年金改革も同様で、背負わされたのは負担増と給付制限だ。

さて、本書は金融業界を舞台にした富の争奪戦が主題だ。金融制度改革の惨禍は痛ましい。巨額な富を詐取する陰謀が渦巻く現場では、ある人は職場から追われ、ある人は、ヤミの中に姿を消した。登場人物の一人は、事態を「戦争です」と言った。確かに、これは戦争だ。いま十年戦争の局面は、最終段階に入りつつあるかにみえる。

取材の過程である官僚が、そっとうち明けてくれたのが「二大金融グループ」構想だった。そうすると、戦争はまだまだ続く。市場原理主義者が仕掛けた戦争だ。すなわち、四大金融グループの一角を崩し、傘下の巨大商社と巨大流通グループを解体し、そこから生ずる財産分与の攻防だ。私は本書の続編を書くため再び戦場偵察に出向いた。巨大銀行が断末魔の悲鳴を上げ沈んでいく。遺体に群がる外銀ハイエナども。見るも無惨な金融制度改革の地獄図だ。

日本の再生は可能か、未来に希望はあるのか――。結論を出せぬまま、私の戦場偵察はまだ続いている。

二〇〇四年　晩秋の千駄木にて

杉田　望

文芸社文庫のための「あとがき」

改革——。心地よく響く言葉です。用例を上げれば、国鉄改革、行財政改革、金融制度改革、郵政改革、税制改革などがあります。近頃では「働き方改革」などいうのもあります。改革とは、辞書を引くと、すべてのことを改めて、新しくすること、よりよく制度や組織を改めること、と書いています。

いいことずくめの改革論議です。古くは国鉄改革がありました。三十兆円の赤字。国民負担になると脅した。一方で、国鉄の大赤字を解消し、サービスを向上させ、運賃を引き下げるには、改革が必要だ、と、往時の中曽根内閣は、国鉄改革の必要性を説き、赤字路線も必ず維持する、と国民に約束しました。

確かにJR東海は儲かっています。だが、北海道、四国、九州は赤字です。儲からない赤字路線は、運行間隔を減らし、間引きするか、次々と廃線を決めました。全国均一の運賃体系は崩れ、地方の中核都市を飛ばして走る特急ばかりで、地元にはますます不便になりました。約束は反故にされたのです。

値下げは一度もなく、増強したのは「新幹線」や「特急列車」や「観光列車」だけです。在来線を間引き運転し、別料金を必要とする「特急」「新幹線」では、実質運賃値上げです。赤字と相殺するはずの一等地の国鉄財産は安値で売却されましたが、三十兆円の国民負担の赤字はどうなったのか、一度も納得のいく説明責任を果たしていません。他方で民営化のおかげで、ドル箱を手にしたＪＲ東海は儲かりすぎ、余剰を「リニア新幹線」に投入する無駄をやっています。超高速リニアを走らせ東京―大阪間を一時間で結び、どうするのか。恩恵はゼネコンと関係する政治家だけです。

リニアにしろ、従来線の「特急」「新幹線」化など鉄道の高速化は、ますます地方都市を過疎化します。国鉄民営化は利用者・国民益との逆行を示します。郵政にしても行政改革にしても、同じことが言えます。国鉄職員と同様に郵政職員も、リストラによって職場を追われ、その後を埋めたのは「派遣」です。

行政改革も同じです。図書館や保育園の民営化改革は、どうか。図書館を維持しているのは、時給九百円の派遣の有資格司書です。公立校も同様で臨時職員が教育の現場を支えているのです。大学はもっと深刻です。教職員の八割が「特任教授」「招聘講師」とかいう臨時職員です。市役所の窓口も派遣社員が対応しています。

改革――は、新自由主義者たちの主張です。公共部門の民営化。それが政財界を乗っ取った新自由主義・リバタリアンの目録見です。彼らの目論見は成功しています。新自由主義というのは、宗教性を帯びたイデオロギーです。市場取引に任せれば。効率的で最適な経済が実現できるという教義です。

以前は強烈な反共主義でしたが、近頃はケインズ学派の「公共哲学」を憎悪し、激しく攻撃します。強調する教義は、自己責任論であり、社会に呼び込むのは、人びとの間の経済格差です。貧しき圧倒的多数はより貧しく、少数富者はさらに富を蓄積する。こうした批判には「神の手」による調整を期待します。

古典派のアダム・スミスの援用ですね。神の手です、と。本気かね。ちょっとびっくりです。当然ながら再批判が出てきます。私の好きな故宇沢弘文も、論客の一人でした。工場は自然にできるのか。誰かが計画して作ったのは自明である。自由市場取引などというのは、机上の空論に過ぎず、実際の社会では、誰かが何かの意図と企てを以って、財や資本を作り出している、と宇沢は反論します。

　資本主義制度は人類史上の偉大なる発明です。技術革新を促し、経済活動を世界的規模に飛躍させたのが資本主義です。せっかくの大発明ですが、そこには本源的な矛盾と致命的な不安定性を内包しています。資本は最大利益を求め、常に拡張します。富の再配分が市場を生み、資本は消費者を求めます。資本益の最大化を図り、首切り合理化を進めれば進めるほど隘路に陥ります。つまり不況です。不況による失業を克服するため、国家が経済に積極的に介入し、経済循環の微調整の必要を訴えるのがケインジアンです。そのケインジアンを批判するのがリバタリアンです。

　さて、金融制度改革のことです。改革には痛みが伴うと言ったのは、小泉純一郎元首相でした。誰にとっての痛みか。金融制度改革というのは、富の流れを変え、財貨を一局集中再配分する政策のことです。

　郵政改革では「郵貯」の特典は奪われ、金融制度改革では、巨大銀行が潰れ、資産数兆円の銀行がたったの十億円で叩き売られました。預金者が保護されるのは、一千万円までです。その背後で壮絶な戦いが演じられていました。年金基金も狙われました。すでにいくつかの年金基金は破綻をきたし、給付は減額されています。老齢年金を減額することをリバタリアンたちは「金融制度改革」と呼ぶのです。

いま健康保険を狙うのはアヒルの生保です。水道も民営化と言います。漁業権も外資に売り出されようとしています。入管法改定では最賃法が崩れます。水利権も漁業権も、切り売りするのが「改革」であり、公共部門の財貨を切り売りすれば、そこに巨額な利権が発生します。利権を作り出すことも彼らは「改革」と呼びます。その典型は、賭場営業を許す「カジノ法」です。賭場は利権の巣窟です。まとめていえば「改革」とは、公共財の切り売りと政治家の公共財利権化の別称です。

誰が痛みを感じるかって？　米国では中産階級が打撃を受けています。日本では、預金は目減り、年金減額で団塊の世代が瀕死の状態に追い込まれつつあります。政府は少子高齢化を理由にあげます。それは原因の一部を説明しているに過ぎないのです。年寄りと若者を対立的に捉える議論もありますが、それは嘘です。

この小説を書いたのは、ちょうど十四年前です。新自由主義が宗教化する只中でした。自己責任の読経は、朝夕、いたるところから聞こえてきます。リバタリアンに煽られ、資本主義は暴走を続けています。すでに彼らは、貨幣を否定しはじめています。仮想通貨が日銀券を凌駕する勢いでキャッスレス化が進んでいます。借金させてモノを買わせるビジネスモデルです。人びとはカードローンの地獄に追い込まれます。公共の役割を放棄した銀行には、それしか生きる道がないからです。

ドル紙幣発行残高は、どの程度の規模か、ＦＲＢ（連邦準備制度理事会）すら把握していないというのは有名な逸話です。日銀券も同じです。巨大コンピュータがＡＩ技術を駆使し次々と金融商品を生み出し、為替、株価、金融を瞬時に操っています。仮想通貨や信用取引など通貨に担保されない信用供与は、グロテスクに膨らみを増し、信用規模がどれほどか、誰も計算できないのが実情です。

信用を膨らませたのは規制緩和という名による改革でした。金融当局によるマクロコントロール手法は、いまは金利操作のみです。それも限定的です。中央銀行は通貨守護神の役割を放棄したのです。文字通り経済は「神の手」に委ねられてしまったのでしょう。

改革――。

この小説に登場する人びとは、改革に振り回され、大事な命すら失います。富をめぐる攻防は、容赦のない断固たる闘いです。それにしても、と思うのは、どこまでやればリバタリアンは、満足するか、その飽くなき欲望です。人類は農耕社会を拓いてから一万数千年の歳月をかけて資本主義を発明した。改革！　改革！　と、声高に叫び、肥大化するばかりのリバタリアンの物欲は、もしかすると、誕生して五百年足らずの資本主義を破滅に追い込もうとしているようにもみえます。この小説の校正を終えて思うことでした。

筆者

二〇一九年　初春

本書は二〇〇四年十二月に講談社より刊行された『金融夜光虫』を改題し、加筆・修正しました。

本作品はフィクションであり、実在の個人・団体などとは一切関係がありません。

文芸社文庫

金融黒船

二〇一九年二月十五日　初版第一刷発行

著　者　杉田望
発行者　瓜谷綱延
発行所　株式会社　文芸社
〒一六〇-〇〇二二
東京都新宿区新宿一-一〇-一
電話　〇三-五三六九-三〇六〇（代表）
〇三-五三六九-二二九九（販売）
印刷所　図書印刷株式会社
装幀者　三村淳

ISBN978-4-286-20665-3